FOLIO JUNIOR

Helen Peters

Le Théâtre du Poulailler

Traduit de l'anglais
par Vanessa Rubio-Barreau

GALLIMARD JEUNESSE

À mes parents. En mémoire de mes grands-parents.
H. P.

Titre original : *The Secret Hen House Theatre*

Initialement publié en Grande-Bretagne par Nosy Crow, Londres, 2012.
La présente traduction de *The Secret Hen House Theatre* est publiée
avec l'autorisation de Nosy Crow ® Limited.

1
Une visite

BANG ! BANG ! BANG !

Quelqu'un avait visiblement décidé de défoncer la porte de derrière à coups de poing.

Imperturbable, Hannah griffonnait frénétiquement sur une feuille de papier, assise en tailleur au beau milieu de sa chambre. Même à l'intérieur, elle soufflait de petits nuages de buée. Le froid traversait son bonnet de laine ainsi que ses trois pulls.

BANG ! BANG ! BANG !

Elle jeta un coup d'œil à sa montre sans lever son stylo. Deux heures moins cinq. Pourtant, ça ne pouvait pas être Lottie. Elle entrait sans frapper et s'annonçait en criant. Les autres n'avaient qu'à s'en charger pour une fois. Elle voulait finir son texte avant deux heures.

BANG ! BANG ! BANG !

– Quelqu'un va aller voir qui c'est, bon sang ! cria son père de son bureau.

Là ! Point final ! Hannah écrivit FIN, en lettres capitales, au bas de la feuille. Sa pièce allait remporter le concours, elle en était sûre.

BANG ! BANG ! BANG !

– Hannah ! tonna son père.

– Oui, oui, j'y vais !

Elle glissa l'ouvrage qu'elle avait pris dans la bibliothèque de sa mère, *Monter une pièce*, sous son lit et se releva d'un bond. Il faudrait qu'elle pense à remettre le livre à sa place.

– Si c'est pour moi, je ne suis pas là, lança son père lorsqu'elle passa devant son bureau. Et appelle les autres. Il faut aller chercher un cochon au pré.

Hannah dévala l'escalier vermoulu, évitant les toiles d'araignée qui pendaient du plafond écaillé. Sam était déjà devant la porte, mais il n'arrivait pas à soulever le loquet.

– Il est encore coincé !

– Je m'en occupe, Sammy.

Son petit frère s'écarta. Ses lacets étaient défaits et il n'avait pas mis ses chaussures au bon pied.

BANG ! BANG ! BANG !

Tandis qu'Hannah se débattait avec le loquet, sa sœur Jo les rejoignit, son béret de travers sur ses cheveux bouclés. Un cochon d'Inde roux était niché au creux de son bras, en train de grignoter une feuille de chou.

– Qui est-ce ? demanda-t-elle.

Le loquet se débloqua enfin. Sam se blottit contre

Hannah lorsqu'elle ouvrit, tandis que Jo restait en retrait, près de l'escalier.

Dans l'encadrement de la porte se tenait un homme trapu, rougeaud, le torse bombé. Il se balançait d'un pied sur l'autre, transi de froid. On aurait dit un dindon furibond. Ses cheveux bruns et gras étaient collés à son crâne. Il tenait un bloc-notes de ses doigts boudinés.

Il toisa les enfants en marmonnant :

– Qu'est-ce que c'est que ce bazar !

Un nuage de buée s'échappa de ses lèvres.

« C'est quoi, le problème ? » se demanda Hannah. Elle regarda autour d'elle. Il n'y avait rien de spécial, à part son frère et sa sœur, vêtus comme elle de pulls troués et de jeans déchirés. Normal quand on habite une ferme !

Clic, clac, clic, clac.

Ils se retournèrent tous d'un seul mouvement. En haut de l'escalier se tenait Martha, dix ans, une main sur la hanche, le menton dressé, exhibant une mini-robe blanche et des escarpins rouges mille fois trop grands pour elle.

– Martha, tu vas attraper la mort ! File te changer. Et enlève les chaussures de maman ou papa va criser ! ordonna Hannah.

– Arrête, répliqua sa sœur. T'es jalouse parce que je ressemble à un mannequin !

Le visiteur haussa les sourcils. Martha descendit les marches d'un pas chancelant et passa devant Jo pour mieux le voir.

– Je cherche…

L'homme consulta ses papiers.

– … la ferme de Clayhill.

Ils ne répondirent rien.

– Je suis bien à la ferme de Clayhill ? insista-t-il un ton plus haut. Il n'y a pas de panneau.

– Le vent l'a arraché, expliqua Sam.

Hannah remarqua une énorme BMW noire flambant neuve garée dans la cour de la ferme. Enfin, le haut de la voiture était rutilant… parce que le reste était couvert de boue épaisse, comme tous les véhicules qui prenaient le chemin de terre menant chez eux.

– Mon dossier indique qu'il s'agit d'une ferme en activité.

– Eh bien, oui, confirma Hannah.

Il était bête ou il le faisait exprès ? Et d'abord, pour qui se prenait-il, hein, à débarquer comme ça un dimanche après-midi et à les bombarder de questions indiscrètes ?

– Vraiment ? s'étonna-t-il. Mais c'est quoi alors, tout ce bric-à-brac ?

Il désigna la cour d'un geste de la main : la charrue qui disparaissait presque sous les hautes herbes, la moissonneuse en train de rouiller dans une flaque, près de la porcherie, les bidons d'huile et le fil barbelé entassés devant la maison.

– Et puis c'est quoi, ce tas de boue rouillé ? demanda-t-il en désignant le hangar abritant l'ancien tracteur de leur père. C'est un engin à vapeur ou quoi ?

– C'est le Field Marshall de papa, expliqua Sam avec fierté. Il est très, très vieux.

– Ça oui, ça se voit !

Quand Sam se tourna vers Hannah, surpris, elle sentit ses joues s'empourprer. De quel droit osait-il parler comme ça à Sam ? Il n'y connaissait vraiment rien ! Ne savait-il pas que les tracteurs de cette marque étaient des pièces de collection ?

– Bon... hum... puis-je vous aider ? demanda-t-elle.

– J'espère bien, répliqua-t-il.

Il consulta à nouveau son bloc-notes.

– Je cherche Arthur Roberts.

– Qui dois-je annoncer ?

– Va juste me le chercher, OK !

Ils répondirent tous en même temps.

– Il est sorti, fit Hannah.

– Il est en train de traire les vaches, expliqua Jo.

– Il est dans son bureau, affirma Sam.

– Je vois..., murmura le visiteur. C'est un homme très occupé.

Ils acquiescèrent.

– Où est votre mère dans ce cas ?

Personne ne répondit. Hannah commençait à en avoir assez de cet étranger et de ses questions indiscrètes. Elle n'avait aucune envie de lui raconter sa vie. Qui sait ce qui figurait déjà sur sa paperasse ?

Une sonnette retentit dans l'allée. Lottie Perfect[1]

1. En anglais, *perfect* signifie « parfait ». (*NdT*)

arrivait sur son vélo tout neuf, en s'efforçant de contourner tant bien que mal les flaques de boue et les nids-de-poule.

– Puis-je prendre un message ? demanda Hannah, pressée de se débarrasser de l'intrus.

Elle n'avait pas un instant à perdre, vu tout ce qu'elle devait faire avec Lottie.

– Donne ça à ton père, dit-il. Surtout remets-le-lui en mains propres.

Hannah prit l'enveloppe où on lisait : « Strickland et Wormwood, agents immobiliers ». Puis, en grosses lettres rouges : « URGENT ».

Heureusement qu'elle n'avait pas appelé son père. Cet homme venait sûrement de la part du nouveau propriétaire. Elle enfila son manteau, glissant le texte de sa pièce de théâtre dans une poche et la lettre dans l'autre.

L'agent immobilier s'en fut, bombant le torse, l'air important. Lottie, qui était en train de faire signe à Hannah de son vélo, faillit lui rentrer dedans. Une grande gerbe de boue éclaboussa son pantalon de costume. Sam commença à pouffer… ce qui fit glousser ses sœurs. L'homme leur lança un regard noir en ouvrant la portière de sa voiture, et cela les fit rire encore plus.

Lottie s'arrêta devant le portail du jardin et sauta de sa bicyclette.

– Vous avez vu dans quel état je suis ! Tu aurais quelque chose pour m'essuyer, Hannah ?

– Allez, bande de fainéants, au boulot ! leur lança M. Roberts du haut de l'escalier.

« Oh, non ! » pensa Hannah. Si son père la réquisitionnait pour aller chercher son cochon, elle en avait pour tout l'après-midi et elle n'aurait jamais le temps de peaufiner sa pièce.

Elle lança à son amie un torchon élimé qui traînait sur l'égouttoir, puis prit Jo par le bras et l'entraîna dehors. Le cochon d'Inde de sa sœur dut se cramponner à son pull.

– Hé ! Attention à Carotte ! protesta-t-elle.

– Il faut que tu me couvres, Jo. Je t'en supplie. Je dois relire toute ma pièce avec Lottie avant qu'elle la tape. Le dernier délai pour envoyer les textes au concours, c'est mardi. Ça veut dire que je dois le poster demain.

– Oooh, tu dois relire ta pièce avec Miss Parfaite ! se moqua Martha d'une voix haut perchée. Parce que tu espères remporter un prix avec ton texte idiot ?

Hannah fit volte-face.

– Dégage, Martha. C'est pas tes oignons !

– Comme si ça m'intéressait, de toute façon ! répliqua Martha en lui tirant la langue avant de trottiner à l'intérieur sur ses talons hauts.

Hannah se retourna vers Jo.

– Dis-lui juste que tu ne sais pas où je suis, s'il te plaît, Jo ! Il faut que je termine cette pièce. Si on gagne, on passera à la radio… et j'aurai peut-être une chance d'être repérée en tant qu'actrice.

Les pas lourds de leur père résonnèrent dans l'escalier.

– Je ne lui dirai rien, promit Jo.

Elle remit Carotte dans son enclos et alla s'asseoir sur le perron en lançant :

– Viens mettre tes bottes, Sam.

Hannah se cacha au coin de la maison au moment où son père sortait avec Sam sur les talons. Jo les suivit dans la cour. Un instant plus tard, Martha arriva d'un pas traînant.

– Ne lui dis rien, je t'en prie, Martha, lui glissa Hannah. Je te donnerai tout ce que tu veux.

Sa sœur lui lança un regard méprisant.

– Qu'est-ce qui te fait croire que tu as quelque chose qui m'intéresse ?

Elle envoya promener les escarpins et fourra les pieds dans une vieille paire de bottes de Jo, bien trop grandes pour elle. Elle tituba dans la boue.

– Attends-moi, papa.

Leur père était déjà loin et marchait d'un bon pas. Hannah était sauvée… pour le moment.

2

La truie

Une fois que les autres furent à bonne distance, Hannah entraîna Lottie dans la cour. Elle voyait le dos de son père qui s'éloignait vers les prés, entouré de ses frère et sœurs. Martha traînait la patte dans ses bottes trop grandes.

– Direction le hangar à tracteurs ! annonça-t-elle.

À mi-chemin, elle se retourna. Lottie était encore au portail. Elle avait l'air paniquée, comme si elle se retrouvait échouée sur un banc de sable avec la marée qui montait tout autour.

– Viens. Ils sont partis ! l'encouragea Hannah.

– On ne pourrait pas aller plutôt dans la maison ?

– Sois pas bête, c'est le premier endroit où il viendra me chercher. Allez, Lottie ! Viens !

– J'peux pas. J'ai mes baskets neuves aux pieds. J'ai promis à ma mère de faire attention. Si je les salis, elle va me tuer !

Hannah poussa un soupir exaspéré. Elles avaient

déjà perdu un temps précieux. Elle aurait pu aller chercher ses baskets pour sa copine, mais elles étaient trouées. De toute façon, elles auraient été mille fois trop justes. Lottie était grande pour ses onze ans et Hannah petite.

Petite, mais costaude.

Elle retourna sur ses pas.

– Allez, grimpe !

– Quoi ?

– Je vais te porter.

Lottie pouffa.

– Ça va pas ! Tu vas te casser le dos !

– J'ai porté des trucs bien plus lourds que toi. Allez, hop ! Ils vont bientôt revenir avec la truie.

Hannah traversa la cour boueuse en titubant, avec son épaisse mèche blonde qui lui tombait dans les yeux. Son amie se cramponnait à son cou, riant et criant à la fois.

– Tu m'étrangles, Lottie !

– Aaaah, mais je vais tomber.

– Arrête de couiner comme un porcelet ! C'est bon, descends.

Elle posa Lottie par terre sous le hangar avant de s'affaler dans la poussière. Elle souffla sur sa mèche pour se dégager le visage tout en se massant les épaules. Son amie, elle, était impeccable, comme d'habitude, avec ses cheveux bruns et lisses, coupés au carré. Elle avait toujours l'air de sortir de chez le coiffeur.

Elle épousseta son manteau neuf.

– Au fait, devine quoi ? Tu sais qu'il va y avoir un festival à Linford ? Et ils organisent un concours de théâtre pour les jeunes, j'ai vu une affiche dans une boutique. On pourrait y participer.

Hannah sortit une échelle branlante de derrière le tracteur.

– Impossible, répondit-elle en la calant contre la trappe.

– Et pourquoi ? Tu joues vraiment bien. Et si on gagne, tu imagines la tête de Miranda Hathaway ? Elle qui n'arrête pas de nous répéter que sa troupe de théâtre a gagné le prix mille milliards de fois !

– Mais on ne peut pas s'inscrire, objecta Hannah en se hissant sur l'échelle. C'est pour les vraies troupes. Il faut avoir une salle pour répéter et jouer. Tu te souviens, Miranda nous a dit que le jury venait voir la pièce sur place.

– Oh… j'avais oublié. Dommage. Ç'aurait été tellement bien.

Elle monta dans le grenier à foin et ajouta :

– Alors, tu as fini le script pour la radio ?

– Je vais te le lire.

Le grenier était plongé dans l'obscurité, à part dans le fond, où une étroite lucarne laissait filtrer la lumière grise de février. Elles se frayèrent un chemin jusque-là, en se penchant pour esquiver les poutres et les toiles d'araignée. Personne ne grimpait jamais là-haut.

Elles enjambèrent les pièces de tracteur rouillées

et les flacons de médicament pour veaux, afin d'atteindre un tas de sacs de granulés vides, tout près de la minuscule fenêtre.

Hannah avait la chair de poule rien que d'imaginer ce qui pouvait bien rôder dessous. Elle se mordit les lèvres et piétina les sacs avec détermination. Elle retenait son souffle, guettant le bruit répugnant des rongeurs qui fuyaient.

Rien.

Ouf !

Elle se laissa tomber dessus.

Lottie s'installa à côté d'elle.

– Alors ?

– OK…

Hannah tira de sa poche la liasse de feuilles pliées en deux et la lissa du plat de la main.

– Et voilà ! annonça-t-elle triomphalement.

Sur la première page, on lisait en grandes lettres ouvragées : « *Sur ordre de Sa Majesté* – pièce radiodiffusée de Hannah Roberts et Lottie Perfect ».

– Tu n'étais pas obligée de mettre mon nom, intervint Lottie. Je n'ai rien fait.

Hannah avait longuement hésité et, en fin de compte, elle avait décidé d'être généreuse.

– Si, tu m'as suggéré de bonnes idées. Et puis c'est toi qui vas taper le texte. Comme ça, on pourra l'envoyer demain.

Lottie joignit les mains, surexcitée.

– Allez, on le lit !

– On va gagner, j'en suis sûre, affirma Hannah. Maman adorait Radio 4, c'est un bon présage.

Lottie tendait le bras pour prendre le manuscrit, lorsqu'elle se figea. Un concert de grognements et de couinements montait de la cour.

– C'est quoi, ça ?

Les cris étaient de plus en plus forts et perçants ; ils furent bientôt accompagnés d'une cavalcade de pas et d'une ribambelle de jurons.

Elles se penchèrent pour regarder par la lucarne.

Le père d'Hannah tentait de faire entrer une énorme truie rose dans la cour à l'aide d'une planche boueuse. Mais sous leurs yeux, l'animal pivota soudain sur ses petites pattes et s'enfuit sur le chemin, si brusquement que personne ne put l'arrêter.

Martha s'écarta vivement en poussant un cri.

– Non mais, quelle nunuche ! tonna son père. Joanne, bloque-lui le passage, dépêche !

Jo passa sous la clôture électrique et traversa le champ en courant pour tenter de prendre la truie de vitesse.

– Sam, mets-toi au milieu du chemin, là. Et ne la laisse pas passer. Sous aucun prétexte, d'accord ? Martha, va ouvrir la porte de la porcherie. Allez, remue-toi !

– Tu ferais peut-être mieux d'y aller, Hannah, murmura Lottie. Sinon, il va se mettre en colère contre toi tout à l'heure.

– Il sera en colère quoi que je fasse. Tout ce que je

vais y gagner, c'est que je vais faire tomber un truc ou me faire écrabouiller par la truie. En ce moment, il est encore plus grincheux que d'habitude.

– La truie arrive ! hurla-t-il. Sam, tiens-moi bien cette planche ! Martha, fais-la entrer dans l'enclos. Et où est passée Hannah, bon sang ?

– Dans le grenier du hangar à tracteurs avec Lottie, lâcha Martha. Elle y est depuis le début.

Le cœur d'Hannah faillit s'arrêter. Elle fourra le texte dans sa poche.

– Cache-toi vite ! siffla-t-elle à Lottie.

Mais elles n'en eurent pas le temps. Elles l'entendirent crier :

– Attendez !

Et, en trois enjambées, il était sur l'échelle et dans le grenier. Il jeta un regard noir aux filles qui auraient voulu disparaître sous leur tas de sacs.

– HANNAH ! Qu'est-ce que tu fabriques ? hurla-t-il. Descends immédiatement dans la cour !

– Vous voulez que je…, commença Lottie.

– Non, non, reste là, lui glissa son amie.

Rouge de honte, elle suivit son père. La truie gambadait sur le chemin boueux et, chaque fois que Jo essayait de la faire tourner, elle l'esquivait comme un gardien de but défendant sa cage.

– Mets-toi là ! aboya-t-il en montrant à Hannah l'entrée du paddock. Surtout tiens bon, ne la laisse pas passer.

Tête basse, Hannah traversa la cour en traînant

les pieds. Une fine couche de boue constellée d'empreintes de pas recouvrait le béton. Les roues du tracteur avaient creusé des ornières à la hauteur du portail. On ne se rendait compte de leur profondeur qu'une fois les deux pieds dedans avec de l'eau plein les bottes.

L'un des vantaux du portail pendait lamentablement sur le seul gond qui restait. « Si papa prenait le temps de réparer ce qui est cassé, il n'aurait pas besoin d'utiliser ses propres enfants comme barrière », pensa Hannah.

Plantée dans une flaque avec de l'eau jusqu'aux mollets, Hannah laissa son imagination vagabonder.

« C'est un véritable plaisir, dirait l'animateur de radio, d'accueillir la plus jeune lauréate de notre concours d'écriture théâtrale, auteur et actrice de la pièce que vous venez d'entendre. Hannah Roberts, vous êtes visiblement promise à une grande carrière. Qu'est-ce qui vous a donné l'idée d'écrire ce texte ? – Eh bien, répondrait-elle, ma mère adorait le théâtre ; peut-être que je tiens d'elle. Et, en CM2, j'ai joué dans la pièce de l'école… »

Comment décrire le plaisir qu'elle y avait pris ? Comme elle s'était amusée lors des répétitions ! L'excitation de voir le spectacle prendre forme ; la magie de créer un monde de bois, de mots, de tissus et de bruitages ; le bourdonnement des coulisses, le trac au creux du ventre, les lumières éblouissantes…

– Hannah, attention !

Elle releva la tête.

La truie fonçait droit sur elle. Son groin boueux, ses grandes dents jaunes se rapprochaient dangereusement. De plus en plus…

Elle savait exactement quoi faire. À sa place, son père, Jo ou même Sam seraient passés à l'action : ils se seraient plantés devant l'animal pour lui bloquer le passage et ils auraient tenu bon, si bien que, sentant leur détermination, il aurait fait demi-tour.

À sa place, Martha se serait écartée prestement.

Mais Hannah ne fit ni l'un ni l'autre. Elle tourna les talons et se mit à courir, pliée en deux, trébuchant dans la terre détrempée, avec la bête déchaînée qui couinait sur ses talons. L'argile épaisse lui collait aux semelles, plus lourdement que du ciment.

Son père voulut s'interposer et se lança alors à la poursuite de la truie. En voulant le laisser passer, Hannah se prit les pieds dans ses bottes et s'étala de tout son long dans une immense flaque.

Quand elle se releva tant bien que mal, elle était trempée jusqu'aux os. L'eau glacée lui dégoulinait dans le dos, le long des jambes. Elle ne voyait plus rien, la boue lui collait les paupières. Elle voulut s'essuyer les yeux, mais elle avait les mains sales aussi. Elle sentait ses cheveux plaqués contre son crâne et sur son visage. Les oreilles pleines d'eau boueuse, elle entendit néanmoins Martha rugir de rire.

– Hannah, ça va ? s'inquiéta Jo.

– Ouais, super, merci. Et toi ? voulut-elle répondre,

mais elle dut d'abord cracher la boue qu'elle avait dans la bouche.

Jo lui essuya les joues avec ce qui devait être sa manche de manteau.

– Mes yeux ! supplia Hannah. Essuie-moi les yeux !

Jo obéit. Hannah cligna plusieurs fois les paupières et laissa échapper un cri horrifié.

– Non ! non ! non !

Les pages de sa pièce étaient éparpillées par terre, flottant dans les flaques, maculées de boue.

– Oh non ! non ! non !

Elle se précipita pour tenter de sauver ce qui pouvait l'être. Certaines feuilles avaient été piétinées par la truie. D'autres se déchirèrent lorsqu'elle voulut les ramasser.

Jo se pencha pour l'aider, mais c'était peine perdue. Le texte était illisible.

– Tu en as fait une copie, non ? demanda-t-elle.

– Non, j'ai tout écrit à la main. C'était mon seul exemplaire.

– Ha, ha, ha ! s'esclaffa Martha. Il est fichu, ça t'apprendra à te cacher !

Leur père s'approcha à grands pas. Dieu sait comment il avait réussi à faire entrer la truie dans la porcherie.

– Misère, tu es dans un état ! Sors donc de cette flaque, bon sang ! Qu'est-ce que tu bricoles encore, fillette ?

Hannah ne répondit rien, se contentant de fixer les lambeaux de papier qui se désintégraient dans la boue.

– C'est sa pièce, expliqua Jo, elle est tombée par terre et Gertie a marché dessus.

– Sa quoi ?

– Ma pièce, répondit Hannah. J'ai écrit une pièce.

– Bon sang de bonsoir ! C'est une ferme ici, pas un théâtre. Allez, sors de la boue, fillette.

Il secoua la tête. C'est alors que son regard tomba sur une enveloppe qui flottait dans la flaque. On lisait encore « Strickland et Wormwood, agents immobiliers » et « URGENT ».

– C'est quoi, ça ?

– Oh, fit Hannah, c'est un bonhomme qui l'a déposée, de la part du nouveau propriétaire.

– Ha ! Bah, alors elle est très bien là où elle est, décréta-t-il.

Et il prit la direction de la porcherie, laissant la lettre s'enfoncer dans la boue sous ses semelles.

Il se pencha par-dessus le muret pour grattouiller Gertie derrière les oreilles.

– Là, là, ma fille. Te voilà à nouveau en sécurité. Installe-toi bien pendant que je vais te chercher à manger. Et puis tu dois avoir soif après avoir tant couru, hein ? Je vais te remettre de l'eau.

Il prit un vieux seau et le remplit au réservoir.

Hannah était toujours plantée dans sa flaque, dégoulinante d'eau boueuse, ses vêtements trempés collés à la peau. Lottie, elle, contemplait la scène, les yeux écarquillés, au pied de l'échelle du grenier. Tandis qu'Hannah regardait son amie, puis le hangar, les mots de son père résonnèrent à nouveau dans sa tête : « C'est une ferme ici, pas un théâtre. »

Les yeux brillants, elle traversa la cour aussi vite que le lui permettaient ses bottes et ses habits pleins de gadoue. Son cœur battait à tout rompre.

Quand Lottie la vit approcher, elle passa de l'apitoiement à la surprise.

– Oh, là, là, Hannah ! Tu es dans un état ! Mais pourquoi tu souris ?

– Lottie, fit-elle en lui prenant le bras, je viens d'avoir une idée géniale !

3

Le concours de poésie

Mlle Francis, le professeur de littérature, jeta un regard circulaire à la marée d'enfants en bleu marine et gris réunis dans le préau du collège.

– Bienvenue à notre premier concours de poésie. Nous sommes très honorés de recevoir en tant que jurée une célébrité locale, l'actrice Monica Rowse, que vous avez sûrement déjà vue lors de ses nombreuses apparitions à la télévision. Merci beaucoup d'être parmi nous, Monica.

La comédienne croisa ses jambes minces en souriant. Hannah, qui était assise à côté de Lottie au milieu de la salle, la dévisagea pour tenter de deviner quels étaient ses goûts en poésie.

Mm… poussins duveteux et mignons petits lapins, vraisemblablement.

Sur la table basse, devant elle, était posé un beau trophée brillant en argent. Hannah imaginait la tête que ferait son père si elle sortait la coupe de son sac un soir en rentrant du collège. Peut-être alors, ne considérerait-il plus qu'elle perdait son temps à écrire.

Pour l'heure, elle en tira son cahier, les articulations blanches, tant ses doigts étaient crispés. Elle avait passé des heures sur ce poème – à feuilleter le dictionnaire, à écrire et récrire des vers, à essayer différents rythmes et tournures de phrases, jusqu'à ce qu'enfin il sonne bien.

– Notre thème de cette année était la nature, rappela Mlle Francis.

Danny Carr, qui était juste derrière Lottie, laissa échapper un bâillement sonore. Hannah remarqua alors qu'il y avait une chaise libre à côté de lui. Pour qui la gardait-il ?

Elle paniqua. Oh, non ! Comment pourrait-elle se concentrer s'il venait s'asseoir juste derrière elle ?

Mlle Francis consulta sa liste.

– La première participante à nous présenter son œuvre sera Miranda Hathaway, de 6e B. Approche, Miranda.

Cette dernière n'eut pas à aller bien loin, car elle était assise au premier rang.

Elle tira d'un geste théâtral son cahier d'un luxueux sac, griffé au nom de la « Galerie Hathaway, Bond Street ». Elle aimait faire savoir que son père tenait une galerie d'art à Londres.

Ouvrant son cahier, elle annonça :

– *Mon golden retriever.*

« Ses parents ont dû lui payer des cours particuliers avec un poète, pensa Hannah. Et ils ont déjà dû mettre son chef-d'œuvre en compétition pour le prix Nobel de littérature. »

Miranda rejeta en arrière ses longs cheveux châtains brillants et se mit à réciter :

– *Ses yeux, telles deux topazes scintillantes,*

Son poil aux couleurs chatoyantes…

Hannah l'avait déjà vu, ce chien : il était énorme et il avait en permanence un filet de bave qui pendait des babines.

Lottie fit mine de vomir et chuchota :

– Au fait, tu as réfléchi à tu-sais-quoi ?

– Bien sûr.

Hannah ne pensait presque plus qu'à ça depuis qu'elle avait eu cet éclair de génie, les deux pieds dans sa flaque, la veille : elles n'avaient qu'à installer un théâtre dans le hangar à tracteurs !

Elle mourait d'envie d'en discuter avec Lottie depuis qu'elle était arrivée au collège, mais c'était trop risqué. Miranda et Emily, sa meilleure amie, étaient assises juste devant elles, et ces deux-là ne devaient sous aucun prétexte en entendre parler.

Miranda continuait à réciter son poème comme si la reine en personne était dans le public :

– *Ses belles oreilles pelucheuses,*

Ses pattes de velours soyeuses

Lottie donna un coup de coude à son amie en soufflant :

– Regarde !

Elle tira de son sac un beau carnet rouge tout neuf. Sur la couverture, elle avait écrit : « Club de théâtre du hangar à tracteurs ».

Elle l'ouvrit.

– Voici comment on pourrait procéder, chuchota-t-elle.

Sur la première double page, elle avait esquissé un plan : loges, coulisses, scène, salle.

Hannah sentit son cœur battre plus fort. Elle s'y voyait déjà : rideaux de velours, costumes somptueux, décors fabuleux ; elle entendait résonner les applaudissements du public lors du salut final.

Lottie releva la tête. Visiblement conquise, Monica Rowse couvait du regard Miranda, qui continuait à chanter les louanges de son toutou obèse.

– Et j'ai aussi imaginé les costumes, ajouta Lottie en tournant la page.

Des applaudissements retentirent au premier rang. Mlle Francis se leva.

– Merci, Miranda, pour ce vibrant hommage à ton animal de compagnie ! Quel dommage que certaines personnes (elle se tourna vers Lottie) n'aient pas cru bon d'y prêter attention. Voudrais-tu nous faire l'honneur d'écouter plus attentivement, dorénavant, Charlotte ?

Lottie fourra vite le carnet rouge dans son sac et posa les mains sur les genoux comme une petite fille modèle.

– La concurrente suivante est Emily Sanders, de 6e B.

La meilleure amie de Miranda se leva et se tourna face au public. Mlle Francis lui adressa un sourire encourageant en lui faisant signe de commencer.

– *Mon cheval, Jolicœur.*
Jolicœur est mon meilleur ami.
Je l'aimerai toute ma vie.
Je lui rends visite chaque matin
Pour le brosser, le monter et lui donner du foin.

Hannah se cramponna à son cahier, tentant vainement de se concentrer sur les poèmes, tandis que se succédaient inlassablement les chiens fidèles, les chats câlins, les clochettes de jonquille tintant au vent, les saules pleureurs mélancoliques, les feuilles d'automne dorées et le soleil d'été éblouissant.

Au bout de vingt longues minutes, elle avait la tête pleine et la gorge serrée. Elle commençait à se demander si elle n'avait pas commis une grossière erreur. Qu'allait donc penser Monica Rowse de son poème ?

Pourtant, la nature, ce n'était pas seulement le soleil qui brille et les mignons petits animaux. Si ?

Il y avait des gens qui vivaient là, à la campagne, dans la boue.

Lorsqu'elle eut fini de réciter son poème sur la neige, Vishali Patel, de 5e M, retourna s'asseoir. Mlle Francis consulta sa liste.

– Et enfin, c'est au tour d'Hannah Roberts, de 6e B.

Lottie lui prit la main et la serra en lui souhaitant bonne chance. Luttant contre la nausée qui lui levait le cœur, Hannah réussit malgré tout à se lever pour se placer face au public. Elle repéra le visage de son amie dans la foule et ne le quitta plus des yeux.

– *La Promesse*, annonça-t-elle.

Elle prit une profonde inspiration.

Dès qu'elle commença à lire son poème, la salle et les élèves disparurent et elle se retrouva dans la cour de la ferme.

– *Jour après jour, la pluie sans fin,*
Tombe dru dans la cour du soir au matin.
L'eau déborde des gouttières, s'infiltre lentement
Dans les fissures, détrempe le vieux ciment,
Se mélange à la crotte, à la paille, à la terre,
Qui en gadoue épaisse s'agglomère,
Formant une pâte puante, collante,
Grisâtre et répugnante.

On reste à l'intérieur. On est mieux là, nous.
Mais lui, dans sa veste maculée de boue,
Tête baissée, luttant contre le vent,
Qui souffle en bourrasques, froid et tranchant,
Ses doigts noueux et rouges crispés sur l'anse du seau,
Il veille au soin des animaux.

Dans la grange, un tas visqueux et grisâtre
Gît dans la paille, dégageant une odeur âcre
De chair pourrie. Ces agneaux jumeaux
Jetés sur le fumier étaient nés bien trop tôt.

Dehors, les silhouettes des chênes dénudés
Se détachent en noir sur le ciel plombé.
Comment imaginer que de ces brindilles desséchées
Pourront naître jeunes pousses et bourgeons vernissés ?

Pourtant, le printemps remonte et s'insinue
Petit à petit jusqu'à la surface de la terre,
Le long des racines et des branches nues,
Qui bientôt de feuilles vertes seront vêtues.
Alors, la chaleur d'avril adoucira ses traits burinés par l'hiver.

Hannah acheva son poème, la gorge serrée. Elle était partie très loin pendant qu'elle lisait. Elle avait complètement oublié tout ce monde en face d'elle.

Elle risqua un œil vers son auditoire.

Et le regretta aussitôt.

Parce que tout ce qu'elle vit en relevant les yeux, ce fut Danny Carr. Affalé sur sa chaise, il laissa échapper un bâillement retentissant.

Elle baissa la tête, les joues en feu, et se faufila vite jusqu'à sa place.

Lottie lui prit le bras.

– C'était super, Hannah. Tu vas gagner, c'est sûr.

Danny se pencha vers elle.

– Bien joué. Tu aurais dû voir la tête de la jurée quand tu as parlé des agneaux morts. J'ai cru qu'elle allait vomir.

Hannah fixa la pointe de ses chaussures. Elle aurait voulu disparaître sous terre.

Elle jeta un regard à Monica Rowse et à Mlle Francis qui discutaient à voix basse.

Elle aurait dû écrire un joli petit poème.

Pas un truc qui parle d'agneaux morts.

Finalement, le professeur releva la tête et sourit. Elle remercia tous les concurrents de leur participation, puis déclara :

– Nous avons eu beaucoup de mal à choisir un seul poème parmi tous ces excellents textes ; cependant, notre jurée a tout de même désigné un vainqueur.

Monica Rowse se leva, un sourire bienveillant aux lèvres, et entama un nouveau discours. Hannah avait l'estomac noué.

– Et donc…, conclut-elle, j'ai le plaisir de vous annoncer que le trophée de poésie Walters est attribué à… Miranda Hathaway !

Évidemment.

Au premier rang, la petite bande de Miranda l'acclama.

Lottie passa le bras autour des épaules de son amie.

– Ton poème était mille fois mieux, Hannah, affirma-t-elle. Cette bonne femme n'y connaît rien.

C'était gentil de sa part de dire ça.

Mais ça n'y changeait rien.

Peut-être que son père avait raison, après tout, elle perdait sans doute son temps à écrire.

4

Le devoir de maths

Alors que tout le monde était en train de ranger les chaises, Mlle Francis vint voir Hannah pour lui confier :

– Ton poème était magnifique…

Celle-ci la fixa sans comprendre.

– Mme Rowse a sans doute des goûts un peu plus… classiques, disons, mais je dois avouer que, à mon sens, ton texte était largement au-dessus des autres.

Hannah resta plantée là, ébahie. Alors, comme ça, le professeur de littérature avait préféré son poème ?

– Tu lis beaucoup de poésie ? la questionna-t-elle.

Le regard d'Hannah s'éclaira.

– Oh oui, énormément. J'adore Ted Hughes et Seamus Heaney. Quand ils évoquent la nature, ça sonne vrai, vous voyez ? Pour eux, ce ne sont pas seulement des petits lapins mignons et des poussins duveteux au milieu des jonquilles. Non, c'est la boue, le sang, la mort. D'accord, la campagne, ce n'est pas toujours comme ça, évidemment. Mais c'est un mélange. Parfois c'est beau, parfois affreusement laid. Et justement, c'est ce qui est intéressant, non ? S'il ne venait pas après l'hiver, le printemps ne nous émerveillerait pas autant.

Elle s'interrompit. Elle parlait trop.

Pourtant, Mlle Francis lui sourit.

– Absolument. J'aimerais beaucoup lire les autres poèmes que tu as écrits, si tu veux bien me les montrer.

Lorsqu'elles quittèrent la salle, Lottie s'exclama :

– Ah, tu vois ! Je te l'avais bien dit !

Hannah était radieuse. Le meilleur professeur de littérature du collège trouvait qu'elle écrivait bien !

Alors qu'elles rejoignaient leur salle de cours, Lottie lui rappela :

– Tu te souviens qu'on a un devoir de maths à rendre, hein ?

Hannah plaqua sa main sur sa bouche.

– Tu ne l'as pas fait ?

– J'allais m'y mettre hier soir, quand les moutons se sont à nouveau échappés. Oh non, M. Nagra va me tuer ! Il a dit qu'il téléphonerait à mon père si je rendais encore un truc en retard. Oh, je suis fichue !

– Tu n'auras qu'à copier sur moi quand on sera en classe. Ce ne sera pas long.

Hannah poussa un soupir de soulagement.

– Oh, Lottie, merci ! Y a pas meilleure amie au monde. Je te revaudrai ça...

– Dis, reprit celle-ci un ton plus bas, tu crois qu'il

y a un espoir pour que ton père nous laisse utiliser le grenier ?

Les rêves de théâtre emplirent à nouveau l'esprit d'Hannah.

– Je ne vois pas pourquoi il refuserait. Il ne s'en sert pas.

– Il faut qu'on lui demande aujourd'hui dans ce cas. Je dois renvoyer par mail le formulaire d'inscription au festival. Et il y a besoin du nom et de l'adresse du théâtre.

Hannah sauta de joie.

– Tu imagines ? On va participer au festival artistique de Linford ! On va monter notre théâtre à nous !

– Je peux venir après les cours ? Il sera là ?

Hannah se figea net, une étincelle dans les yeux.

– Oui, c'est parfait. Aujourd'hui, il va à la foire avec son tracteur de collection.

– Pour le vendre ?

– Non, ne dis pas de bêtises. Jamais il ne le vendrait. Pour l'exposer. Il adore ce genre de foire. Il va passer la journée à exhiber son Field Marshall et à répondre aux questions de vieux gars en tweed qui viennent l'admirer. Il y va tous les ans et il est toujours de bonne humeur quand il revient.

– Super, je passerai ce soir.

Lottie poussa la porte de la salle. Comme les 5e M avaient eu cours là juste avant et qu'il tombait des seaux d'eau, ils occupaient encore le terrain, assis sur les tables, à bavarder et rigoler.

Hannah scanna rapidement la pièce.

Non, il n'était pas là. Il devait être malade.

Était-elle soulagée ou déçue ?

Difficile à dire.

Il y avait déjà plusieurs cahiers de maths des 6e B empilés sur le bureau. Lottie s'assit à une table vide juste devant et sortit le sien. Elle l'ouvrit pour révéler un exercice si propre et bien présenté qu'il aurait mérité d'être agrandi et affiché au mur.

Et toutes les réponses étaient justes, c'était sûr et certain. Lottie n'avait jamais raté un exercice de maths de sa vie.

Hannah ouvrit à son tour son cahier et nota la date de la veille en haut d'une page vierge. Elle entreprit de copier la première question.

C'est alors que la porte de la classe s'ouvrit à la volée, cognant dans le mur. Tout le monde se retourna.

Lorsque Hannah releva la tête, son estomac fit un looping.

Jack Adamson entra d'un pas nonchalant, encore plus craquant que d'habitude avec ses cheveux tout ébouriffés et son sourire taquin.

– Mieux vaut tard que jamais, commenta son copain Danny en levant les yeux de son portable.

– Ouais, fit Jack en prenant aussitôt une expression de circonstance, mais j'ai une excuse : drame familial.

Vishali Patel, qui était assise à côté d'Hannah et de Lottie, ouvrit de grands yeux inquiets.

– Oh, non ! Qu'est-ce qui t'est arrivé ?

Jack poussa un profond soupir en se laissant tomber sur la chaise voisine. Lorsqu'il plongea son regard dans celui de Vishali, Hannah eut comme un coup au cœur.

– C'est mon poisson rouge, répondit Jack d'un ton sombre. Il s'est fait renverser.

Toute la classe explosa de rire, mis à part Lottie qui leva les yeux au ciel. Hannah fixa ses chaussures pour ne pas qu'elle la voie sourire.

Vishali donna une tape sur l'épaule de Jack.

– Espèce de crétin ! Tu m'as fait marcher !

– Ah, désolé, Vish. Hé, tu ne pourrais pas me prêter ton devoir de géo ? Je voulais le faire, mais ma mère est branchée à un respirateur et il a fallu que j'aille remettre des pièces pour qu'il continue à fonctionner.

Vishali gloussa en fouillant dans son sac.

– Bon, d'accord. Tiens.

– Merci, Vish, tu me sauves la vie, affirma-t-il en lui adressant un clin d'œil.

À nouveau, Hannah eut l'impression qu'on lui transperçait le cœur.

– Imbécile, murmura Lottie.

Lorsqu'il releva la tête, Jack croisa le regard d'Hannah, qui rougit instantanément. Il lui sourit.

– Je t'ai vue passer ce matin, Roberts.

Danny eut un reniflement méprisant.

– Dans sa voiture à pédales ?

Jack se tourna vers son ami.

– Sois pas méchant, Dan. Son père l'a construite

lui-même avec des pièces de récup de ses tracteurs. Un jour, il y installera un moteur pour qu'ils n'aient plus à pédaler.

Une fois encore, Hannah baissa la tête pour cacher son sourire.

– T'es pas drôle, Jack, marmonna Lottie.

– C'est dommage que tu aies raté le concours de poésie, remarqua Danny.

– Ah oui, je regrette vraiment.

– Non, sérieux. C'était hilarant. Hannah a écrit un poème sur des agneaux morts qui pourrissent dans la boue. La bonne femme du jury a failli vomir.

Jack hocha la tête, impressionné.

– J'adore ton style, Roberts. Je trouve que le thème des cadavres d'animaux en décomposition n'est pas assez exploité en poésie.

Hannah ne savait plus où se mettre. Elle plongea le nez dans son cahier de maths pour se cacher derrière sa mèche de cheveux.

– Il était vraiment bien, affirma Lottie. Je parie que tu ne serais pas capable d'aligner deux vers, même si ta vie en dépendait. Tu ne sais même pas écrire.

– Il se trouve que, justement, j'ai composé un poème ce matin. La disparition tragique de mon poisson rouge m'a inspiré.

Les autres pouffèrent à nouveau.

– Ouais, c'est ça, répliqua Lottie.

– Tu veux que je te le récite ?

– Non, répondit-elle.

– Si !!! s'écria la classe de 5e M.

Jack se leva, ouvrit son cahier et parcourut la salle des yeux. Tous les regards étaient fixés sur lui. Quand Jack faisait son numéro, il avait un public.

Hannah le dévorait des yeux. Il était tellement mignon. Et drôle. Elle ne comprenait pas que Lottie ne soit pas du même avis.

– *Ode à mon poisson rouge*, déclama-t-il.

Danny ricana.

Jack marqua une longue pause théâtrale avant de poursuivre :

– *Plouf, plouf, splash, splash.*

Nouvelle pause.

– Deuxième vers : *Plouf, plouf, splash, splash.*

Au milieu de l'hilarité générale, il poursuivit :

– Troisième vers : *Plouf, plouf, splash, splash.*

– Il y a combien de vers ? demanda quelqu'un.

– Trente-sept.

– Et c'est toujours : *Plouf, plouf, splash, splash* ?

– Oui, mais c'est pas ma faute, se défendit Jack en évitant le cahier qu'on lui jetait à la tête. La mémoire des poissons rouges ne dure pas plus de quatre secondes. Il voulait dire autre chose, mais chaque fois, il devait recommencer du début.

– Quel crétin ! marmonna Lottie tandis qu'il se rasseyait, esquivant une nuée de projectiles. Franchement, je ne comprends pas ce que tu lui trouves.

– Mais rien du tout, rétorqua Hannah, en chassant vite le sourire benêt qui s'était peint sur ses lèvres.

– Allez, Hannah, tu es amoureuse, ça se voit. Tu deviens écarlate dès qu'il pose les yeux sur toi. Et il t'a tellement déconcentrée que tu n'as même pas fini de recopier la première question, alors que la cloche va sonner dans une minute.

Oh, mince ! Elle avait raison. Hannah se mit à griffonner frénétiquement.

Mais Jack lui demanda :

– Qu'est-ce que vous faites dans notre classe ?

Il se pencha pour voir les deux cahiers ouverts devant elle.

– Oooh ! Tu copies les devoirs ? Dès la sixième ? Oh ! là, là !

Lottie bondit comme une lionne protégeant son petit.

– Au moins, elle a une bonne excuse, Jack. Pas comme certaines personnes de ma connaissance. Alors arrête.

– Tais-toi, face de rat, répliqua Jack. T'es pas sa baby-sitter.

En entendant la porte s'ouvrir, Hannah releva la tête. Oh misère…

M. Nagra fonçait droit sur elles.

Hannah s'empressa de refermer les deux cahiers et posa celui de Lottie sur la pile. Mais qu'allait-elle faire du sien ? Elle n'avait écrit que la date et la moitié de la première question.

– Juste à temps, commenta le professeur. Bien, voyons ces cahiers.

Il coinça la pile sous son bras. Hannah cacha le sien dans son dos comme une gamine de cinq ans.

M. Nagra tendit le bras.

– Allez, donne, Hannah. Ça ne doit pas être si affreux que ça.

Elle restait plantée là, comme pétrifiée. Si elle lui avouait la vérité et se faisait gronder devant Jack et ses copains, elle en mourrait de honte, non ? Seulement, si elle ne disait rien, le professeur s'en rendrait compte plus tard et…

Et il appellerait son père. Et ce serait encore pire.

Mais alors qu'elle hésitait, quelqu'un lui arracha son cahier des mains.

Elle fit volte-face.

Jack s'éloignait avec son butin à la main.

Non, ce n'était pas possible !

Il allait le montrer au prof !

Pour se faire mousser et lui attirer des ennuis.

Comment osait-il ?

Hannah se jeta sur lui afin de reprendre son bien, mais il le tenait hors de sa portée, tout en le feuilletant tranquillement.

– Arrête de faire le malin, Jack. Apporte-moi ça tout de suite, ordonna M. Nagra. Je n'ai pas toute la journée.

C'est alors qu'un truc incroyable se produisit.

Tenant le cahier de façon que le professeur ne voie que la couverture, Jack trouva la page de l'exercice incomplet.

D'un geste théâtral, il l'arracha, la déchira en petits morceaux, qu'il jeta par la fenêtre.

Hannah contemplait la scène, abasourdie, suivant du regard les petits bouts de papier emportés par le vent.

Jack se retourna vers M. Nagra.

– Je vous évite de perdre votre temps, monsieur. Tout était faux. Elle est nulle en maths, non ?

Le professeur en resta bouche bée un instant. Puis il retrouva la parole et déclara :

– Jack Adamson, dans le bureau du principal. Immédiatement. J'en ai plus qu'assez de toi.

Jack quitta la pièce en traînant les pieds.

Juste avant de refermer la porte, il se retourna pour adresser un clin d'œil à Hannah.

Qui passa le restant de la matinée avec un sourire béat aux lèvres.

5

Arthur Roberts

La propriété de Clayhill avait la forme d'une cuvette, avec la ferme dans le fond et les prés qui montaient en pente douce vers les bois au nord et vers les montagnes au sud.

Lorsque Hannah et Lottie en prirent le chemin, après les cours, le soleil d'hiver argenté se couchait déjà, teintant les nuages de rose et d'orange.

Hannah donna un coup de coude à son amie.

– Regarde comme ils sont beaux !

Près du tas de bois, une bande de chardonnerets aux couleurs vives, tels des bijoux d'or et de rubis, picorait les graines des chardons noircis par le froid.

Mais Lottie était concentrée, elle sautillait de ci, de là, comme si elle jouait à la marelle.

– Tu t'embêtes pour rien, commenta Hannah. Tu vas finir couverte de boue de toute façon.

– Il n'y a pas que la boue. Je ne veux pas être couverte de bouse de vache, de crottes de mouton et de fiente de poule.

– Bah, c'est tout mélangé, aucun espoir d'y échapper. Tu devrais laisser une paire de bottes en caoutchouc chez moi.

– Tu crois qu'il est là ? s'inquiéta Lottie.

Hannah jeta un regard vers le hangar à tracteurs.

– Le Field Marshall est là, il est donc rentré de la foire. On a peut-être une chance de le trouver à son bureau avant qu'il parte faire la traite.

Elles montèrent l'escalier de derrière quatre à quatre, se faufilèrent dans le couloir encombré de classeurs et de cartons. Et se figèrent en entendant le père d'Hannah s'emporter au téléphone.

– Donc, vous dites qu'il a le droit de doubler le loyer et qu'on ne peut rien y faire ?

Il y eut un silence, puis il grogna :

– Alors, au revoir.

Il raccrocha violemment le combiné. Hannah regarda son amie, paniquée. Son père avait souvent ce ton-là, ces derniers temps. Coups de fil furieux, lettres de l'agence immobilière…

– Avance, murmura Lottie.

Hannah s'efforça de chasser ces inquiétudes de son esprit. Elle rassembla son courage, posa les deux mains à plat sur la porte du bureau et la poussa. Elle s'ouvrit en grinçant et s'arrêta à mi-chemin, bloquée par un obstacle. Hannah s'introduisit tant bien que mal dans la pièce, enjambant une pile de dossiers, et tira Lottie par le bras.

On se serait cru dans la salle du trésor d'une tribu

vénérant le dieu Papier. Il y avait des montagnes de paperasse, des classeurs, des cartons, des milliers de feuilles volantes, plein de poussière, entassés dans tous les coins en piles chancelantes. Sous la fenêtre obstruée par le lierre, la table en était recouverte. Le papier peint se détachait des murs en grands lambeaux semblant saluer les papiers amoncelés par terre. Un placard avait explosé depuis plusieurs années déjà, sous la pression des cartons accumulés à l'intérieur. Personne n'avait essayé de le refermer depuis lors, si bien qu'il déversait à flots sa paperasse sur le parquet. Une pile penchait du côté où elle allait tomber, comme la tour de Pise.

La seule chose dans cette pièce qui n'était pas remplie de papier, c'était la corbeille à papier.

Elle était vide.

Au beau milieu, comme une île dans cette mer de paperasse, émergeait un vieux bureau en chêne. Et à ce bureau, tapant une lettre sur une antique machine à écrire noire, se tenait le père d'Hannah. Vêtu de sa salopette bleue et de sa ceinture en cuir élimée. Avec son air préoccupé, le front plissé, il paraissait vieilli. « Et il a maigri », remarqua Hannah.

– Papa ?

Difficile de savoir s'il l'avait entendue. Il s'arrêta de taper pour considérer la lettre posée près de la machine. Hannah en déchiffra l'en-tête : « Goldman et associés, avocats ».

– Papa ? répéta-t-elle un peu plus fort.

– Quoi encore, Joanne ?… euh, Martha, euh, Hannah ? bafouilla-t-il sans même lever les yeux.

Hannah jeta un regard à Lottie qui articula sans bruit :

– Vas-y !

L'estomac noué, Hannah se fraya un chemin entre une tour de cartons et une pile d'enveloppes en kraft pour atteindre le bureau.

– Papa… Lottie et moi, on se demandait si on pourrait utiliser le hangar à tracteurs…

– Hein ? Pour quoi faire ? répliqua-t-il d'une voix agacée.

Elle recula d'un pas.

– Hum… du théâtre.

Dans cette pièce, même à ses propres oreilles, le mot « théâtre » détonnait.

– Du théâtre ? répéta son père avec une moue écœurée. Ha !

Il se remit à taper, *tac*, *tac*, *tac*, de ses gros doigts rêches.

Hannah se tourna vers son amie, restée sur le seuil. Lottie sortit de la pièce et lui fit signe de venir. Elle la rejoignit dans le couloir, contournant les monceaux de papier sur la pointe des pieds.

– Il faut lui dire ce qu'on veut en faire, chuchota Lottie. Lui expliquer que ça va être génial.

– Je ne vois pas ce que ça changerait.

– Ta mère était bien actrice avant de l'épouser, non ?

– Oui. Justement. *Avant* leur mariage.

– Mais peut-être que s'il comprenait à quel point tu aimes le théâtre... Il est au courant que tu as remporté le trophée d'art dramatique en CM2, pas vrai ? Alors il sait que tu es douée. Vas-y, parle-lui.

– Mmm, murmura Hannah.

Tandis qu'elle manœuvrait entre les obstacles, son cœur s'emballa. Depuis hier, son beau projet occupait toutes ses pensées. Lottie avait raison. Ça valait la peine d'essayer.

– Papa, tu sais que j'ai écrit une pièce ?

– Hein ?

– Elle est tombée dans la boue, mais je suis en train de la récrire. Et, tu vois, on aimerait participer à un concours ; alors on s'est dit qu'on pourrait installer un vrai théâtre dans le grenier du hangar à tracteurs pour la jouer. Lottie sait coudre, elle pourrait faire de beaux costumes et on fabriquerait les décors et...

Il releva brusquement la tête, sourcils froncés.

– Tu veux transformer le grenier du hangar à tracteurs en théâtre ?

– Oui.

– Et qu'est-ce que tu ferais de tout ce qu'il y a dedans ?

Hannah jeta un regard à Lottie, toujours sur le seuil.

– On pourrait t'aider à faire le tri...

– Ah oui ? fit-il en fixant sa fille d'un œil noir. Tu ne crois pas que j'ai assez de pain sur la planche en ce moment ? Martha qui vient me réclamer une télévision. La télé ! Pour qu'elle puisse passer ses soirées à regarder des âneries. Et maintenant toi, qui veux le grenier du hangar à tracteurs ! Vous avez perdu la tête ou quoi ?

– On pourrait ranger toutes seules.

Il tapa du poing sur son bureau, soulevant un nuage de poussière.

– Je vous défends de toucher à quoi que ce soit ! Vous ne savez même pas ce qu'il y a là-haut, vous risquez de vous blesser ! Et puis le plancher n'est pas en bon état, vous allez passer à travers et vous briser le cou ! Et c'est bien la dernière chose dont j'ai besoin, devoir vous conduire à l'hôpital ! Nom de nom, on est dans une ferme, pas dans une cour de récréation ! Vous n'avez rien de mieux à faire que de perdre votre temps avec ces bêtises de théâtre ?

Malgré tout, Hannah insista :

– Je t'en prie, papa ! Je sais que tu n'aimes pas le théâtre, seulement c'est ma passion. Comme maman.

Elle vit son visage s'assombrir, mais poursuivit:

– Je ne suis pas comme toi. Toi, tu aimes tes bêtes. Moi, c'est le théâtre. S'il te plaît, dis oui !

Son père se releva brusquement, la dominant de toute sa hauteur. Sa silhouette se découpait en contre-jour dans la faible clarté de la fenêtre.

Hannah recula d'un pas.

Était-il en colère ? ou ému ?

– Sors d'ici ! Sors de mon bureau ! hurla-t-il. J'ai du travail, bon sang ! Laisse-moi tranquille !

Hannah se rua hors de la pièce, les yeux emplis de larmes, et trébucha sur une pile de dossiers.

– Aaaaah ! cria-t-elle en tombant à genoux sur le plancher plein d'échardes. Ouille !

En voulant se rattraper, elle renversa un tas de pochettes en plastique, qui répandirent tout leur contenu par terre.

Hannah se releva tant bien que mal, tentant de rassembler les papiers.

– Laisse ! Ne touche plus à rien, ordonna son père. DEHORS !

6

La photographie

Hannah se précipita dans le couloir, écarta Lottie de son chemin et se laissa tomber sur la première marche de l'escalier, la tête entre les mains.

Son amie vint s'asseoir à côté d'elle.

– Ça va ?

Hannah se mordait les lèvres pour ne pas pleurer.

Pourquoi son père s'était-il emporté contre elle comme ça ?

Clic, clac, clic, clac.

– Martha ! siffla-t-elle. Vite !

Elle se leva d'un bond et s'essuya les joues d'un revers de manche.

Mais c'était trop tard.

– Ha-ha-ha-ha-ha !

Sa sœur, toujours perchée sur ses escarpins rouges, portait cette fois un pantacourt moulant en jean noir et un débardeur rouge.

– Papa t'a dit non pour le théâtre, ha-ha-ha ! Il est furieux contre toi, ha-ha-ha !

– Tu m'as encore espionnée ?

– Espionnée ? Tu parles, c'était difficile de ne pas entendre : « Oooh, papa, je t'en prie, je peux monter un théâtre ? Je t'en supplie, papa ! »

– La ferme, Martha. Viens, Lottie. On va dans ma chambre.

Elles se faufilèrent dans la jungle de classeurs tandis que Martha dévalait bruyamment les marches. En passant devant le bureau, Hannah ne put s'empêcher d'y jeter un coup d'œil. La tête entre les mains, son père contemplait une photo posée sur son bureau.

Hannah la connaissait. D'habitude, elle était accrochée au mur, derrière le bureau.

Elle datait des années 1940 et on y voyait son grand-père, perché sur un tracteur vert flambant neuf, le sourire jusqu'aux oreilles. C'était son tout premier tracteur, lui avait raconté son père. Son Field Marshall adoré.

Pourquoi son père l'avait-il décrochée du mur ? Et pourquoi la fixait-il d'un air si triste ?

Il était sûrement arrivé quelque chose à la foire. Mais qu'est-ce qui avait bien pu le bouleverser à ce point ?

Hannah chassa ces questions de son esprit. Elle ouvrit la porte de sa chambre et, sans même y entrer, la fit claquer bruyamment.

– Suis-moi, souffla-t-elle à Lottie. Sur la pointe des pieds.

– Où on va ? chuchota son amie en descendant

avec précaution le grand escalier de devant, recouvert d'un tapis.

– Dans le salon.

– Mais on n'a pas le droit.

– Au moins, on est sûres que Martha ne viendra pas nous chercher là. Elle nous croit dans ma chambre, elle va écouter à la porte.

– Oh… astucieux !

Personne n'était entré dans le salon depuis Noël. De la suie tomba dans l'âtre lorsque Hannah ouvrit la porte, ce qui ne fit pas rire les ancêtres à la mine sévère dans leurs cadres accrochés au mur.

Les arrière-grands-parents d'Hannah étaient de riches Londoniens. Ils auraient voulu que leur fils unique, le grand-père d'Hannah, devienne avocat. Mais lors de vacances dans le Sussex, il était tombé amoureux de la région et avait décidé de devenir agriculteur. Pendant qu'il servait dans l'armée, durant la Seconde Guerre mondiale, il avait suivi des cours par correspondance. Et quand il était rentré de la guerre, il avait loué la ferme de Clayhill. Elle était très mal entretenue. Il n'y avait pas l'électricité ni l'eau courante. Les champs étaient pleins de mauvaises herbes. La cour n'était qu'une mare de boue.

Au fil des années, toute la fortune de la famille y était passée. L'argenterie et les beaux meubles avaient été vendus pour payer les factures. Cependant, la mère d'Hannah s'était efforcée de conserver un salon confortable et accueillant. Son époux refusait désormais qu'on y touche. Dans leurs cadres aux dorures écaillées, les riches ancêtres guindés les toisaient d'un regard hautain, l'air de dire : « Nous n'avons rien à faire dans une ferme, vous savez. Nous méritons mieux que ça. »

Les enfants avaient interdiction d'entrer dans le salon depuis qu'Hannah avait bousculé la vitrine en jouant à chat. Certains cochons en porcelaine de la collection de leur mère avaient été cassés. C'était la dernière fois qu'Hannah avait vu son père aussi en colère qu'aujourd'hui.

Lottie dévisageait les portraits d'un œil inquiet. Frissonnant, elle serra son manteau contre elle.

– Il est beau, ce tableau, remarqua-t-elle en désignant la seule peinture qui ne soit pas un portrait.

Il représentait un magnifique cheval bai, sellé et harnaché, mais sans cavalier, avec un épagneul à ses côtés.

Hannah le regarda.

– C'était le préféré de ma mère.

Elle s'affala sur le canapé victorien défoncé, tirant les fils d'or du brocart râpé.

– Je n'en reviens pas que papa refuse de nous laisser utiliser le grenier. Ç'aurait été tellement chouette de participer au festival. En plus, il ne sert jamais ! Je parie qu'il n'est pas monté là-haut depuis des années.

Lottie s'approcha de la cheminée et prit l'un des chandeliers en argent posés sur la tablette.

– Waouh ! C'est lourd ! Ils sont en argent massif ?

– Oh ! Fais attention, ils appartenaient à mon arrière-grand-mère !

Lottie reposa le chandelier.

– Pourquoi ton père s'est-il mis en colère comme ça ? À mon avis, ce n'est pas seulement parce que tu lui as demandé pour le grenier.

Hannah haussa les épaules.

– Je ne sais pas. C'est bizarre. Il est vraiment de mauvaise humeur en ce moment. Il déteste le nouveau propriétaire. Dès qu'on en parle, ça le rend dingue. Mais je n'ai pas abordé le sujet pourtant !

Lottie étouffa un petit cri et lui prit le bras.

– Qu'est-ce qu'il y a ? s'inquiéta Hannah.

– J'ai oublié de te dire. L'amie de ma mère est passée à la maison hier soir… Tu sais, Jeannette, la vraie commère… Et… je sais bien que ce n'est pas possible, mais… je l'ai entendue dire à ma mère que le nouveau propriétaire voulait démolir la ferme pour construire un lotissement à la place.

Hannah éclata de rire.

– Ne dis pas de bêtises ! Il ne peut pas faire ça. Pas tant qu'on habite ici !

Lottie se détendit un peu.

– Je sais. Ça doit juste être une rumeur idiote.

Elle épousseta un portrait d'Hannah bébé.

– Regarde les joues que tu avais !

Hannah ne répondit pas. Elle prit une photo représentant son père et son grand-père devant la grange, tous deux vêtus d'une salopette bleue reprisée, avec une ceinture en cuir. Ils riaient à gorge déployée. Son père devait avoir dans les quatorze ans. Peu de temps après, son grand-père était mort, et son père avait dû quitter l'école pour reprendre la ferme. D'habitude, quand elle regardait cette photo, elle était désolée pour lui. Sauf qu'aujourd'hui elle était plutôt en colère.

– Pourquoi il refuse qu'on monte ce théâtre ? Comment je vais faire pour devenir comédienne si je ne peux pas jouer ? C'est vraiment bête qu'il n'y ait pas de cours d'art dramatique au collège !

– On ne va pas abandonner si vite. Il n'y a pas un autre endroit qu'on pourrait utiliser ?

– C'est plein partout. Il y a soit des animaux, soit des réserves de nourriture ou des outils. Ou alors dans les anciennes écuries…

– Non, ça n'irait pas, il n'y a que des petits box, objecta Lottie.

– De toute façon, c'est en plein milieu de la cour. Si on essayait d'en faire un théâtre, il le verrait tout de suite.

Lottie ouvrit la bouche, comme si elle allait parler, puis se ravisa. Elle se posta devant l'appui de fenêtre et dessina dans la poussière du bout du doigt.

– Qu'est-ce qu'il y a ? fit Hannah.

Lottie hésita.

– C'est juste que… Eh bien, maman a proposé de m'inscrire à l'école de théâtre de Linford, si je voulais. Tu sais, c'est là où vont Miranda et Emily. Il paraît que c'est très bien.

Hannah la fixa sans répondre.

– Je n'irai que si tu y vas aussi, ajouta Lottie.

Son amie secoua la tête.

– Je ne peux pas. Je n'ai pas les moyens.

– Ma mère paierait pour toi.

Hannah haussa le ton, emportée par la colère.

– Je ne veux pas. Et mon père ne voudrait pas non plus. De toute façon, il n'accepterait jamais que j'y aille. Pour lui le théâtre, c'est une perte de temps, je te le rappelle. Et puis je dois être à la maison pour préparer le dîner, tu sais bien.

– C'est bon, c'est bon, tu ne vas pas me mordre, quand même ! Tu es en colère contre ton père, pas contre moi, je te signale.

Lottie essuya une vieille photo fanée avec sa manche. Puis, fronçant les sourcils, elle l'emporta au milieu de la pièce, sous la lampe, pour l'examiner de plus près.

– Qu'est-ce que tu fabriques ?

– C'est quoi, ça, Hannah ?

Cette dernière regarda la photo. Puis Lottie. Comment osait-elle ?

– C'est ma mère.

– Je sais bien que c'est ta mère. Je veux dire qu'est-ce qu'on voit derrière elle ?

Hannah prit le cliché. Sa mère était dans un pré, un seau à la main et elle bébé sur la hanche ; au milieu, des poules picoraient.

Elle n'avait jamais rien regardé d'autre sur cette

photo. Mais maintenant, elle remarquait un long bâtiment au milieu des buissons, dans le fond.

– C'est quoi, cette remise ? insista Lottie.

– Aucune idée. C'est bizarre. Je ne l'avais pas remarquée auparavant.

– C'est peut-être dans une autre ferme.

Hannah approcha la photo de la lumière.

– Non, c'est bien notre bois qu'on voit derrière. Et ça, on dirait la clôture du verger… Alors, maman doit être dans le pré du nord.

– Mais il n'y a pas de bâtiment là-bas. Si ?

Hannah secoua la tête. Puis elle ouvrit de grands yeux et reprit :

– À moins que…

– Quoi ?

Hannah fonçait déjà hors de la pièce, la photo à la main.

– Viens. On va voir !

Elle traversa le vestibule et le sinistre couloir de derrière, le cœur battant. En sortant par là, elles risquaient moins de croiser quelqu'un et de se retrouver avec une corvée à faire.

Hélas ! En passant devant la cuisine, elle entendit un plaintif :

– Hannah, c'est toi ?

Elle s'arrêta.

– Je vais juste voir si tout va bien.

Sam était assis à la grande table en bois. Il avait fait de la place au milieu des piles de linge à repasser, de courrier à ouvrir et de pièces de tracteur pleines de cambouis, pour dessiner un tracteur tirant une charrue.

– Oh, c'est très beau, Sam, commenta Hannah.

Son petit frère releva la tête, tout fier.

– C'est un Kverneland 4 corps réversible.

– Waouh ! Bravo.

– On mange quoi, ce soir ?

Hannah se mordit les lèvres.

– Mince, j'ai oublié de sortir le ragoût du congélateur.

– Je meurs de faim.

– Désolée, Sammy. On va encore devoir se contenter d'œufs brouillés. Tu as ramassé les œufs ?

Il acquiesça. Hannah consulta la pendule. Déjà cinq heures !

– Je reviens dans cinq minutes. D'accord ? lança-t-elle en s'empressant de quitter la pièce.

Son amie la suivit.

– Désolée, Lottie, mais il faut que je prépare le dîner.

– Oh non !

– Si on y va maintenant, quelqu'un va venir me chercher… et s'ils nous suivent, c'est fini. Tu as bien vu la réaction de papa. Si on trouve un endroit, il faut que ça reste secret.

Son amie laissa échapper un grognement.

– Mais si on veut participer au festival, il faut qu'on envoie le formulaire demain. Avec le nom et l'adresse de notre théâtre.

La voix de Sam monta de la cuisine.

– Hannah, j'ai très, très faim !

– J'arrive !

Elle baissa la voix pour ajouter :

– Tu peux revenir dans la soirée ?

– D'accord, répondit Lottie.

Sa mère rentrait toujours tard de son travail à Londres. Et même de retour à la maison, elle était trop fatiguée pour remarquer où était sa fille.

– Retrouve-moi près de la clôture du verger. Je dirai que je sors promener Tess.

Elles sursautèrent lorsque la porte du cellier s'ouvrit.

– Salut, fit Jo en ôtant ses bottes. Qu'est-ce qu'on mange, ce soir ? Je meurs de faim.

– Des œufs brouillés.

– Encore ?

– Désolée. Demain, je ferai le ragoût.

Jo entra dans la cuisine. Hannah ferma la porte.

– Rendez-vous à sept heures et demie. Et apporte une lampe-torche.

7

Recherches de nuit

La cour de la ferme était plongée dans l'obscurité, mis à part la lueur qui filtrait de la porcherie. Des grognements et des grondements étouffés s'en échappaient. Hannah entendait le vacarme métallique des seaux et la voix de son père qui disait :

– Et voilà, ma fille. Tu vas être bien comme ça.

Elle ne pouvait pas encore prendre le risque d'allumer sa torche. Une fois ses yeux accoutumés à la pénombre, elle entreprit de traverser la cour à l'aveuglette.

Un cri perçant résonna soudain dans la nuit. Elle se figea.

« Juste une chouette chevêche, se rassura-t-elle. Pas de panique. »

Elle passa sous la barrière du pré nord puis alla s'asseoir sur la clôture du verger pour attendre Lottie.

C'était une nuit vraiment noire. Sans lune ni étoiles. Elle était encore trop près de la porcherie pour utiliser sa lampe. Le vent glacé lui mordait le visage. Elle remonta son écharpe sur son nez.

Qu'est-ce que c'était que ça ?

Ce bruissement dans les hautes herbes ?

Hannah se raidit. Pitié, pas un rat. Et si elle marchait dessus sans le voir ? Et s'il lui grimpait sur le mollet ? Elle remonta les jambes sur la barrière.

« Allez, Lottie, vite ! Ne sois pas en retard ! »

Une lueur apparut au bout du chemin. Était-ce un phare de bicyclette ou le halo d'une torche ? Il s'agissait d'un sentier public où les gens venaient promener leur chien. Ce pouvait donc être n'importe qui.

Mais soudain, la lumière se mit à tanguer follement. Hannah se détendit. C'était bien Lottie sur son vélo. Personne au monde à part elle n'aurait fait de tels zigzags pour éviter de salir ses vêtements.

Hannah tendit l'oreille, afin de vérifier que son père était toujours dans la porcherie, puis elle fit trois signaux lumineux avec sa lampe. Lottie freina juste devant la clôture.

– Rentre ton vélo dans le champ. Papa risque de le voir si tu le laisses ici, chuchota Hannah.

– Il fait tellement noir… Brrr, frissonna Lottie en faisant passer son vélo de l'autre côté de la barrière.

– Y a rien à craindre, assura Hannah, qui avait retrouvé tout son courage maintenant qu'elle n'était plus seule. Tu as ta torche ?

Lottie la sortit de sa poche et l'alluma.

– Alors elle est où, cette mystérieuse grange ?

Elle balaya les environs avec le faisceau de sa lampe.

Hannah lui saisit le poignet.

– Arrête ! Papa va nous repérer !

– Oups ! Désolée.

Hannah braqua sa torche vers le champ. Elle éclaira un gros massif de ronces dans le fond.

– Là-bas, tu vois ?

– Tu crois que c'est là ?

Hannah sortit de sa poche la photo de sa mère et la contempla à la lueur de sa lampe.

– Oui, tu vois, voici la clôture du verger et le bois derrière. Tu reconnais le grand chêne tout au bout ?

Lottie braqua à son tour sa torche vers les buissons en frissonnant.

– Pas question que je mette les pieds là-dedans.

– Lottie, ne sois pas bête. Imagine si on trouve vraiment un bâtiment abandonné. On pourra en faire notre petit théâtre secret dont personne ne connaîtra l'existence.

– Il fait si noir… on ne sait pas ce qui rôde dans ces buissons.

L'image de rongeurs aux yeux luisant dans l'obscurité traversa l'esprit d'Hannah. Elle la chassa bien vite.

– Mais non, il n'y a rien. Allez, viens.

Elle n'osa même pas exprimer sa pire angoisse, car elle préférait ne pas y penser.

Et si la grange avait été démolie ?

Ou détruite par une tempête ?

Et s'il ne restait plus rien du tout ?

Tandis qu'elle avançait péniblement dans le champ boueux, Lottie sur les talons, le vent leur fouettait le visage et mugissait dans les arbres. Elles braquaient leurs torches sur le sol pour éviter de se prendre les pieds dans les terriers de lapin et les taupinières et de finir étalées dans la bouse de vache.

Hannah vit les yeux d'un lapin luire dans le faisceau de sa lampe. Il se figea un instant avant de détaler. Elles sentirent quelque chose froufrouter sous leur nez.

Lottie fit un bond en arrière en hurlant.

– Chut, c'est rien qu'une chauve-souris, siffla Hannah. Tu veux que mon père nous entende ou quoi ?

Elle espérait que son amie n'avait pas remarqué qu'elle avait sursauté également. Les chauves-souris ressemblaient un peu trop à des souris à son goût.

– Mais qu'est-ce que ta mère pouvait bien fabriquer par ici ? s'étonna Lottie.

Hannah haussa les épaules.

– Je pense qu'elle avait des poules à l'époque.

– Pourquoi elle a arrêté ?

– Une nuit, une nuit sombre et glacée de février, comme celle-ci, un monstre a surgi des bois et les a toutes dévorées !

– Arrête !

Un cri strident transperça la nuit.

– C'était quoi, ça ? hurla Lottie en lui serrant le bras à lui faire mal.

Hannah était bien contente de changer de sujet. Elle n'avait pas envie de parler de sa mère.

– C'est une chouette chevêche. Dommage que ton père ne soit pas là.

Lottie s'esclaffa :

– Oh, oui ! Il l'aurait notée tout de suite dans son carnet.

Le père de Lottie était passionné d'ornithologie. Et celui d'Hannah n'aurait pour rien au monde manqué son compte rendu mensuel sur les oiseaux de Clayhill. Ils passaient des heures à en discuter, tous les deux : quelles espèces avaient été aperçues à Clayhill ? Avait-on repéré un nouvel oiseau aux alentours de la ferme ?

Arrivées aux fourrés, les filles s'arrêtèrent. Lottie serra le bras d'Hannah encore plus fort. C'était étonnant de voir comment une fille aussi sûre d'elle au collège pouvait se changer en poule mouillée quand elle se retrouvait dans la campagne au milieu de la nuit.

Hannah dirigea sa lampe sur les buissons. C'était un épais amas de ronces, entremêlées comme un barbelé vivant.

– Il doit bien y avoir un moyen d'y pénétrer. Il suffit de chercher.

Elles firent le tour du massif en l'examinant de haut en bas avec leurs lampes sans découvrir le moindre passage.

– Je ne comprends pas, soupira Lottie. Ta mère devait pourtant y rentrer pour nourrir les poules.

– C'était il y a dix ans. Les ronces ont dû tout recouvrir. Il va falloir qu'on se fraie un chemin à travers.

– Mais il n'y a pas de…

– Suis-moi.

Hannah se courba pour passer sous les branchages. Sa lampe dans la bouche, elle avançait pas à pas, cassant les branches et repoussant les ronces de ses mains. Mais les épines transperçaient ses gants et l'égratignaient. Elles s'agrippaient à son manteau et à son bonnet, elle devait s'arrêter fréquemment pour se libérer. Lottie la suivait en criant, grognant et pestant lorsqu'elles lui cinglaient le visage.

– Qu'est-ce qu'ils vont penser au collège en voyant nos têtes, demain ? Ils vont croire qu'on a fait la guerre.

Hannah se faufila sous un buisson d'épines et ressortit de l'autre côté. Elle braqua sa torche devant elle, s'attendant à trouver encore des ronces, mais le faisceau éclaira ce qui ressemblait à du lierre.

Son cœur s'emballa.

– Viens vite par là avec ta lampe.

Lottie rampa sous le buisson et se releva, frottant ses joues en sang d'un revers de main. Elle leva sa lampe vers le rideau de lierre.

– Ooooh !

– Tu crois qu'on y est ?

Lottie tira des lianes.

– Un mur en bois ! C'est la grange, j'en suis sûre !

Elle se tourna vers Hannah. Elles distinguaient tout juste leurs visages dans la faible lueur des torches.

– C'est fou ! reprit-elle. Elle est là depuis toujours et on ne le savait même pas.

Hannah ne dit rien, mais elle en avait la chair de poule.

– Il faut trouver la porte, décréta son amie.

Elles tâtonnèrent contre la paroi couverte de lierre, l'examinant pas à pas à la lueur de leurs torches. Soudain, celle d'Hannah éclaira un gond tout près du sol. Elle remonta le long du mur… Il y en avait un autre en haut. Alors, elle balaya la cloison en zigzag avec sa torche, scrutant chaque centimètre carré… et découvrit une poignée de porte rouillée.

– On a trouvé !

Elles restèrent un instant immobiles à fixer la poignée.

– Waouh ! murmura Lottie.

Hannah retint son souffle. Qu'y avait-il à l'intérieur ?

– Tu l'ouvres ? chuchota son amie.

– Non, toi.

– Pas question, on est chez toi. À toi de le faire.

Le ton de Lottie n'admettait pas de réplique. Hannah allait devoir passer la première.

La seule chose qui la gênait, c'était sa peur des rats. S'il n'y avait pas de rats, pas de problème.

Elle cogna à la porte, fort, et attendit.

Pas de réaction.

Elle recommença. Silence toujours.

– OK, j'entre, décida-t-elle.

Elle tourna la poignée et tira la porte. Mais elle ne bougea pas.

– Elle est bloquée. Sûrement à cause du lierre.

Elles entreprirent d'arracher les vrilles qui se cramponnaient au mur. Tout à coup, Hannah heurta un objet métallique, elle l'éclaira avec sa torche.

Il s'agissait d'un fer à cheval. Un grand fer à cheval, cloué sur la porte.

Un porte-bonheur.

C'était un signe.

Sa mère lui souhaitait bonne chance.

Cet endroit avait été à sa mère.

Et maintenant il était à elle.

Soudain, elle avait hâte d'entrer. De voir ce qu'il y avait à l'intérieur. Elle saisit de nouveau la poignée et l'actionna frénétiquement.

– Toujours pas moyen de l'ouvrir. Elle doit être rouillée.

Elle planta ses talons dans le sol, comme si elle voulait tirer une corde, et pesa de tout son poids. Petit à petit, elle sentit la porte céder. Elle grinça en s'ouvrant à contrecœur, centimètre par centimètre.

Le cœur d'Hannah battait si fort que Lottie devait l'entendre.

– Vas-y, lui glissa son amie, éclaire l'intérieur.

Hannah n'osait pas. Parce que, tant qu'elle n'avait rien vu, elle pouvait toujours s'imaginer que c'était l'endroit idéal.

Mais… Et si le toit s'était affaissé ?

Et s'il n'y avait plus que ce mur et que le reste de la grange s'était écroulé ?

Cela faisait dix ans, quand même.

Il pouvait se passer beaucoup de choses en dix ans.

– Je ne peux pas, avoua-t-elle. Et si tout s'est écroulé ?

– OK, on va le faire ensemble, décréta Lottie. Un, deux, trois…

Hannah prit une profonde inspiration et éclaira l'obscurité.

Durant un instant, il y eut un silence complet. Puis Hannah prit la parole, si bas que c'était à peine un murmure :

– La grange est encore là, elle est toujours debout.

Un peu intimidées, comme si elles pénétraient dans une grande cathédrale, elles entrèrent et examinèrent les lieux à la torche.

– Oh, mon Dieu ! s'exclama Lottie, toute tremblante d'excitation. C'est… parfait !

Elle arpenta la grange, braquant sa lampe le long des murs et au plafond.

– Et immense… on pourra la diviser en trois pour faire des coulisses, une scène et une salle. Regarde, on a même une porte à l'autre bout pour faire entrer le public. Il y a quelques trous dans les murs, mais rien qu'on ne puisse réparer. Le sol est sec, ce qui signifie qu'il n'y a pas de fuite. Impeccable.

Hannah était envahie par une étrange sensation.

Comme si elle était enfin chez elle.

« C'était la grange de maman, pensa-t-elle. Un cadeau qu'elle nous fait. »

– Comment va-t-on l'appeler ? demanda Lottie. Il faut qu'on trouve un nom pour notre théâtre. Comme ça, je pourrai envoyer le formulaire d'inscription par mail en rentrant à la maison. Oh, je n'arrive pas à y croire ! On va participer au festival ! Qu'est-ce que tu dirais de… Théâtre à la Ferme ? Oh non, j'ai une meilleure idée : le Théâtre du Fer à cheval !

– Non, je sais déjà comment on va l'appeler.

– Comment ? Vas-y, dis-moi ! Dis-moi !

Lottie braqua sa torche dans les yeux de son amie.

– Dis-moi, Roberts, ou tu vas le regretter !

Hannah sourit en lui prenant les mains.

– C'était le poulailler de ma mère. Alors on va le baptiser le Théâtre secret du Poulailler. Qu'est-ce que tu en dis ?

Lottie répéta :

– Le Théâtre secret du Poulailler. Oui ! Ça sonne bien.

8
Une lettre

Le vendredi matin, à huit heures trente-cinq, Hannah était assise au fond de la classe, en train de faire son devoir d'histoire. Elle s'efforçait de ne pas se laisser distraire par la présence de Jack Adamson, qui, bizarrement, était perché sur le coin du bureau de Miranda.

– Hé ! Miranda ! fit Emily. Tu sais qu'ils ont augmenté la récompense pour le festival de théâtre ? La pièce primée remportera cinq cents livres !

Cinq cents livres !

Hannah imagina ce qu'elle ferait si elle avait cinq cents livres à dépenser pour son théâtre.

Des fauteuils de velours rouge dans la salle…

Un immense miroir avec des ampoules tout autour dans la loge…

Un rideau doré…

– Cinq cents livres ! s'exclama Miranda. Tiens, c'est drôle, c'est exactement ce que j'ai eu pour mon anniversaire.

Elle laissa échapper un petit rire argentin.

Hannah aurait aimé voir sa tête si le Théâtre secret du Poulailler remportait le prix…

– Et il y a encore plus drôle, renchérit Jack.

Hannah releva la tête. Il avait l'air pensif.

– Le transfert de Ronaldo a coûté quatre-vingts millions de livres… et c'est exactement ce que j'ai eu pour mon anniversaire.

Hannah pouffa. Le reste de la classe aussi. Sauf Miranda, qui hésitait entre prendre la mouche et rire avec les autres. Elle opta finalement pour un petit sourire pincé en se passant la main dans les cheveux.

Lorsque Lottie arriva, Hannah reprit aussitôt son sérieux. Son amie laissa tomber son sac sur son bureau, s'assit et déposa une lettre sur ses genoux.

– Regarde. Le facteur est passé juste au moment où je partais.

Hannah consulta l'horloge. Encore dix minutes avant le début du cours, et elle en était à la dernière question. Elle avait largement le temps.

Elle prit la grande enveloppe blanche.

– Qu'est-ce que c'est ?

– Ouvre-la, fit Lottie en pianotant sur le bureau, surexcitée.

Hannah déplia la lettre :

Mademoiselle Roberts, Mademoiselle Perfect,

Nous vous remercions pour votre inscription au concours de théâtre de jeunes amateurs de Linford. Nous sommes ravis que votre troupe ait choisi de participer à cet événement exaltant. Vous trouverez ci-joint, pour information, le programme complet du festival ainsi que le règlement du concours.

Nous attendons avec impatience de voir votre pièce, Sur ordre de Sa Majesté. *Mme Fran Butler, l'un des membres de notre jury, viendra visiter votre théâtre et assister à une représentation le samedi 20 mars à quinze heures.*

– Quoi !

Hannah releva brusquement la tête, affolée.

– C'est dans seulement…

– Trois semaines, compléta Lottie. Je sais, mais parle moins fort ou Miranda va t'entendre.

– Trois semaines ! souffla Hannah. On ne sera jamais prêts, impossible ! On n'a encore jamais répété ! Oh ! Mon Dieu, on n'aurait pas dû s'inscrire !

– Pense plutôt à tout ce qu'on a déjà fait. On a presque fini d'installer le théâtre, non ?

Elles avaient passé toutes leurs soirées depuis le début de la semaine à dégager un passage à travers les fourrés jusqu'à ce qu'elles appelaient dorénavant l'« entrée des artistes », puis à ôter tout le bazar entassé à l'intérieur de la grange pour le déposer discrètement ailleurs dans la ferme.

– On n'a pas du tout fini, objecta Hannah. On n'a même pas encore de proscenium !

– De quoi ?

– De proscenium. Tu sais, l'arche et les deux murs sur le devant de la scène, de chaque côté du rideau. Tu pourrais venir toute la journée demain ? On va le construire avec des poteaux et des sacs de toile.

– Mais il y aura du monde à la ferme, non ?

– Le matin, Martha va chez Jade.

– Jade ? La sœur de Danny ?

– Ouaip. Incroyable, hein ! Quoique, ça ne m'étonne pas de Martha, c'est bien son genre. Au moins, on ne l'aura pas dans les pattes.

– Cool ! s'exclama Lottie. Et dimanche, on pourra commencer à répéter. La représentation est prévue à la fin de la première semaine des vacances de Pâques. Comme ça, on pourra répéter tous les jours avant. Au fait, ton nouveau texte est génial.

– C'est vrai ? Ça t'a plu ?

– Super. Même si je ne comprends pas la moitié des mots qu'emploie la reine.

– J'ai beaucoup pioché dans le dico, avoua Hannah. Mais ils sont chouettes, ces mots, non ? Mon préféré, c'est « nonobstant ». J'aime bien « dithyrambique » aussi. Et « extatique ».

Lottie secoua la tête.

– Ta grand-mère n'aurait jamais dû t'offrir ce dictionnaire. C'est une arme dangereuse entre tes mains !

Hannah reprit la lecture de la lettre.

Les vainqueurs de chaque catégorie recevront leur prix lors de la cérémonie de clôture du festival, à laquelle tous les participants sont chaleureusement conviés, le jeudi 25 mars.

Le comité du Festival artistique de Linford vous souhaite de bien vous amuser lors des préparatifs de votre pièce. Bonne chance !

Amicalement,

Martin Dean
président du comité du Festival artistique de Linford

– À ton avis, que va penser la représentante du jury lorsqu'elle va se rendre compte que notre théâtre est dans un poulailler ? s'inquiéta Lottie.

– Elle va adorer ! C'est original, au moins. En plus, on fait tout nous-mêmes.

– Oui, rien que toutes les deux.

– Exactement ! Alors que, dans la troupe de Miranda, je parie que ce sont des adultes qui s'occupent de tout.

Miranda était en train de feuilleter un magazine en compagnie d'Emily. Elle tourna la tête en entendant son nom.

Lottie posa vite la main sur la lettre, mais elle ne fut pas assez rapide. Miranda avait reconnu l'en-tête.

– Comment ça se fait que tu aies reçu une lettre du Festival artistique de Linford ? s'étonna-t-elle.

– Mêle-toi donc de tes affaires, curieuse, répliqua Lottie.

Miranda haussa les sourcils.

– Ne me dites pas que vous voulez participer au concours de théâtre ! Vous faites partie d'une troupe ?

– Oh, laquelle ? demanda Emily.

– Oui, laquelle ? insista Miranda. Je ne savais pas que tu prenais des cours de théâtre, Hannah. C'est un cours ouvert aux animaux de la ferme ?

Tout à coup, une étincelle brilla dans ses yeux et elle ajouta :

– Je sais, vous allez jouer *La Ferme des animaux* !

Elle donna un coup de coude à Emily, qui se mit à ricaner sur commande.

Hannah sentit la chaleur lui monter au visage et empourprer ses joues. Oh ! Pourquoi ne pouvait-elle s'empêcher de rougir ?

Lottie releva le menton, d'un air de défi.

– On n'a pas à te dire où on fait du théâtre. Ça ne te regarde pas.

Miranda secoua sa crinière comme une jument agacée. Hannah s'attendait presque à la voir gratter le sol du sabot.

– Bah ! Moi, si j'étais vous, je ne me donnerais même pas la peine de participer au concours. Notre troupe a remporté le premier prix des trois dernières éditions. Et cette année, ma mère a écrit une pièce géniale. Pas vrai, Emy ? En plus, elle a un ami qui est metteur en scène dans un grand théâtre de Londres et il va nous aider. Vous n'avez aucune chance.

– Ah oui ? fit Lottie. Alors tu ferais bien de te préparer à subir une grosse déception, parce que, cette fois, vous risquez d'avoir de la concurrence.

Miranda eut un sourire méprisant.

– J'en doute fort, Charlotte. Je ne crois pas qu'on ait quoi que ce soit à craindre de deux minables et d'une bande d'animaux de la ferme.

Et sur ces mots, elle laissa retomber ses cheveux en rideau en se penchant sur son magazine.

– Oh, si j'étais toi, je n'en serais pas si sûre, rétorqua Lottie. Bah ! Comme on dit, « Qui vivra, verra ».

9

Rideau

Quand Hannah arriva au théâtre le samedi matin, Lottie était déjà là, perchée sur un bidon de graisse à traire Cooper (numéro un du soin des pis), en train de griffonner dans son carnet rouge. Des rayons de soleil qui filtraient entre les planches des murs illuminaient son dessin.

– Tu es tombée du lit !

– Je sais. Ma mère dormait encore et je m'ennuyais. C'est quoi la graisse à traire ? Ça a l'air répugnant.

– Ça n'a rien de répugnant. On en met sur les mamelles des vaches quand elles sont irritées à force d'être traites ou de nourrir leur veau.

– Une crème hydratante pour vaches ?

– Exactement. Et ça soigne aussi les problèmes de peau des êtres humains, selon mon père. Qu'est-ce que tu dessines ?

Lottie lui montra son carnet

– J'ai eu une idée pour le costume de la reine.

– Waouh ! Génial ! siffla Hannah.

Elle prit le carnet, impressionnée, et admira la longue robe aux couleurs criardes, chargée de volants, dentelles et rubans.

– Je trouve que ça convient bien au personnage, un peu excessif. Elle n'a aucun goût, elle choisit le plus voyant en s'imaginant qu'elle est magnifique

Hannah caressa le papier du bout des doigts. Elle s'imaginait déjà en train de parader sur scène, incarnant la reine Matilda dans ce costume. Elle aurait la démarche altière ; elle inclinerait légèrement la tête pour toiser d'un regard méprisant sa pauvre servante ; elle entendait déjà froufrouter la soie à chacun de ses pas.

– Il est fabuleux, commenta-t-elle. Tu vas vraiment le fabriquer ?

– Bien sûr. On va acheter des tissus dans un vide-greniers, puis j'emprunterai la machine à coudre de maman.

– Ce sera super…

Hannah eut un moment d'hésitation avant d'ajouter :

– Mais tu as pensé aux changements de costume ? Il va falloir qu'on passe très vite d'un personnage à l'autre, vu qu'on est que deux pour jouer tous les rôles.

– Ne t'en fais pas, je mettrai du Velcro derrière. Alors, qu'est-ce que tu as sous le bras ?

Hannah avait lu dans un des livres de sa mère que le metteur en scène de la pièce avait intérêt à conserver dans un seul et même dossier ses notes sur tous les aspects de la pièce. En sortant du collège, elle était donc passée à la papeterie et avait dépensé la moitié de ses sous (cadeau de Noël de sa grand-mère) pour acheter un gros classeur violet brillant, des feuilles et un assortiment d'intercalaires multicolores. Sur les étiquettes, elle avait écrit soigneusement : « Costumes », « Accessoires », « Décor », « Coiffure et maquillage » et enfin « Pièce ». Dans cette dernière partie, elle avait glissé une photocopie du texte imprimée seulement au recto, afin de conserver une page blanche en face pour ses notes sur les déplacements des acteurs et le jeu de scène.

– Très pro ! commenta Lottie. Allez, au boulot !

Elles passèrent la matinée à construire deux grands cadres avec des poteaux de clôture, puis elles y clouèrent des sacs vides, formant comme d'immenses toiles à peindre. Puis elles les placèrent à la verticale de chaque côté de la grange, pour faire deux murs encadrant la scène.

– Et voilà ! On a notre proscenium ! commenta Hannah en reculant afin d'admirer leur travail. On va fabriquer de la même façon deux cloisons à mettre derrière pour masquer les entrées et les sorties de scène, puis on tendra un tissu noir dans le fond, et deux grands pans de velours rouge sur le devant, et zou !

Écartant les bras, elle mima un rideau de théâtre qui s'ouvre.

Lottie fronça les sourcils.

– Et où on va le trouver, ce rideau ?

Hannah se figea, les mains en l'air.

– Hum… Ta mère n'en aurait pas une vieille paire, quelque part ?

– Certainement pas. Elle ne garde rien. C'est déjà un miracle qu'elle ne m'ait pas mise dans un sac-poubelle au cours d'un de ses grands rangements ! Et toi, tu n'en as pas de vieux ?

– Si, les nôtres sont tous vieux. Et déchirés. Seulement, ils sont encore aux fenêtres.

Elle se tourna alors vers Lottie.

– Oh, mais…

– Quoi ?

Hannah joignit les mains.

– Et ceux du salon ? Ils sont en bon état, rouges et soyeux. Ce serait magnifique !

Lottie la fixa avec de grands yeux.

– Tu plaisantes ?

– Ça passera inaperçu. Personne n'y va jamais, dans ce salon.

– Hannah, tu ne peux pas prendre les rideaux de ton père, c'est du vol !

– Ce n'est pas du vol, juste un emprunt. On les remettra en place avant Noël, c'est le seul moment où on utilise cette pièce. Il ne le saura même pas.

– Ça ferait beau, c'est vrai, reconnut Lottie en regardant la scène.

– Oh, que oui !

– Et s'il s'en rend compte ? Il nous tuera.

– T'en fais pas, il ne tuera que moi. Et de toute façon, il ne s'en apercevra pas.

Dans le salon, il y avait deux grandes fenêtres, tendues de rideaux bordeaux.

– Lesquels on prend ? chuchota Lottie.

– Ceux-là, décida Hannah. Ils sont moins décolorés.

Elle tira une chaise en acajou toute piquetée sous la fenêtre et se mit debout sur l'assise en velours élimé.

Une branche de houx desséchée était accrochée à la tringle. Quand la mère d'Hannah était encore en vie, le salon était magnifique à Noël. Il y avait toujours un immense sapin brillant de lumières et une énorme bûche qui brûlait en crépitant dans la cheminée ; des bougies et des guirlandes partout. Son père cueillait de gros bouquets de houx et de lierre pour les disposer autour des cadres dorés.

Maintenant, il mettait encore un point d'honneur à décorer la maison pour que la famille passe un joyeux Noël. Mais ils savaient tous parfaitement que ce n'était plus pareil.

Lottie plia les rideaux avec soin, après qu'Hannah les lui eut tendus. Puis, chargées de leur butin, elles traversèrent la maison et la cour à pas de loup.

– Mince ! s'écria Hannah en voyant Tess, le springer de son père, se ruer vers elle en battant de la queue comme un moulin à vent. Ça veut dire que papa est dans le coin.

Alors même qu'elle prononçait ces mots, son père surgit de la salle de traite, au coin de la cour.

– Faut les cacher, vite ! siffla Lottie.

Hannah chercha autour d'elle, paniquée. Près du portail, il y avait un vieux tonneau plein de crottes de cochon séchées.

– Là-dedans !

Elles fourrèrent les rideaux dans le tonneau, puis Hannah ôta son manteau et le jeta par-dessus.

– Prends l'air naturel, murmura-t-elle. On vient de nettoyer la cage des cochons d'Inde, OK ?

Elles repartirent d'un pas nonchalant, en poussant le tonneau. M. Roberts passa devant elles et se dirigea vers la porcherie sans même leur adresser un regard.

– Pfiou ! souffla Hannah.

– Oh non…

Hannah leva les yeux. Le seul portail de la ferme en état de marche était fermé. Jo et Sam étaient perchés dessus, un sourire victorieux aux lèvres. À leurs pieds se prélassait Jasper, un mouton si gros qu'on aurait dit une boule de neige géante. Il avait deux jours lorsque Jo l'avait recueilli et, depuis, il ne la quittait pas d'une semelle. Il avait même un doudou, une jeune cane baptisée Lucy, qui passait ses journées sur son dos. Elle y était justement, enfouie dans son douillet nid de laine.

– Oh, oh, murmura Hannah, qu'est-ce qu'ils fabriquent ?

Jo et Sam fixaient les deux amies qui approchaient

avec leur tonneau. Lorsqu'elles furent presque arrivées au portail, Jo tendit le bras pour les arrêter.

– Stop, au nom de la très vénérable Société secrète des zaricots !

– Quoi ?

– Il faut un mot de passe pour franchir ce portail.

Hannah leva les yeux au ciel, puis scruta les environs.

– Euh… crotte de cochon ?

– Mot de passe incorrect.

– Gros mouton obèse ? suggéra Lottie.

Jo la fusilla du regard.

– Mot de passe incorrect. Méchant et grossier.

Hannah soupira.

– Bande de dingues fans de haricots qui ne savent même pas parler comme il faut ?

– Mot de passe incorrect. Insulte aux membres de la très vénérable Société secrète des zaricots.

Hannah se tourna vers son frère.

– Sam, s'il te plaît, laisse-nous passer, c'est important.

Sam consulta Jo, qui fronça les sourcils.

– Ne cède pas, Zaricot Blanc. J'aimerais bien savoir ce qui est si important et pourquoi. Voilà une bonne question pour la Société secrète des zaricots !

Hannah souffla, agacée.

– Sam, c'est quoi cette histoire de haricots ?

Il haussa les épaules.

– J'sais pas, moi. C'est Jo qui a eu l'idée.

– Vous avez épuisé vos trois essais. Accès refusé, décréta Jo.

Un fracas métallique s'échappa alors de la porcherie, suivi de cris :

– Ça suffit, ma fille. Sois sage !

Lottie jeta un regard inquiet vers l'enclos des cochons.

– Arrêtez vos bêtises et laissez-nous passer, maintenant.

Elle tira sur le loquet, qui ne bougea pas.

– Impossible, tu ne pourras pas ouvrir tant qu'ils sont dessus et que Jasper est devant. Ce gros tas bloque le portail.

– Ne les écoute pas, Jasper, fit Jo.

– Laissez-nous passer ! Ou c'est le mouton qui va prendre ! insista Lottie du ton le plus menaçant possible.

Jo s'esclaffa :

– Je ne menacerais pas Jasper si j'étais toi. C'est un vrai tueur. Tous ceux que je n'aime pas, il leur fonce dedans.

– N'importe quoi ! soupira Lottie.

On entendit un grincement, du bois qui frottait contre le sol en béton : leur père fermait la porte de la porcherie.

– Laissez-nous passer ! supplia Lottie en jetant un regard au tonneau.

Jo s'en aperçut.

– Si vous voulez passer, alors dites-nous ce qu'il y a dans ce tonneau.

Hannah répliqua un peu plus fort qu'elle n'en avait l'intention :

– On a nettoyé les cages des cochons d'Inde.

Jo faillit s'étouffer :

– Vous deux ?!

– Et pourquoi tu as posé ton manteau sur la paille pleine de crottes, alors ? voulut savoir Sam.

– Bonne question, Zaricot Blanc, affirma Jo. Voyons ce qu'il y a en dessous.

Elle sauta à bas du portail pour soulever le manteau.

Hannah se coucha dessus, les bras écartés.

– Non, bas les pattes !

– Alors, je vais devoir appeler papa…

Jo ouvrit grand la bouche en prenant une profonde inspiration.

– NON ! hurlèrent en chœur Hannah et Lottie.

Jo croisa les bras et les dévisagea, sourcils froncés.

– Bon… voilà ce que je vous propose. On ne prévient pas papa et on vous laisse passer si vous nous montrez ce qu'il y a dans ce tonneau.

– Et si vous nous dites ce que vous avez fabriqué toute la matinée, renchérit Sam.

Hannah jeta un regard désespéré à son amie. Leur beau projet allait-il avorter avant même d'avoir vu le jour ?

Clomp, *clomp*, *clomp*. Papa arrivait avec ses grosses bottes.

– Hannah ! C'est toi qui m'as pris mon tonneau ? gronda-t-il.

Jo pencha la tête sur le côté avec un petit sourire mielleux.

– Alors, on lui répond ?

– OK, t'as gagné, cracha Hannah. Ouvre, on va te dire.

Dès que Jo eut déverrouillé le portail, les deux amies sortirent les rideaux du tonneau et filèrent sur le sentier.

– Hé ! cria Jo. Revenez ou j'appelle papa !

– Non ! Suivez-nous, vite ! ordonna Hannah.

10
Espionnage

Dansant sur la corde à linge qu'Hannah avait prise dans le jardin, les rideaux scintillaient sous le soleil d'hiver.

Elle poussa un soupir de contentement.

– Aaah ! Ça commence vraiment à ressembler à un théâtre.

– Il faut qu'on bricole un système pour les ouvrir des coulisses, commenta Lottie, admirative.

– C'est l'avantage d'avoir intégré les Zaricots dans le projet. On n'aurait pas pu s'occuper des rideaux alors qu'on est sur scène.

– Et si Jo joue aussi un personnage, ça nous fera moins de changements de costume.

– En plus, elle sera parfaite dans le rôle du prince Rallentando.

– Le plus compliqué pour moi, ce sera de passer de la servante à la princesse, remarqua Lottie.

– Je peux ajouter quelques répliques à la reine pour te laisser le temps de te changer.

– Ou alors, on pourrait faire intervenir le valet. Quoique… Il vaut peut-être mieux ne pas donner trop de texte à Sam.

– Chuut ! fit Hannah en lui posant la main sur l'épaule.

Elles se figèrent, tendant l'oreille. Des brindilles craquaient dans les fourrés. Quelqu'un ou quelque chose approchait.

– Allez, encore un petit effort, Zaricot Vert.

C'était la voix de Jo. Hannah soupira de soulagement et ouvrit sans difficulté la porte de l'entrée des artistes, dont elle avait huilé les gonds le matin même.

Jo titubait sur le sentier, traînant un énorme meuble. Sam poussait derrière, rouge et en sueur.

– Regardez ce qu'on a trouvé ! annonça Jo.

Elle s'écarta pour leur montrer une commode en pin.

– Les tiroirs sont encore là-bas, précisa-t-elle en désignant les buissons. On retournera les chercher après.

– Vous avez traversé la cour avec ce machin ? s'étonna Hannah. Vous avez oublié ou quoi ? C'est un secret ! Papa ne doit pas savoir pour le théâtre !

– T'en fais pas, fit Jo. Il s'en moque.

– QUOI ! hurla Hannah. Vous lui en avez parlé ?

– Bien sûr que non. Mais il nous a vus traverser la cour avec et il n'a rien dit.

Hannah et Lottie se consultèrent du regard. Qu'est-ce que c'était encore que cette histoire ?

– Il vous a vus venir par ici ? les questionna Lottie.

– Non, il partait faire la traite.

– Mais Mar…, commença Sam.

– Tais-toi, siffla Jo.

– Quoi ? Qu'est-ce que tu allais dire, Sam ? s'inquiéta Hannah.

Sam consulta Jo, qui lui lança un regard noir.

– Rien, rien, répondirent-ils en chœur.

Hannah les dévisagea d'un œil soupçonneux.

– Je vous préviens, si on se fait prendre à cause de vous…

Elle laissa sa phrase en suspens, incapable d'imaginer un châtiment assez terrible pour les punir.

Une grosse boule de laine avec un canard sur le dos se fraya un passage jusqu'à Jo.

– Ah non, pas question ! protesta Hannah. Je te l'ai dit hier, c'est un théâtre ici, pas une ferme, Jo. Tu crois peut-être qu'ils acceptent les moutons à l'Old Vic[1] ?

– J'en sais rien. J'y ai jamais mis les pieds. Ne sois pas méchante, Hannah. Il reste déjà seul toute la journée pendant que je suis à l'école. Alors, il faut bien qu'il voie du monde le reste du temps, sinon il va déprimer.

– T'inquiète, il a des réserves de graisse, objecta Hannah.

Jo serra Jasper dans ses bras, le visage enfoui dans sa laine épaisse, et caressa tristement les plumes de Lucy.

1. Célèbre théâtre de Londres. (*NdT*)

– Bon, d'accord, ça va…, soupira Hannah. Mais tu nettoies leurs cochonneries, alors. C'est la règle à l'Old Vic.

Lottie était passée derrière Jo pour examiner la commode de plus près.

– Elle est dans un état… répugnant ! C'est quoi qui colle sur le dessus ?

Hannah se pencha. Trois grosses fientes d'oiseau avaient séché sur le plateau.

– On l'a trouvée dans les anciennes écuries, expliqua Jo. Il y avait un nid d'hirondelle juste au-dessus.

– Super ! commenta Lottie. Vous nous avez rapporté des toilettes publiques d'hirondelles.

Jo lui lança son regard le plus méprisant.

– Tu es vraiment désagréable et malpolie, parfois, Miss Parfaite. Quand on l'aura nettoyée et repeinte, on pourra y ranger des tas de choses.

Hannah joignit les mains, les yeux brillants.

– Mais oui, c'est exactement ce qu'il nous faut pour les coulisses ! On y mettra le maquillage… En posant un miroir dessus, ça fera une belle coiffeuse. Comme dans une vraie loge de théâtre.

Lottie haussa les sourcils en secouant la tête.

– Vous êtes complètement dingues. Elle est dégoûtante !

Hannah essuya l'une des poignées avec sa manche.

– Elles sont en porcelaine. Magnifique. Elle sera superbe, une fois propre.

– Tout à fait, acquiesça Jo. Viens, Zaricot Vert.

– Je croyais que c'était un haricot blanc, fit remarquer Lottie.

– Ça, c'était ce matin, répliqua Jo comme si elle s'adressait à une gamine vraiment pas maligne.

Elle souleva l'un des côtés de la commode.

– Oh, non ! protesta Lottie. Elle n'entre pas dans le théâtre tant qu'elle n'est pas parfaitement propre. On vient de balayer.

Jo soupira.

– OK, on va s'en occuper dehors, alors.

– Je vous rapporte un seau d'eau et des chiffons, annonça Hannah.

– Laisse, on va les chercher, répliqua Jo.

– Non, Martha est rentrée. J'ai vu passer la voiture de la mère de Jade. Vous risquez de laisser échapper quelque chose.

– Mais non ! Pour qui tu nous prends ?

– Je préfère y aller moi-même.

Elle se dirigeait vers la porte, lorsqu'elle se retourna soudain.

– Dis-moi, Sam, tu ne voudrais pas faire le guet ? Avec papa et Martha dans les parages, il nous faut quelqu'un qui monte la garde à l'entrée du sentier.

– Cool ! s'exclama son petit frère, tout fier. Je vais prendre mon bâton. Et mes jumelles.

Il fila, ravi de se voir confier une mission aussi importante. Son pantalon battait sur ses chevilles. « Il faudra que je lui achète la taille au-dessus au vide-greniers », pensa Hannah.

– Tu pourrais me rapporter des clous, aussi, Hannah ? demanda Lottie qui était en train de boucher les trous dans les murs de la grange. Je n'en ai presque plus.

– OK, répondit Hannah.

Elle poussa la porte d'entrée des spectateurs, qu'elle avait également huilée.

– Ouuuuilllle !

Un cri perçant résonna à l'extérieur.

– Ouille, ouille, ouille !

Oh non ! Martha !

C'était fichu.

Tout était fichu.

Gâché, raté, à l'eau.

Dévastée, Hannah se tourna vers Lottie qui s'était figée sur place, le marteau en l'air.

Martha apparut sur le seuil, hors d'elle, sautillant sur un pied en se tenant l'autre. Ses jambes nues étaient toutes griffées. Visiblement, elle n'avait pas trouvé le sentier.

– Sales bêtes, vous l'avez fait exprès, j'en suis sûre !

Retrouvant l'usage de la parole, Lottie s'avança à sa rencontre.

– Qu'est-ce que tu fais là ?

– Ha, ha ! En rentrant à la maison, j'ai espionné ces deux idiots et je les ai suivis jusqu'ici.

Hannah se rappela alors que, quand Sam s'était exclamé : « Mar… », Jo l'avait vite fait taire.

Se sachant surveillés, ils avaient tout de même

traversé la cour de la ferme en traînant la commode jusqu'au théâtre, et en plein jour en plus !

– Je le savais ! s'exclama Hannah. On n'aurait jamais dû leur faire confiance !

Comment avait-elle pu être aussi stupide ? Avec Lottie, elles avaient pris tant de précautions. Depuis une semaine, elles se faufilaient sans bruit dans la nuit. Elle aurait dû se douter que c'était impossible d'intégrer les Zaricots à leur projet.

– Je suis au courant de tout ! claironna Martha. Je n'ai plus qu'à aller raconter ça à papa et…

Elle s'interrompit net, fixant les rideaux qui habillaient si joliment la scène. Durant une fraction de seconde, Hannah crut voir une certaine exaltation se peindre sur le visage de sa sœur, peut-être même de l'admiration. Puis elle ouvrit la bouche, stupéfaite, en comprenant ce qu'elle avait sous les yeux.

– Waouh ! Tu as pris les rideaux que maman avait faits pour le salon ! Papa va être furax !

– Je t'en prie, Martha, ne lui dis pas.

Mais Hannah savait que c'était parfaitement inutile de supplier sa sœur. Elle allait s'empresser de tout lui rapporter, évidemment.

– Tu as voulu monter une pièce sans moi, espèce de peste ! Vous avez tout manigancé en secret dans mon dos, en me tenant à l'écart. Même ce petit crétin de Sam était au courant, alors qu'il n'a que six ans. Vous n'êtes que des rats, je vous déteste, et je vais le dire à papa, voilà.

Sur ces mots, elle tourna les talons et s'enfonça dans les fourrés. Hannah resta plantée là, bouche bée. Leur merveilleux petit théâtre secret, leur chance unique de participer à un véritable concours... tout était fichu ! Elle retombait brutalement dans la réalité boueuse, sans aucun espoir pour la réconforter.

Mais Lottie s'élança vers la porte en criant :

– Martha !

– Quoi ? fit-elle sèchement en poursuivant son chemin à travers les ronces.

– Martha, tu voudrais jouer dans la pièce ?

Elle se retourna brusquement.

– Quoi ?

– QUOI ? hurla Hannah.

– Tu voudrais jouer dans la pièce ? reprit Lottie. Il nous faut quelqu'un pour interpréter la princesse.

– Et pourquoi je jouerais dans votre stupide pièce, alors que vous me détestez, hein ?

– Esméralda porte des robes magnifiques, fit valoir Lottie. C'est même elle qui a les plus beaux costumes.

– Tais-toi, tu mens ! siffla Martha. Vous n'avez aucune envie que je joue dans votre pièce.

– Eh bien, si, justement. Et puis on était en train de se dire qu'il nous manquait une coiffeuse-maquilleuse.

« Non, c'est pas vrai ! pensa Hannah. Tu as perdu la tête ou quoi ? Tu veux tout gâcher, Lottie ? »

– Non, c'est pas vrai, répliqua Martha. Je ne vous ai jamais entendues dire ça.

– Ce devait être avant que tu commences à nous

espionner. Les Zaricots ont déniché cette commode pour servir de coiffeuse… sauf qu'on n'est pas très doués pour tout ça. Alors, on a pensé que toi, tu te débrouillerais mieux.

– Vous n'avez même pas de maquillage.

– Non, mais on va s'en procurer. S'il te plaît, Martha. On a vraiment besoin de toi. Comme ça, ce sera notre secret.

Hannah comprit alors où son amie voulait en venir. Évidemment. Elle était maligne. Si Martha jouait dans la pièce, elle n'aurait plus intérêt à en parler à leur père. Elle serait de leur côté.

Sa sœur ouvrit la bouche pour parler. Mais c'est une autre voix qui retentit.

– Au secours ! Hannah ! À l'aide !

C'était Sam. Il avait l'air essoufflé, comme s'il courait. Comme s'il était en larmes. Or, Sam ne pleurait jamais.

11

L'homme au tatouage d'ange

Hannah contourna Martha et fila sur le sentier, le cœur battant à tout rompre. Elle remonta vers le verger, les autres sur les talons. Sam courait vers eux, complètement paniqué.

Hannah le prit par les épaules et s'accroupit auprès de lui.

– Quoi ? Qu'est-ce qui se passe ?

– Ils veulent voler le Field Marshall de papa !

– Quoi ?

– Y a deux hommes dans la cour. Ils sont en train de le monter sur un camion.

– C'est pas possible !

– Mais si ! Viens vite, faut les arrêter !

Il tirait Hannah par la manche des deux mains.

Les cinq enfants filèrent à travers champs, comme des Indiens sur le sentier de la guerre. Hors d'haleine, ils ralentirent en arrivant sur le chemin et se ruèrent dans la cour, Jasper trottinant à leur suite.

Un énorme camion à plateau, crachant une fumée noire dans un vrombissement menaçant, occupait presque toute la cour. En comparaison, les vieux bâtiments et l'outillage paraissaient minuscules. Le tracteur de leur père était monté à l'arrière, attaché, prisonnier. Perché là-haut, il semblait tout petit.

Un grand bonhomme baraqué, la tête rasée, jeta une sangle à son collègue qui se tenait de l'autre côté.

– Arrime-le bien, ordonna le premier, qui avait des ailes d'ange tatouées dans le cou. On dirait un tas de ferraille, mais ça vaut une fortune.

Écumant de rage, Hannah fonça sur lui.

– Hé ! Descendez le tracteur de mon père de ce camion !

Il ne se retourna même pas. Il ne devait pas avoir entendu, avec le vacarme du moteur.

Hors d'elle, Hannah le prit par le bras.

– Qu'est-ce que vous faites ? C'est le tracteur de mon père !

Le gros tatoué se retourna alors et la toisa. Puis il jeta un coup d'œil aux autres, y compris Jasper, qui haletait. Un filet de bave dégoulina de sa gueule et tomba sur la botte en caoutchouc de l'intrus. Avec une grimace de dégoût, celui-ci se libéra de l'emprise d'Hannah.

– Dégagez, on a du boulot, nous !

Lottie s'avança alors, les poings sur les hanches.

– C'est pas du boulot, c'est du vol. Comment osez-vous venir cambrioler une ferme en plein jour ? Vous êtes en état d'arrestation. Vous n'avez pas le droit de parler et tout ce que vous direz pourra être retenu contre vous et…

Il lui avait déjà tourné le dos, saisissant une nouvelle sangle.

– Prêt, Barry ?

La bande de toile cingla le capot lisse du vieux tracteur.

– Attaque, Jasper ! siffla Jo.

Le mouton s'assit.

– Arrêtez vos bêtises ! protesta Hannah. C'est sérieux. Il faut les en empêcher !

Elle balaya la cour d'un regard affolé.

– Où est papa ?

– C'est bon ! annonça l'homme de l'autre côté du camion.

Soudain, Martha se mit à sautiller sur ses talons aiguilles.

– Je sais, on n'a qu'à se mettre devant le camion ! Tous ensemble, on forme un barrage. Comme ça, ils ne pourront pas avancer.

Hannah la dévisagea, impressionnée.

– Génial ! Allons-y !

Comme un seul homme, ils se plantèrent devant le camion. Puis Jo se retourna.

– Où est passé Sam ?

Hannah se figea net. Où était son petit frère ?

Le moteur du camion cala.

Ils levèrent tous la tête vers la cabine du camion.

Sam bondissait comme un ressort sur le siège du conducteur, agitant la clé de contact en l'air, hilare.

Hannah pouffa, ravie. Jo et Martha l'acclamèrent.

– Génial, Sam ! cria Lottie.

– Espèce de petit…, pesta le gros tatoué. Sors de mon camion !

Sam fourra la clé dans la poche de son jean avant de descendre de la cabine. Les autres se précipitèrent à sa rencontre.

– Viens par ici, Sammy.

Hannah le souleva des marches et le serra dans ses bras.

– Bien joué ! T'es drôlement futé.

Quand Jasper se frotta le museau contre sa hanche pour le féliciter, Sam caressa son dos laineux.

Le chauffeur fit irruption au milieu du groupe d'enfants, tendant une main pleine de cambouis.

– Bon, ça suffit. Assez plaisanté, gamin. Arrête de faire le malin et rends-moi cette clé.

Sam le fixa de ses grands yeux bleus et décréta :

– Non. Descendez d'abord le tracteur de mon papa de votre camion.

Le visage de l'homme se rembrunit. Il serra les poings.

– Reprenez-lui cette clé, ordonna-t-il aux enfants.

– Non, répondirent-ils d'une seule voix.

Sam, tout pâle, ne bougea pas. Le conducteur se jeta sur lui, mais Hannah s'interposa en écartant les bras.

Les autres criaient tous en même temps :

– Non !
– Laissez-le tranquille !
– Bas les pattes, gros plein de soupe !
Martha lui flanqua un grand coup de pied dans le tibia.
– OUILLE ! hurla-t-il en se tenant la jambe. Qu'est-ce que… ?
Il jeta un regard assassin aux talons aiguilles pleins de boue de Martha en pestant :
– Sale petite…
Avec une force surhumaine, Jo poussa Jasper en avant. Le mouton planta son sabot pile sur le pied du bonhomme.
– AÏE !!! Mais que… ?
À en juger par le chapelet de jurons qu'il laissa échapper, Jasper appuyait de tout son poids.
Soudain, une voix s'éleva dans leur dos :
– Qu'est-ce qui se passe ici ?
Hannah se retourna. C'était leur père qui contemplait la scène, stupéfait.
Jasper leva la patte et s'assit paisiblement, tandis que l'homme sautillait en se tenant le pied.
– Maudits gamins ! Bandes de petits vandales !
Sam courut vers son père.
– Papa ! Papa ! On a sauvé ton Field Marshall.
M. Roberts les fixa d'un œil vide.
– Regarde ! insista Hannah en montrant le tracteur du doigt. Ils étaient en train de te le voler ! Mais on les en a empêchés !

Son père tourna la tête, le regard perdu au loin, dans les champs. Et lorsqu'il prit la parole, ce fut d'une voix plate et morne :

– Personne n'a volé quoi que ce soit.

– Mais si ! Regarde !

– Ce ne sont pas des voleurs, je l'ai vendu.

– Quoi ? s'étonna Hannah.

Qu'est-ce qu'il racontait ?

– Voilà ! soupira le chauffeur. Vous avez entendu ? Alors donnez-moi cette fichue clé.

Sam regarda son père qui fixait encore les champs au loin. Puis il se tourna vers Hannah.

Celle-ci posa la main sur le bras de son père.

– Qu'est-ce qui se passe ? Je ne comprends pas : tu ne peux pas vendre ton Field Marshall. Il appartenait à grand-père. Tu l'adores, en plus !

Elle scruta son visage, tentant de croiser son regard, attendant qu'il réponde, qu'il éclaircisse la situation.

Mais il ne réagit pas.

Le chauffeur souffla, agacé :

– Bon, on l'emporte, ce tas de ferraille, ou pas ?

Les yeux toujours rivés sur les prés, M. Roberts ordonna :

– Donne-lui la clé.

Stupéfait, Sam consulta sa sœur du regard. Le cœur au bord des lèvres, elle lui fit signe d'obéir.

L'homme arracha la clé des mains de Sam avant de grimper dans la cabine. Son acolyte s'installa à la place du passager. Le moteur vrombit.

Les enfants regardèrent le tracteur s'éloigner à bord du camion, de plus en plus petit à l'horizon.

Hannah interrogea alors son père.

– Pourquoi as-tu vendu ton Field Marshall, papa ?

Il baissa les yeux vers elle un bref instant.

– Faut bien payer le loyer.

Puis il se détourna, ébouriffant au passage les cheveux de Sam de sa grosse main calleuse.

– Allez, viens, fiston. On va traire les vaches.

12
Discussion de vestiaire

Hannah quitta le terrain de hockey sous un vent glacial qui lui cinglait les joues. Les autres filles discutaient et riaient, elles se félicitaient des points qu'elles avaient marqués, échangeaient des ragots au sujet de l'autre équipe. Mais elle restait en retrait, tout occupée à essayer de démêler la masse de questions qui lui occupait l'esprit.

Pourquoi diable son père en avait-il été réduit à vendre son Field Marshall ?

Que se passait-il ?

Soudain, ça lui revint.

Le jour où elles lui avaient demandé si elles pouvaient installer un théâtre dans le grenier à foin, elle l'avait entendu parler au téléphone. Sa voix sèche avait résonné dans le couloir :

« Donc, vous dites qu'il a le droit de doubler le loyer et qu'on ne peut rien y faire ? »

Le nouveau propriétaire avait doublé le loyer !

Les pensées d'Hannah s'emballèrent. Ce n'était pas

possible, quand même ! On ne pouvait pas doubler les prix brusquement comme ça. Dans les boutiques, les commerçants ne pouvaient pas annoncer : « Désolé, mais c'est deux fois plus cher qu'hier. » Ça ne se faisait pas, hein ?

Pas vrai ?

Et pourtant, il semblait bien que si.

Mais comment un locataire pouvait-il se débrouiller pour payer deux fois plus du jour au lendemain ?

Et s'il en était incapable… alors, que se passait-il ?

Du fond de sa mémoire où elle s'était efforcée de les enfouir, Hannah entendit alors remonter les paroles de Lottie : « Le nouveau propriétaire veut démolir la ferme pour construire un lotissement à la place. »

Non.

Ridicule.

Ça ne pouvait pas être vrai.

Il n'avait pas le droit.

On ne le laisserait pas faire ça.

Papa s'y opposerait.

Elle enterra de nouveau ce souvenir.

Dans les vestiaires, elle ôta ses crampons et se fraya un passage parmi les crosses abandonnées, les chaussettes malodorantes et les vêtements entassés un peu partout.

Elle détestait les douches communes.

Toujours en tenue, elle baissa la tête, tendant le cou pour se passer les cheveux sous l'eau sans mouiller ses vêtements. Puis elle s'ébroua comme un chien qui vient de barboter dans une flaque et retourna vite dans les vestiaires. Ça devrait suffire à convaincre Mme Legel si elle venait fouiner.

– Qu'est-ce qui t'arrive, Emily ? demanda Priya qui, elle, avait pris une vraie douche et s'était rhabillée. Tu n'as presque pas ouvert la bouche de la journée.

Emily était assise sur le banc de bois, en train de plier sa tenue de hockey.

– Oh rien… Je m'inquiète un peu pour Jolicœur.

– Ton cheval ?

– Oui, parce que l'écurie où il est en pension va fermer. Et il n'y en a pas d'autres dans le coin. Elles sont soit trop loin, soit trop chères. Alors je ne sais pas…

– Au fait, Emy, la coupa Miranda d'une voix stridente, j'ai oublié de te dire. C'est génial : je pars au ski à Pâques !

– Waouh, la chance, murmura son amie.

– Je sais, c'est trop cool ! Papa a vendu un tableau chez Sotheby's, il a gagné une fortune. Du coup, hier soir, maman a réservé un chalet dans les Alpes italiennes, avec cuisinier pour nous servir, et tout et tout. Tu n'as qu'à venir chez moi après le cours de théâtre, je te montrerai le site.

– OK, chouette. Tu imagines, on a une répétition en costumes samedi… alors qu'on n'est pas du tout prêts !

Une répétition en costumes ? Ce samedi ? Hannah jeta un regard horrifié à Lottie. Elles n'avaient pas encore acheté de tissu pour leurs costumes… ni fait la moindre répétition.

Miranda alla s'arranger devant le miroir, brossant avec soin ses cheveux brillants.

– C'est exactement ce qu'il nous faut. La répète de la semaine dernière, c'était la cata. La moitié des acteurs ne connaissaient pas leur texte. Pathétique ! Quand on va répéter en costumes devant un public, ils vont comprendre que c'est sérieux !

– Tu as raison ! acquiesça Emily. D'ailleurs, je me demandais…

– Oh… au fait, je t'ai dit que Jack venait ?

Miranda jeta un regard en biais à Hannah, qui rougit aussitôt. Elle se pencha pour ranger ses affaires de sorte que ses cheveux camouflent son visage.

– À la répétition ? paniqua Emily. Oh non, la honte !

– C'est l'intérêt, non ? Comme ça, les gens apprendront leur texte, au moins. Enfin, bref, je lui ai proposé de venir et il a accepté ! Allez, on y va !

Miranda rejeta sa chevelure en arrière et traversa les vestiaires d'un pas altier. Emily s'empressa de ramasser son sac pour la suivre en trottinant.

Presque arrivée sur le seuil, Miranda se retourna brusquement, si bien qu'Emily faillit lui rentrer dedans.

– Au fait, Hannah, j'adoore ton pantalon.

Et elle claqua la porte.

– La peste, siffla Lottie.

– Qu'est-ce qu'il a, mon pantalon ?

– Rien, c'est une teigne, c'est tout. Qu'est-ce que tu fabriques ?

La voix étouffée d'Hannah monta de sous le banc.

– Il me manque une chaussette…

– Oh, Hannah ! Tu ne peux pas te changer sans perdre un truc ? Dépêche-toi, on est encore les dernières.

La porte s'ouvrit à la volée, comme si un boulet de canon l'avait fait sauter. Leur professeur d'éducation physique, Mme Legel, s'engouffra dans les vestiaires. Bien que mince comme une allumette, elle semblait occuper tout l'espace.

– Venez, vous deux ! aboya-t-elle. Toujours les mêmes, hein ? Je n'ai jamais vu des limaces pareilles ! Hannah Roberts, tu as de la boue plein la figure. J'espère que tu t'es douchée, jeune fille !

– Bien sûr, madame, confirma Hannah.

Levant la tête de sous le banc, elle désigna sa frange trempée.

– Mm… Bon, remuez-vous. Le gardien va fermer dans dix minutes. Et reposez vos crosses dans le panier en sortant. Joli jeu aujourd'hui, Charlotte ! lança-t-elle alors que la porte se refermait sur elle.

– C'est fou qu'elle n'ait jamais d'extinction de voix ! remarqua Lottie. Comment peut-on crier non-stop huit heures par jour sans avoir mal à la gorge ?

Hannah se releva, écarlate et tout ébouriffée.

– Je ne la trouve pas. Ma chaussette s'est volatilisée ! En plus, c'était la seule paire non trouée qui me restait !

– Ce ne serait pas ça ? fit Lottie en agitant du bout des doigts une chaussette grisâtre.

Hannah s'en saisit avec gratitude et l'enfila aussitôt.

Elles entendirent un bruit de clés dans le couloir.

– Faut y aller, décréta Lottie.

Hannah décrocha sa parka et se dirigea vers la porte.

– Et ton sac, tu le laisses là ? s'étonna son amie.

Hannah se retourna. Son sac était toujours au portemanteau. Elle le hissa sur ses épaules.

Il était encore plus lourd que d'habitude : elle avait plusieurs classeurs, son dossier de science, et tous ses cahiers. L'une des bretelles commençait à se déchirer, il faudrait qu'elle la recouse ce soir.

Sauf qu'elle n'aurait pas le temps, elle le savait. La veille, elle avait commencé à lire un livre génial et il n'était pas question qu'elle l'abandonne pour faire de la couture.

Le jour commençait à baisser lorsqu'elles sortirent du gymnase. Le froid était mordant. Hannah tira ses gants de sa poche en proposant :

– Tu veux qu'on te raccompagne en voiture ? Mon père a une réunion, il a dit qu'il me prenait à l'arrêt de bus à six heures.

– Non, je vais rejoindre ma mère à Linford. Elle rentre tôt pour une fois.

Elles passèrent devant l'abri à vélos pour gagner la sortie. Sur la palissade, une affiche en lambeaux annonçait un vide-greniers le samedi suivant. Lottie s'arrêta.

– Hé, on pourrait y aller ! Je parie qu'on trouverait des tas de trucs pour nos costumes !

Hannah hésita. Elle avait l'intention d'y aller si son père voulait bien lui donner de quoi acheter des vêtements à Sam. Mais elle ne pouvait pas dépenser cet argent en costumes. Et elle ne voulait pas non plus que son amie vide sa tirelire si elle-même ne pouvait pas participer. Vivement qu'elle ait quatorze ans pour pouvoir faire des petits boulots le week-end !

Une minute… Il lui restait cinq livres sur ce qu'elle avait reçu à Noël.

– Ce serait sympa, confirma-t-elle. Mais je serai sûrement obligée de venir avec mes frère et sœurs.

– Tant mieux, ils nous aideront à dénicher des accessoires, affirma Lottie.

– Il faudrait qu'on fasse une répétition en costumes, lança Hannah sans vraiment réfléchir. Devant un public.

– Quoi ? Hannah ! Je n'y crois pas ! Tu veux juste copier Miranda !

– Non, je trouve que ce serait une bonne idée, c'est tout. Ça nous donnerait une date butoir. Ça nous forcerait à nous organiser.

– Mais le concours est dans trois semaines…

– Disons qu'on fait notre répétition dans deux semaines, alors.

– On n'a pas encore un seul costume, enfin !

– Je viendrai chez toi tous les soirs après avoir couché Sam, pour t'aider à coudre.

– Toi ? s'esclaffa Lottie. Et à quoi ça servirait ?

– Je sais coudre... Je couds pratiquement tous les jours, protesta Hannah.

– Recoudre un bouton, ça ne compte pas. Tu ne couds même plus les étiquettes de nom depuis que ma mère t'a donné un feutre à tissu ! Bref, pas la peine de discuter. On ne sera jamais prêts dans quinze jours ! Rien que pour la reine, il nous faut trois costumes. Quant à Esméralda...

– Tu m'expliqueras ce que je dois faire, insista Hannah. Je t'aiderai de mon mieux. Et je m'appliquerai, promis. Ce n'est pas grave si tout n'est pas complètement terminé... il nous restera encore une semaine avant la vraie représentation.

– D'accord, mais pas devant un public, si les costumes ne sont pas finis, ce serait ridicule.

– C'est important qu'on répète devant des spectateurs, Lottie. Il faut bien qu'on s'habitue. On ne peut pas jouer en public pour la première fois quand le membre du jury viendra. Et au moins, ça forcera Martha à apprendre son texte.

– Mais qui tu veux inviter ? Et si ton père voit les spectateurs passer ? Non, c'est insensé, Hannah. Pas question. Point final.

– Voilà ton bus, annonça Hannah. On en reparle demain. Bonne soirée !

13

Rencontre à l'arrêt de bus

Une fois seule, Hannah fut de nouveau envahie par ses angoisses. Elle les chassa de son esprit pour se diriger vers l'arrêt de bus de l'autre côté de la route. Une silhouette sombre y était adossée.

Mince…

Mais ce ne serait pas…

Et si !

Son cœur s'emballa. Jack Adamson ! Et voilà qu'elle allait se retrouver seule avec lui sous un Abribus !

Elle fut prise de vertige. Elle avait la bouche sèche, l'estomac qui faisait du Yo-Yo. Elle n'arrivait même plus à marcher normalement. Elle ne savait pas quoi faire de ses mains. Il fallait le regarder ou pas ? Oh, non ! Avait-elle pensé à se brosser les cheveux après le match ? Elle porta la main à sa tête, puis la retira aussitôt.

« Sois naturelle », se dit-elle.

Et s'il lui adressait la parole ? Qu'est-ce qu'elle répondrait ?

Et s'il l'ignorait ?

Non, non, tout plutôt que ça : qu'il la taquine, qu'il se moque, tout plutôt que de faire semblant de ne pas l'avoir remarquée.

Il leva les yeux en la voyant approcher.

– Ça va ?

Le cœur d'Hannah manqua un battement. Il lui avait parlé ! Ils allaient peut-être même engager la conversation !

« Reste naturelle, se commanda-t-elle. Nonchalante, même. »

– Ça va ? répondit-elle.

Dans la pénombre, les mains dans les poches, il était encore plus craquant que d'habitude. Même si elle n'osait pas le regarder.

– Je sors de mon cours de guitare. Et toi ?

– Match de hockey. Contre Tidemills.

– Et vous avez gagné ?

– Oui, trois à deux.

Elle ne précisa pas que Miranda avait marqué le but gagnant.

– Cool.

« Cool. Il est sympa avec moi ! Et il m'a souri. Il m'a souri, j'en suis sûre ! »

Silence.

« C'est à ton tour de parler. Dis quelque chose. Un truc spirituel. Entretiens la conversation. »

– Alors, tu rentres en bus ? demanda-t-elle.

« Question idiote. Évidemment qu'il rentre en bus.

Il prend le bus tous les jours. Il va se moquer, c'est sûr. »

Mais il se contenta de répondre :

– Ouais. Toi aussi ?

– Non, mon père passe me prendre.

Pourquoi lui avait-il demandé ça ? Peut-être qu'il espérait qu'elle allait monter dans le bus avec lui ? Est-ce qu'il se serait assis à côté d'elle ? Il devait bien l'aimer alors, non ?

Elle croisa les doigts pour que *et* le bus *et* son père mettent le plus longtemps possible à arriver.

Hélas, leur discussion s'arrêta là. Jack n'ajouta rien. Pourquoi avait-elle dit que son père passait la prendre ? Ça faisait trop bébé…

Jack tira de sa poche une boîte d'allumettes. Il en gratta une et la regarda s'enflammer avec un léger sifflement. Lorsque le vent l'éteignit, il la jeta sur le trottoir.

Hannah examina la boîte. Il y avait des chiffres griffonnés au stylo-bille. Un numéro de portable. Et un nom. Elle plissa les yeux pour le déchiffrer.

Miranda.

Jack avait le nom et le numéro de portable de Miranda sur sa boîte d'allumettes.

Et c'était l'écriture de Miranda.

Évidemment. Il était invité à la répétition en costumes de Miranda samedi.

Le silence s'épaissit. Hannah se creusait la tête, au désespoir, cherchant quelque chose à dire. Elle avait si souvent rêvé de se retrouver en tête à tête avec lui… et voilà qu'elle restait plantée là bêtement, incapable d'articuler une syllabe.

Elle tripotait nerveusement la lanière de son sac, qui glissait de son épaule. Elle voulut le remonter mais, avec un affreux craquement, il tomba comme une pierre.

– Oh non !

Au ralenti, comme dans un cauchemar, elle vit tout son contenu se répandre sur le trottoir : livres, stylos, calculatrice, mouchoirs en boule et feuilles déchirées. Elle s'agenouilla pour tenter de rattraper son stylo-plume avant qu'il ne roule dans le caniveau. Oh ! Jack allait se faire une joie de raconter cette histoire demain midi au self : Hannah Roberts la maladroite, toujours en train de gaffer…

Aussi fut-elle stupéfaite de le voir traverser l'Abribus. Elle aperçut ses baskets juste sous son nez. Puis il se mit à genoux pour ramasser ses affaires et les ranger dans son sac.

– Et voilà, fit-il en le lui tendant afin qu'elle puisse y glisser les quelques crayons qu'elle avait récupérés.

Elle osa enfin relever la tête. Il était là, à quelques centimètres d'elle. Elle croisa ses yeux noisette.

– Ça va ? s'inquiéta-t-il.

– Oui. Très bien. Merci.

Elle soutint son regard quelques secondes, comme si le temps s'était arrêté. Admira son sourire, ses cheveux bouclés, qui semblaient dorés dans la lueur chaude du réverbère. Vit la main qu'il lui tendait pour l'aider à se relever. Et soudain, sans réfléchir, elle lâcha :

– Tu veux venir à notre répétition en costumes, dimanche ?

Quoi ?

Que venait-elle de dire ?

– Quoi ? s'étonna Jack.

Les mots lui avaient échappé avant même qu'elle comprenne ce qui se passait.

Elle avait l'impression de se voir de l'extérieur sombrer dans un précipice.

– Notre troupe de théâtre répète la pièce qu'on va jouer pour le festival de Linford. Tu sais, comme celle de Miranda. Le premier week-end des vacances. Dimanche 14, à quinze heures. Dans le poulailler de ma ferme. C'est au bout du champ à droite quand tu arrives par le sentier. Tu n'es pas obligé de venir, bien sûr…

Enfin, elle parvint à stopper ce flot continu de parole. Elle n'osait même pas le regarder.

Mais par miracle, il sourit.

– OK. Pourquoi pas ?

Son cœur se gonfla de bonheur. Alors, il l'aimait vraiment bien !

Soudain, un coin-coin d'oie enragée retentit dans la nuit. Oh non ! Pas déjà ! Pas maintenant !

Jack leva la tête.

– C'est ton père, non ?

Hannah se força à regarder. C'était bien lui. Son

père, dans son antique Vauxhall Chevette maculée de boue, avait mis son clignotant pour s'arrêter devant l'arrêt de bus. Mais qu'est-ce qu'il… Non, ce n'était pas possible…

Oh ! Mais si, Seigneur ! Non, non, c'était sûrement un cauchemar. « Faites que Jack ne le voie pas. Pitié ! »

– Bon sang, mais qu'est-ce qu'il a sur son toit ? s'étonna Jack.

Lorsqu'elle lui raconta la scène, le lendemain matin, Lottie manqua de s'étouffer.

– Non, tu plaisantes ?

Elles étaient blotties contre le radiateur dans le vestiaire des filles.

– J'aimerais bien, soupira Hannah. Tu imagines ?

– C'est dingue. Un canard mort. Pas croyable…

– Un énorme canard de Barbarie raide mort. Immense. Étalé de tout son long sur le toit de la voiture, les ailes déployées. J'ai failli mourir de honte.

– Mais qu'est-ce qu'il faisait là ?

– Mon père a dit qu'il l'avait trouvé dans la cour, tué par un renard, et qu'il l'avait mis là pour éviter que les chiens ne le mangent, en attendant de l'enterrer… et puis qu'il l'avait oublié. Non, mais, franchement, quel genre de personne peut oublier qu'il a un canard mort sur le toit de sa voiture ? Je ne me suis jamais sentie aussi mal de toute ma vie. Et pourtant, question ridicule, je m'y connais… Et je suis sûre qu'à midi ça va faire le tour du self.

Hannah se recroquevilla, la tête dans les mains. Lottie la serra dans ses bras.

« Non, je ne mérite pas que tu sois gentille avec moi. Je ne t'ai pas tout dit. Si tu savais que j'ai invité Jack Adamson à voir notre prétendue répétition en costumes, tu ne serais pas là à me consoler. Tu serais en train de m'étrangler de tes propres mains ! »

14

Secrets et menaces

Hannah s'assit sur un tabouret de traite branlant au fond de la salle et ouvrit son carnet.

– Je déclare ouverte la réunion du Théâtre secret du Poulailler de ce dimanche 7 mars, en présence de toute la troupe. Premier sujet à l'ordre du jour : le programme. Doit être exécuté par Mlle Lottie Perfect, comme il a été convenu lors de la réunion du samedi 6 mars.

Perchée sur le tonneau de graisse à traire, Lottie sortit de son sac une feuille de papier crème pliée en deux.

– Waouh ! Très pro ! commenta Hannah.

– Cool ! renchérirent les Zaricots.

Ils partageaient en guise de siège une cage à poules retournée, tandis que Jasper, allongé devant eux, leur servait de repose-pied géant.

Martha leva brièvement les yeux de son magazine et fit la moue sans dire un mot.

En haut du programme, une frise d'églantine encadrait le titre :

Le Théâtre secret du Poulailler présente :
Sur ordre de Sa Majesté
Samedi 20 mars
à 15h00

Dans le coin inférieur droit, Lottie avait dessiné une poule à lunettes, avec une paire de jumelles de théâtre sous l'aile.

– Pourquoi elle a *et* des lunettes de soleil *et* des jumelles ? s'étonna Sam.

– Parce que c'est le Théâtre secret du Poulailler. Elle a des lunettes noires pour passer incognito.

Les Zaricots pouffèrent. Martha tourna bruyamment la page de son magazine.

– Et à l'intérieur, reprit Lottie en ouvrant le programme, il y a la liste des scènes et la présentation de la troupe.

Elle lut à haute voix :

– *Avec, par ordre d'apparition :*
dans le rôle de la reine Mathilde, Hannah Roberts
de la femme de chambre, Lottie Perfect
du valet…

– Oh ! Quelle surprise ! la coupa Martha. Tu as mis ton nom et celui d'Hannah en premier !

– Comme je l'ai précisé, c'est par ordre d'apparition, répliqua Lottie, les dents serrées. Je ferai d'autres programmes pour la répétition en costumes. Puisque, apparemment, il y a une répétition en costumes de prévue. Devant des spectateurs.

Elle jeta un regard appuyé à Hannah, qui sourit d'un air innocent.

Un peu de persuasion, et Lottie avait fini par accepter. Hannah l'avait convaincue que, pour être vraiment pro, une répétition en costumes était essentielle. Elles tenaient à être professionnelles. Toutes les deux.

Mais il y avait un petit détail qu'elle n'avait pas avoué à Lottie.

Un gros détail même.

Et ça, ce n'était pas très pro, hein ?

– Il y aura qui dans le public ? demanda Sam.

Hannah avait l'estomac noué. Comment avait-elle osé proposer à Jack de venir ? C'était tellement fou qu'elle aurait presque pu croire que ce n'était jamais arrivé. Surtout que Jack ne lui en avait pas reparlé depuis.

Mais elle avait horreur de faire des cachotteries à Lottie. Elle était rongée de culpabilité.

Sauf qu'elle ne pouvait vraiment pas lui dire... Ça la rendrait folle.

Et de toute façon, il n'y avait aucun risque pour que Jack vienne. Pas après l'incident du canard mort.

– Ma mère vient, annonça Lottie. Mais pas mon père, ne vous en faites pas, ajouta-t-elle en voyant l'expression paniquée de son amie.

Ses parents étaient divorcés et ne parvenaient pas toujours à rester corrects l'un avec l'autre lorsqu'ils se croisaient.

– Ma mère amènera ta grand-mère. Et il y aura aussi ma tante, mon oncle et mes cousins.

– Mais comment espérez-vous que tout ce monde se gare et vienne jusqu'ici sans que papa s'en rende compte ? s'inquiéta Jo.

– Je leur ai dit que c'était un secret, qu'on voulait lui faire la surprise le jour de la vraie représentation. Ils vont laisser leurs voitures au bout du sentier et faire comme s'ils se baladaient tranquillement. Du moment qu'il n'est pas dans le pré, il ne devrait rien remarquer de suspect.

– Et si, justement, il est dans le pré, idiote ? la coupa Martha.

– Pourquoi il vient pas, papa ? demanda Sam.

– Eh bien, parce qu'il n'avait pas tellement envie qu'on fasse du théâtre, tu te souviens ? Alors on préfère que ce soit un secret.

– Mais papa voudra voir la pièce. Moi, j'ai envie qu'il vienne. C'est pas gentil de ne pas l'inviter.

Hannah dévisagea son petit frère. Si seulement les choses étaient aussi simples !

– Ce n'est pas possible, Sammy. Si ça ne lui plaît pas, il nous obligera à arrêter, on ne pourra pas participer au concours et on aura fait tout ça pour rien !

Sam ouvrit la bouche pour répliquer, mais sa sœur s'empressa de reprendre, le nez dans son carnet :

– Bien, deuxième sujet à l'ordre du jour : les costumes. Les membres de la troupe ont fait des acquisitions très utiles au vide-greniers, le samedi 6 mars, en matière de tissu et de maquillage. Mlle Lottie Perfect doit nous tenir au courant de l'avancée des costumes.

Lottie tira quelques vêtements d'un sac en plastique.

– Voilà ce que j'ai fait hier soir. J'ai commencé par mes tenues, parce que je connais mes mesures, précisa-t-elle à l'attention de Martha. Donc, on a le costume de la femme de chambre.

Elle le montra à l'assemblée. Elle avait arrangé un chemisier blanc d'uniforme en coupant le col et les poignets pour les remplacer par des bandes de dentelle découpées dans un rideau. Puis elle s'était fait un tablier dans un vieux drap et avait repris à sa taille une longue jupe noire achetée à la brocante.

– Super ! commenta Hannah.

Les Zaricots étaient drôlement impressionnés.

– Immonde, marmonna Martha.

– Je porterai un pantalon noir en dessous ; comme ça, j'aurai juste à enlever la jupe et le tablier, puis à enfiler un veston noir pour me transformer en prince John. Sa tenue est très simple, parce qu'il est modeste et déteste les m'as-tu-vu. Ça contrastera avec celle du prince Rallentando, qui sera très voyante. Je vais coudre de la dentelle sur la veste en satin qu'on a trouvée hier… Tu pourrais même le faire, Hannah. C'est tout simple.

– Y a intérêt, si c'est Hannah qui le fait ! intervint Martha.

– Je voudrais que tu essaies ça, Martha, reprit Lottie en sortant un costume de son sac.

Hannah reconnut des choses qu'ils avaient achetées la veille et que Lottie avait assemblées. Le haut venait d'une robe à motifs marron et rose, les manches avaient été coupées dans un rideau orange satiné et la jupe était taillée dans un dessus-de-lit à fleurs sur lequel Lottie avait cousu de gros nœuds verts.

– Argh ! C'est atroce ! gémit Martha.

– Non, formidable ! s'exclama Hannah. Parfait pour Esméralda.

– Comment ça ? rétorqua sa sœur. Pourquoi ça m'irait, hein ? Tu me traites de laideron ? Tu t'es regardée dans un miroir dernièrement ? Tu sais à quoi tu ressembles ? À une pomme pourrie avec un asticot qui sort à la place du nez !

– Mais personne n'a dit que tu étais un laideron. C'est exprès que cette robe est trop chargée, expliqua Lottie, parce que la reine, qui a très mauvais goût, oblige sa fille à la porter. Celle qu'Esméralda choisira elle-même sera beaucoup plus belle.

– Et elle est où ? Tu me la montres ?

– Je ne l'ai pas encore finie.

– Eh bien, elle a intérêt à ne pas être aussi moche que celle-là, sinon pas question que je joue dans votre pièce minable. Les gens pourraient croire que je m'habille comme ça volontairement.

– J'ai noté sur le tableau de la loge l'heure à laquelle vous devez passer me voir pour que je prenne vos mesures.

– Merci, Lottie, fit Hannah. Alors, troisième point : les répétitions. Comme vous le savez tous, la répétition en costumes est prévue dans une semaine. Donc, maintenant, je ne veux plus voir de texte sur scène.

– Quoi ! s'exclama Martha.

– Je te l'ai déjà dit hier. Tu dois savoir ton rôle par cœur. Bon, on commence à l'entrée en scène d'Esméralda.

– Bien, Jo, tu viens avec moi, fit Lottie en se dirigeant vers les coulisses. Je vais prendre tes mesures.

– Prête, Martha ? demanda Hannah.

Sa sœur l'ignora.

– Martha !

Elle ne leva même pas le nez de son magazine pour répliquer :

– Quoi encore ?

– On répète à partir de ton entrée en scène. Tu arrives côté cour.

En soupirant, Martha prit son texte et se dirigea vers les coulisses.

– J'ai dit côté cour, pas côté jardin !

– Ben, je suis du côté de la cour. Puis y a pas de jardin dans cette ferme, je te signale.

– Non, ça veut dire que tu entres sur scène par le côté gauche, et par la droite du point de vue du public. Si tu entres par l'autre côté, c'est côté jardin.

Hannah s'assit royalement sur une pile de cagettes censée figurer son lit à baldaquin.

– *Entre donc, ma chérie*, ordonna-t-elle de son ton le plus majestueux.

Martha consulta son texte et récita d'une voix plate

et monocorde, comme une gamine de cinq ans déchiffrant son manuel de lecture :

– *Vous… vouliez… me… voir… mère ?*

– Pourquoi tu fais ça ? s'enquit Hannah.

Martha écarquilla les yeux d'un air innocent.

– Pourquoi je fais quoi ?

– Comme si tu ne savais pas lire. Ni jouer un rôle. Alors que je sais pertinemment que tu es très douée pour les deux. Et pourquoi as-tu encore besoin de ton texte, alors que tu es censée l'avoir appris ?

– On n'est pas à l'école ! protesta Martha. T'es pas ma prof ! J'ai pas à t'obéir, alors la ferme !

Hannah inspira profondément.

– Bien. Recommençons.

Elle reprit la voix de la reine pour déclamer :

– *Entre, Esméralda, ma chérie !*

– *Vousvouliezmevoirmère ?*

– Martha !

– Quoi ? Tu trouvais que j'allais trop lentement, alors je parle plus vite.

Hannah décida de poursuivre.

– *Dans un an, pour ton seizième anniversaire, tu épouseras un prince, que mes loyaux serviteurs sont en train de chercher, en ce moment même.*

– *Maismèrejeveuxchoisirmonmarimoimême.*

– Martha ! On n'a plus qu'une semaine ! Fais un petit effort !

Sa sœur haussa les sourcils et se redressa de toute sa taille.

– Si t'es méchante avec moi comme ça, je vais dire tous tes petits secrets à papa. C'est ça que tu veux ?

Hannah la dévisagea. Pour la première fois de sa vie, Martha avait le pouvoir, et elle adorait ça.

– On continue, OK ? reprit Hannah en s'efforçant de garder son calme. *Silence, mon enfant ! Avant la mort de ton père bien-aimé…* (Hannah s'interrompit, baissant la tête.) *… nous avons tous deux décidé quel avenir nous souhaitions pour toi. Si tu me désobéis, tu iras à l'encontre de ses dernières volontés, tu comprends, Esméralda ?*

Martha lui lança un regard contrit, l'image même de l'obéissance. Elle remua les lèvres mais aucun son n'en sortit.

– C'est à toi, Martha.

– J'ai dit mon texte.

– Tu ne l'as pas dit, tu l'as articulé.

– Puisque tu n'aimes pas ma voix, je préfère ne pas t'obliger à l'entendre. Comme ça, tu ne peux pas me reprocher d'aller trop vite ou trop lentement.

Hannah se prit la tête entre les mains.

– Martha, c'est quoi, ton problème ?

– Mon problème ? C'est toi qui as un problème !

– Comment ça ? fit Hannah.

– Comme si ça ne suffisait pas que tu me donnes des ordres toute la journée à la maison, maintenant tu vas me commander aussi dans cette stupide pièce ?

– Ah oui, c'est ça qui te gêne ?

Hannah fixa sa sœur et, soudain, elle eut un éclair de génie.

– À ton avis, qui est le personnage principal dans *Cendrillon* ?

– Ben, Cendrillon, tiens !

– Exactement. Et pas la méchante belle-mère, même si c'est elle qui donne les ordres. Eh bien, c'est exactement pareil dans ce texte. C'est Esméralda l'héroïne. La pièce raconte son histoire et, à la fin, elle se marie avec le prince qu'elle aime, non ? Elle tient tête à sa mère, mais pas en criant et tempêtant. Elle est plus maligne que ça. Donc, tu as le rôle principal dans cette pièce… mais si tu veux, on peut échanger. Si tu veux jouer la reine, pas de problème. Tu auras un peu plus de texte à apprendre et des costumes terriblement chargés.

Martha releva le menton en détournant les yeux.

– Alors ? Tu préfères quoi, Martha ? La belle princesse ou l'immonde vieille reine ? Tu as le choix.

15
Touche finale

À quatre heures, après avoir revu la pièce deux fois de bout en bout, Hannah mit fin à la répétition.

Une fois les autres partis, elle se tourna vers Lottie.

– Bon, on le finit, ce décor ?

À l'aide de vieilles portes, planches et cagettes qu'elles avaient dénichées dans la cour, les deux filles avaient construit un mur du fond. Vu de derrière, il était tout rafistolé et plein de clous. Mais de l'autre côté, il faisait illusion. Maintenant, elles voulaient le recouvrir de fines planchettes pour figurer des boiseries, puis elles les peindraient en marron avec le pot que Lottie avait trouvé dans le garage de son père.

– Le seul truc qui cloche, c'est le sol. Il nous faut vraiment un tapis.

– Et un peu de déco aussi… Un tableau à accrocher au mur, par exemple. Il y a toujours de vieilles peintures à l'huile dans ce genre d'endroit…

Avec sa mère, Lottie avait visité beaucoup de belles demeures, manoirs et châteaux.

Hannah haussa les sourcils.

– Je sais où on pourrait en trouver.

Lottie lut dans ses pensées.

– Oh, non ! Pas question. N'y pense même pas !

Mais son amie se ruait déjà vers la porte.

– Viens, il faut qu'on soit deux pour le porter.

– Hannah ! Arrête tes bêtises !

Elle courait déjà sur le sentier.

– Allez, c'est pile ce dont on a besoin, je te dis !

Hannah se hissa sur la pointe des pieds pour atteindre le tableau accroché dans le salon.

– Imagine : ce sera parfait dans la chambre de la reine.

Elle empoigna le cadre à deux mains.

– Hannah ! cria Lottie, tout essoufflée d'avoir couru. On ne peut pas le prendre. Ton père serait furieux !

– Il ne s'apercevra même pas qu'il a disparu. On le remettra en place après la représentation.

Elle décrocha le tableau représentant un cheval et un chien. La cordelette était là depuis si longtemps qu'elle resta raide comme un fil de fer en forme de triangle.

– Allez, aide-moi.

En pestant, Lottie saisit l'autre côté du cadre.

Une fois dans le couloir, Hannah reprit :

– Tu sais quoi ? Je reviendrai prendre les chandeliers en argent aussi. J'y mettrai des bougies neuves. Ça ira à merveille sur la coiffeuse de la reine.

– Hannah, tu as perdu la tête ou quoi ? Tu ne peux…

Comme la porte de derrière s'ouvrait en grinçant, les filles se figèrent sur place.

– Tess, reste dehors, vilain chien.

Un éclair de panique brilla dans les yeux de Lottie.

– Ton père ! murmura-t-elle. Oh ! mon Dieu, il va nous tuer !

Justement, celui-ci lança :

– Hannah !

Appuyant le tableau contre une chaise, Hannah prit une couverture mangée aux mites dans le placard de l'entrée et la jeta à Lottie qui était pétrifiée.

– Cache-le avec ça, souffla-t-elle avant d'entrer dans la cuisine, l'air innocent. Quoi, papa ?

Son père était sur le seuil, avec ses bottes en caoutchouc pleines de boue.

– Sors-moi l'antibiotique du frigo, s'il te plaît, Hannah.

– Qu'est-ce qui se passe ?

– Il y a un veau qui nous fait une pneumonie.

Hannah retourna dans l'entrée.

– Qu'est-ce qu'il y a ? chuchota Lottie.

– Chuut !

Hannah prit la boîte de médicament pour l'apporter à son père. Puis, d'un air aussi dégagé que possible, elle repartit dans l'entrée.

– On va passer par le jardin, glissa-t-elle à son amie. Il est dans la cour.

– J'étais morte d'inquiétude, râla Lottie en sautant pour éviter une bouse de vache. Ne me refais plus jamais ça !

– Ça en valait la peine, non ? Ça va super bien rendre dans notre décor !

Le lendemain soir, Hannah prépara le chocolat chaud de son père à neuf heures, comme d'habitude, sauf qu'il n'était pas encore là. Elle enfila son manteau et ses bottes pour sortir dans la cour.

La ferme était drapée dans le velours de la nuit, constellé de petites étoiles. Seuls quelques grognements de cochon bien nourri montaient par intermittence de la porcherie. Alors qu'Hannah savourait le silence, une chouette effraie traversa le ciel en planant sans bruit.

Une faible lueur filtrait de la grange du fond. En approchant, Hannah entendit la voix de son père qui murmurait tout bas. Elle contourna les machines à pas de loup pour rejoindre l'arrière de la grange où était installée la stalle des veaux. Un petit, plus téméraire que les autres, s'approcha des barreaux pour lui renifler la main. Elle lui caressa le dos tandis qu'il lui léchait les doigts de sa langue râpeuse comme du papier de verre.

La lumière provenait d'une vieille lanterne accrochée à une poutre avec un bout de ficelle, juste au-dessus d'un petit enclos délimité par des bottes de foin.

Son père encourageait le veau malade :

– Là, voilà.

Il prit une nouvelle botte de foin, qu'il posa sur le muret de paille.

– Je vais te faire un petit coin douillet, bien au chaud. Faut éviter les courants d'air, hein ? Là, c'est bien, fifille. Allez, je vais voir les vaches, maintenant.

Alors qu'il se relevait avec un seau dans chaque main, il aperçut Hannah. Aussitôt, il prit un air paniqué.

– Qu'est-ce qui se passe ? Il y a un problème ?

Elle s'empressa de le rassurer :

– Non, non. Tout va bien. Ton chocolat est prêt.

– Super. Je viens de finir.

Il se dirigea vers l'étable où les vaches passaient l'hiver.

Soudain, Hannah ne put retenir ses questions. La gorge serrée, elle demanda :

– Lottie a dit que le propriétaire voulait démolir la ferme pour construire un lotissement. C'est pas possible, hein ?

Son père laissa échapper un petit rire qui ressemblait plus à un aboiement.

– Ne t'inquiète pas pour ça. Cashmore est un sale serpent avide, mais du moment qu'on paye le loyer tous les trimestres, il ne peut pas toucher à une brique de notre ferme.

– Mais comment vas-tu… ?

– Tu vois cette machine là-bas ?

Il désigna un engin antique dans le coin de la grange. Une batteuse tellement vieille qu'elle était entièrement en bois, même les roues. Sa peinture écaillée, autrefois orangée, était dorénavant plutôt rose pastel.

– Eh bien quoi ?

– Le gars qui m'a acheté le Field Marshall la veut aussi. Ils viennent la chercher dans deux semaines. En plus, comme ça, j'économiserai l'assurance. Ça coûte un bras pour ces machines anciennes. Voilà, le prochain loyer est assuré. Alors ne t'en fais pas, OK ?

– D'accord, papa, fit Hannah. Bonne nuit.

Elle retraversa la cour d'un pas guilleret. Son père avait donc tout prévu.

Elle l'entendait parler aux vaches.

– Bonsoir, Giroflée. Voilà ton dîner, ma belle. De quoi te caler l'estomac. Et toi, Jacinthe, ça va ? Là, ma fille.

Il baptisait chacune de ses vaches à la naissance. Leurs noms étaient inscrits à la craie sur le tableau noir de la salle de traite, et il les connaissait tous.

Elle aurait dû savoir qu'elle pouvait lui faire confiance. Son père ne laisserait jamais personne toucher à sa ferme.

16

La répétition en costumes

La semaine suivante, Hannah et Lottie passèrent tout leur temps libre à préparer le décor et les costumes.

Le lundi, après les cours, elles fabriquèrent le lit à baldaquin de la reine. Elles arrimèrent des poteaux de clôture au coin d'un assemblage de cages à poules et recouvrirent le tout d'un grand dessus de lit violet. Ainsi vêtu de taffetas, avec les rideaux assortis, noués de rubans dorés, le lit avait vraiment une allure royale.

Le mardi, elles peignirent une vieille cagette qu'Hannah avait récupérée sur le tas de bois à brûler pour en faire un petit tabouret. Elles l'installèrent en dessous d'un vieux cadre de fenêtre qu'elles avaient déniché sous l'appentis.

– Super ! commenta Lottie. À la maison, j'ai du tissu bleu à tendre derrière pour faire le ciel.

Le mercredi, Hannah entraîna son amie dans les coulisses, car elle lui réservait une surprise.

D'un geste théâtral, elle écarta le bras, désignant un manche à balai qu'elle avait suspendu au plafond avec de la ficelle.

– Et voici notre vestiaire ! L'avantage, c'est qu'il ne prend aucune place au sol. Ça ne nous gênera pas quand on n'en aura pas besoin.

Comme promis, Hannah se rendait tous les soirs à vélo chez son amie, après avoir mis Sam au lit. Au fil de la semaine, la tringle se remplit petit à petit de costumes, munis d'étiquettes portant le nom du personnage et les scènes dans lesquelles ils apparaissaient, comme le conseillaient les livres de sa mère.

Hannah adorait tous ces préparatifs. Les journées de cours lui paraissaient interminables, elle comptait les minutes la séparant du moment où elle pourrait s'y consacrer. Enfin, le dimanche après-midi, le jour de la répétition en costumes, lorsqu'elle regarda autour d'elle, contemplant le résultat depuis les coulisses, elle se dit : « Maman aurait été fière de nous. On se croirait vraiment dans un théâtre, désormais. »

Il ne restait plus qu'un quart d'heure avant le lever de rideau. Hannah avait revêtu son costume pour la scène I : une longue chemise de nuit rose à froufrous, ornée de rubans bleus. Son tissu satiné lui donnait une allure royale et changeait sa démarche. Elle avait l'impression de glisser majestueusement sur la scène. Et la coiffure jouait également. Martha lui avait fait un chignon en enfonçant les épingles avec énergie et en lui tirant les cheveux avec sûrement un peu plus de vigueur que nécessaire. Elle n'aurait sans doute pas dû recevoir autant de laque dans les yeux non plus, mais le résultat était vraiment convaincant. Quant au maquillage (rouge à lèvres orange, blush rose et ombre à paupières violette), il ne passait pas inaperçu !

– Jo, tu t'es occupée des accessoires ? demanda-t-elle. Ils sont bien tous posés sur la table par ordre d'entrée en scène ?

– Oui, je viens de vérifier une dernière fois, confirma Jo en enfilant la veste à fleurs du prince Rallentando. Et j'ai tout coché sur ma liste.

– Où est la lettre du prince ?

Lottie, qui était en train de se faire maquiller près de la fenêtre, tapota la poche de son tablier.

– Là-dedans, à sa place. Hannah, enlève ta montre ! Martha, il va falloir se presser un peu, tu n'as pas encore préparé Jo.

Martha la prit par le menton.

– Arrête de parler ou je vais t'étaler du rouge à lèvres partout.

Hannah posa sa montre dans les coulisses avant d'aller faire un dernier tour sur scène. Les boiseries paraissaient authentiques, maintenant qu'elles étaient peintes en marron. Et le tableau du cheval, dans son cadre doré, donnait un véritable cachet au décor, surtout avec les chandeliers en argent posés juste devant, sur la coiffeuse. Elle poussa un soupir satisfait.

Puis elle glissa un coup d'œil entre les rideaux, afin de voir la salle. Pour l'instant, il n'y avait dans le public que Jasper et Lucy, confortablement installés au milieu du premier rang. Jasper ruminait pensivement, Lucy nichée au creux de son dos.

Bah ! Au moins Jo ne leur avait pas donné de chaises.

Mais où étaient donc les autres spectateurs ? Avaient-ils seulement réussi à trouver le sentier secret ?

Soudain, elle entendit murmurer quelque part dans les fourrés. Son cœur s'emballa.

Et si c'était Jack ?

Mais il n'allait pas venir, n'est-ce pas ?

Non, il n'avait pas fait la moindre allusion à la répétition en costumes. Il avait dû oublier qu'elle l'avait invité. Elle avait lancé ça sans insister, après tout, et l'abominable incident du canard mort avait dû chasser sa proposition de son esprit.

De toute façon, il n'avait pas non plus assisté à celle de Miranda, qui lui en avait beaucoup voulu.

Quelqu'un pouffa.

Une femme. Ouf !

Hannah courut dans les coulisses.

– Les spectateurs arrivent !

Toute la troupe s'interrompit pour tendre l'oreille.

– C'est tante Cathy, affirma Lottie.

Bruissement de feuilles. Craquement de brindilles. Et un cri d'enfant :

– Ouille ! Ça pique !

– Argh ! gémit Lottie. Mon cousin Jeremy. Il va pleurnicher pendant une heure maintenant.

La porte du public s'ouvrit. Hannah avança à pas de

loup sur la scène pour glisser un œil entre les rideaux. La tante de Lottie franchit le seuil avec précaution, donnant la main à une petite fille.

– Comme c'est amusant ! s'exclama-t-elle. Tu as vu les beaux rideaux, Evie ?

Un homme à l'air grincheux entra alors dans la salle. Il avait deux chaises pliantes sous le bras et un gamin geignard sur les talons.

– Oui, c'est vraiment tordant : faut apporter son fauteuil et traverser une forêt vierge ! On est où ? Dans un camp d'entraînement militaire ?

– Chut, Andrew ! intervint sa femme. Ils vont t'entendre. Arrête de râler et profite du spectacle.

Une petite fille d'une dizaine d'années, plongée dans un livre, apparut sur le pas de la porte. Elle leva le nez juste assez longtemps pour repérer une place libre, s'assit et reprit sa lecture.

– Où sont les autres ? demanda l'oncle Andrew. On ne va quand même pas être les seuls à subir ça ?

Charmant.

Mais il avait raison : où étaient les autres spectateurs ? Il devait être trois heures, pourtant. Peut-être que la mère de Lottie et mamie s'étaient perdues en chemin ?

Pendant que le reste de la troupe se préparait, Hannah sortit par l'entrée des artistes et s'avança sur le sentier. De jeunes feuilles vert vif ornaient maintenant les ronces noires, et des anémones sylvie étoilaient le sol.

Soudain, elle entendit une voix qui lui glaça le sang.

– Un théâtre ? Dans cette jungle ? Tu veux rire, Adamson ?

Jack et Danny ! Hannah eut l'impression que tous ses os se dissolvaient comme un cachet d'aspirine dans un verre d'eau. Elle s'agrippa à une branche de noisetier. Non, non, non !

Au plus profond d'elle-même, si profond qu'elle ne voulait même pas se l'avouer, Hannah avait espéré que Jack viendrait et que, une fois sur place, il serait tellement impressionné par ses talents d'actrice qu'il la verrait sous un nouveau jour et tomberait follement amoureux d'elle.

Ridicule. Il était venu, oui, mais avec Danny. Évidemment. Ils étaient là pour critiquer et se moquer, rire et persifler, et ensuite raconter à tout le collège lundi matin qu'Hannah Roberts passait ses week-ends à jouer des pièces dans un vieux poulailler.

Et puis, qu'allait dire Lottie ?

Elle ne lui adresserait plus jamais la parole après ça.

Cramponnée à sa branche de noisetier, Hannah entendit à nouveau la voix de Danny :

– Y a rien dans le coin. Elle s'est fichue de toi.

Puis celle de Jack :

– Peu importe. Allez, on lève le camp.

Hannah resta accrochée à sa branche sans oser remuer, sans oser respirer jusqu'à ce que leurs voix s'éloignent. Et même quand elle n'entendit plus que le bruissement du vent dans les herbes, elle ne put bouger, tant ses genoux tremblaient. Elle avait du mal à croire qu'ils soient vraiment partis.

Mais ils ne revinrent pas. Le silence s'installa.

Ouf ! Elle était sauvée. Plus jamais, jamais, elle ne se montrerait aussi stupide.

– On y est, Dora. Ce doit être le sentier.

La mère de Lottie arrivait avec la grand-mère d'Hannah. Les jambes flageolantes de soulagement, Hannah se faufila jusqu'au théâtre avant qu'elles ne la voient.

Jo et Lottie étaient en position dans les coulisses, tenant chacune une corde pour ouvrir le rideau.

Lottie croisa le regard d'Hannah.

– Prête ? murmura-t-elle.

Hannah s'allongea sur les coussins de la reine et ferma les yeux. Lottie et Jo levèrent le rideau.

Hannah, qui ronflait bruyamment, entendit des murmures surpris et ravis dans le public. Sa grand-mère s'exclama :

– Bonté divine ! Ils ont fait un bien joli décor !

Hannah s'étira avec majesté en poussant un énorme bâillement.

Puis elle s'assit lentement, ouvrit les yeux, leva le menton et se mit à brailler :

– *Servante ! Servante ! Venez ici tout de suite ! C'est un ordre.*

Ils en étaient déjà à la moitié de la pièce et tout se passait bien. La moustache du prince John-Lottie était tombée à plusieurs reprises et Jo s'était un peu emmêlée dans son texte (il faut avouer que le fait d'avoir perdu son pantalon au beau milieu d'une scène ne l'avait pas aidée). Mais il n'y avait pas eu de véritable catastrophe. Martha faisait une princesse Esméralda des plus charmantes. Et surtout le public semblait apprécier la pièce. Ils riaient pile au bon moment.

Lottie entra sur scène dans son costume de femme de chambre, portant une lettre sur un plateau. Hannah était affalée sur son lit, en train de se contempler dans son miroir.

– *Une lettre pour Sa Majesté*, annonça Lottie en faisant la révérence.

Hannah tendit la main pour prendre le papier entre le pouce et l'index.

– *Oh, merveilleux ! C'est une missive de mon neveu, le prince Lawrence*.

Elle parcourut la lettre.

– *Diable ! Comme c'est contrariant ! Sa comédienne de femme est soi-disant malade, il ne pourra pas prendre part aux festivités organisées en l'honneur de mon anniversaire*.

Elle consulta à nouveau la feuille.

– *Je me demande chez qui il réside dans le Shropshire. Il semble avoir une très haute opinion de ses hôtes. Vous qui êtes de là-bas, connaissez-vous les familles notables de la région ?*

Lottie, qui était en train de faire les carreaux, releva la tête, pensive.

– *Eh bien, Votre Altesse, il y a Lord et Lady Dingly-Wilson, et puis…*

– *Idiote !* la coupa Hannah. *Ignorez-vous que Lord et Lady Dingly-Wilson possèdent neuf châteaux seulement ? Vous insultez mon cher neveu en insinuant qu'il résiderait chez des gens ayant si peu de biens ! On devrait vous exécuter pour trahison !*

– *Bien entendu, Votre Majesté*, fit Lottie en baissant la tête. *Je demande pardon à Sa Majesté.*

C'est alors que Sam surgit sur scène.

Que fabriquait-il ? Son personnage n'apparaissait pourtant pas avant un moment…

Il tira Hannah par la jupe.

– Il y a le feu !

Elle le dévisagea. Il était livide, les yeux agrandis de terreur.

– Quoi ?

Lottie tourna le dos au public pour le prendre par les épaules.

– Sam, ce n'est pas encore ton tour d'entrer en scène, chuchota-t-elle.

Il se dégagea de son étreinte.

– Non, mais dans la vraie vie, il y a le feu !

17
L'incendie

Hannah se rua sur le sentier secret, esquivant les branches, évitant les ronces. Lorsqu'elle déboucha dans le pré, elle étouffa un cri.

Une immense colonne de fumée noire montait de derrière le hangar à tracteurs. Une série de craquements sinistres se succéda, comme un tir de fusil-mitrailleur.

Hannah voulut crier, mais aucun son ne vint à ses lèvres. Incapable de hurler ou de penser, elle se mit à courir. À courir le plus vite possible, martelant le sol de ses pieds, les battements de son cœur résonnant à ses oreilles.

Une odeur âcre emplissait ses narines. Sans se soucier des autres qui se pressaient sur ses talons, elle traversa la cour, contourna les bâtiments et s'arrêta net en voyant la grange dans le fond.

Elle plaqua la main sur ses lèvres. Ce n'était plus qu'une vaste grotte carbonisée et enfumée. Des langues de feu bleu et orange s'échappaient du gros nuage noir, léchant presque le toit.

CRAC ! CRAC ! CRAC !

Hannah sentit que Sam lui prenait la main. Elle vit Martha ouvrir la bouche, mais le rugissement du feu et les explosions couvrirent son cri.

Lottie était livide. Sur ses lèvres, elle lut la question :

– C'est quoi, ce bruit ?

Hannah tendit le doigt vers le haut. Sous l'effet de la chaleur, le toit rouillé de la grange se déformait et explosait avec de violentes déflagrations. Au fur et à mesure que le feu progressait, les murs, eux aussi, se mirent à onduler, à se déformer.

– Reculez ! hurla quelqu'un dans leur dos.

Hannah se retourna. C'était la mère de Lottie, suivie du reste de sa famille.

– Reculez tous ! La grange risque de s'écrouler d'une seconde à l'autre !

Elle prit les enfants par la main pour les éloigner. Hannah regarda autour d'elle, mais il n'y avait personne d'autre.

– Où est papa ? cria-t-elle.

– Quelqu'un a appelé les pompiers ? rugit l'oncle de Lottie en agitant frénétiquement son portable dans les airs. Je n'ai pas de réseau. Quelqu'un reçoit ici ?

Bouche bée d'horreur, Jo prit Hannah par le bras.

– Les veaux !

Hannah eut l'impression que le sol s'ouvrait sous

ses pieds. Les veaux flageolant sur leurs pattes, les mignons petits veaux aux grands yeux bleus étaient prisonniers de leur stalle tout au fond de la grange.

Elle savait maintenant où se trouvait son père.

– Papa ! hurla-t-elle sans produire le moindre son.

Elle se rua vers la grange. Elle avait l'impression de vivre un cauchemar éveillé. Elle courait de toutes ses forces, mais quelque chose la clouait sur place. Elle avait beau battre des bras et des jambes, elle n'avançait pas.

– Recule, enfin ! Arrête tes idioties ! lui braillait quelqu'un à l'oreille.

Andrew, l'oncle de Lottie, l'avait prise par la taille pour la retenir. Elle avait beau se débattre, il était plus fort et réussit à l'éloigner de la grange. Cependant, elle gardait les yeux rivés sur la porte, scrutant le nuage épais.

Soudain, la silhouette de son père apparut, surgissant au milieu de la fumée et des flammes. Son visage était noir de suie. Sous chaque bras, il portait un veau gigotant.

Comme Hannah s'était arrêtée de remuer, l'oncle Andrew avait desserré son étreinte ; elle n'eut donc pas à forcer pour se dégager et courir à la rencontre de son père.

C'est alors qu'un camion de pompiers arriva dans la ferme et s'arrêta devant la salle de traite, puis un deuxième, juste derrière, déversant un flot d'hommes dans la cour. Aussitôt, ils déroulèrent de longs tuyaux et se munirent de masques à oxygène. Certains s'approchèrent des adultes pour les questionner.

Un pompier s'empressa de rejoindre son père, qui toussait et semblait avoir du mal à respirer. Celui-ci confia l'un des veaux au pompier et l'autre à Jo.

– Mettez-les dans la cour de derrière. Montre-lui le chemin, Joanne.

Puis il se retourna vers la grange en flammes.

L'homme le saisit par l'épaule, tenant le veau sous l'autre bras.

– Vous ne pouvez pas y aller. Les fumées sont toxiques. Le feu gagne du terrain.

Mais le père d'Hannah le repoussa.

– Éteignez-le alors. Faites votre boulot, je fais le mien.

– Vous ne pouvez pas rentrer là-dedans. Il n'y a rien qui vaille la peine de risquer votre vie.

CRAC ! Avec une déflagration semblable à un coup de fusil, un trou s'ouvrit dans le mur de la grange. Une gerbe de flammes en jaillit.

M. Roberts tira un mouchoir de sa poche, le trempa dans un abreuvoir, le noua sur son nez et s'engouffra dans le nuage noir.

– Non ! s'égosilla Hannah.

Elle se lança à sa poursuite, mais le pompier la souleva de terre et la déposa loin de la grange, tandis qu'elle protestait à grands cris entrecoupés de quintes de toux.

– Pas question de te laisser pénétrer dans cette fournaise !

– Mais papa…

– On se charge de lui. Reste avec tes frère et sœurs.

Hannah se retourna. Martha et Sam étaient juste derrière elle, les yeux écarquillés, terrorisés. Elle écarta les bras. Martha recula mais Sam se jeta contre elle et éclata en sanglots.

– Papa ! Papa ! hurlait Martha.

Hannah reporta son attention sur l'incendie. Le feu dévorait l'arrière de la grange. Et, au beau milieu des flammes, leur père titubait, dos courbé, tête basse. Un pompier équipé d'un masque l'accompagnait. Ils portaient tous les deux un veau terrifié sous chaque bras.

Soudain, Hannah eut l'impression que la scène qu'elle avait sous les yeux se déroulait au ralenti. Une énorme poutre en béton se détacha du toit juste au-dessus de son père. Paralysée par la peur, elle la vit s'écrouler par terre.

Prise d'une vive douleur au ventre, elle se recroquevilla pour ne pas voir. Elle sentit alors la main de Lottie sur son épaule.

– C'est bon, Hannah. Regarde, il n'a rien.

Elle releva les yeux. Par miracle, son père et le pompier s'en étaient sortis. Deux hommes s'empressèrent de leur prendre les veaux et deux autres les éloignèrent de la grange en feu.

Les enfants se ruèrent sur leur père, mais il peinait à respirer.

Plié en deux, il tentait de reprendre son souffle. Un pompier les repoussa.

– Reculez, les enfants, il faut qu'on s'occupe de lui.

Jo accourut alors.

– Qu'est-ce qui s'est passé ? Papa va bien ?

Ils s'écartèrent. Affolée, Hannah vit les pompiers s'affairer autour de son père, avec tout un tas de matériel, en criant des mots qu'elle ne comprenait pas.

Finalement, d'une petite voix qu'elle ne reconnut pas, elle demanda :

– Ça va aller ?

– On fait tout notre possible, répondit un pompier. L'ambulance arrive.

La gorge d'Hannah se serra. Heureusement que Lottie la tenait par les épaules, sinon elle se serait effondrée.

– Une ambulance ? Comment ça ? répliqua-t-elle.

Mais sa voix était tellement rauque et faible qu'elle fut couverte par le rugissement des flammes, et personne ne l'entendit.

18
Une découverte

– Beurk ! C'est pas bon ! s'exclama Sam en recrachant son porridge.

– Ça a le goût de brûlé.

Jo repoussa son bol et ouvrit devant elle un cahier jaune sur lequel elle avait écrit en grandes lettres multicolores « RAGOÛT DE ZARICOTS ». Il s'agissait du magazine de la très vénérable Société secrète des Zaricots.

– … et y a plein de grumeaux.

Zut ! Hannah avait pourtant espéré qu'ils ne le remarqueraient pas. Elle soupira :

– Vous voulez du pain grillé à la place ?

– Papa va aller en prison ? la questionna Sam.

L'estomac noué, Hannah répondit :

– Mais non, enfin.

– Tu m'as donné du lait et tu as mis de l'eau à Sam, remarqua Jo en échangeant les tasses.

– Pourquoi y a la police alors ?

La veille, lorsqu'elle avait vu, horrifiée, son père s'enfoncer dans la grange en flammes, Hannah s'était imaginé que, s'il en ressortait vivant, alors elle ne s'inquiéterait plus jamais pour rien.

Et il était ressorti vivant. Il n'était même pas allé à l'hôpital. Quand l'ambulance était arrivée, il avait tout bonnement refusé d'y monter.

– J'ai une ferme à tenir, avait-il fait valoir.

Les autres adultes avaient eu beau proposer de s'occuper des enfants et de la ferme, rien n'avait pu le faire changer d'avis. Alors, les secouristes étaient restés le temps de s'assurer qu'il allait bien, puis ils étaient repartis en affirmant qu'il devait avoir « une sacrée paire de poumons ».

Donc elle aurait dû être heureuse, non ?

– Jo, pousse tes crayons de là, marmonna-t-elle en posant le pain grillé sur la table.

– Hé, Grozaricot, regarde, dit Jo en tendant son cahier à Sam.

– Cool ! fit-il. Y a du beurre ?

– Dans le frigo, répondit Hannah.

Son frère sauta de son tabouret, tandis que la voix de leur père montait de la salle à manger :

– Parce que vous croyez que j'irais mettre le feu à ma grange ? Avec tout mon bétail à l'intérieur ?

– Y a de la confiture ? s'enquit Jo.

– Chut, souffla Hannah.

Mais elle n'entendit pas la réponse de la policière.

Qu'est-ce que c'était que cette histoire ? La police soupçonnait son père d'avoir allumé l'incendie ? Mais qui serait assez fou pour faire ça ?

– Hannah, y a de la confiture ?

– Bon sang, Jo ! Tu peux aller la chercher toi-même, non ?

La porte de l'entrée claqua. Martha fit irruption dans la cuisine. Visiblement, elle ne s'était pas nettoyé le visage la veille, car le maquillage de la princesse Esméralda avait dégouliné sur ses joues.

– Pouah ! Quelle odeur !

– Hannah a fait brûler le porridge. Tu ressembles à un blaireau avec tout ce noir autour des yeux.

– Tais-toi, idiote. J'ai de très beaux yeux. Pas comme les tiens, on dirait une mare boueuse.

La salle à manger s'ouvrit enfin. Leur père en sortit, suivi de la policière. Ils ne jetèrent pas un regard aux enfants. L'air sombre, il raccompagna la dame à la porte.

– Merci de m'avoir reçue, dit-elle. On reste en contact. Et si vous découvrez quoi que ce soit qui puisse nous aider à déterminer l'origine du feu, prévenez-nous immédiatement. Le moindre détail, d'accord ? Si c'est un incendie criminel, il faut qu'on trouve le responsable.

Criminel !

La police pensait donc que quelqu'un avait mis le feu exprès ?

Mais qui aurait bien pu faire une chose pareille ?

Leur père rentra dans la cuisine. Les enfants évitèrent de croiser son regard. Depuis l'incendie, il était encore plus irritable que d'habitude.

Il se planta devant la table.

– Est-ce que l'un de vous a joué avec des allumettes dans cette grange ?

Du coup, ils le fixèrent tous, stupéfaits.

– Non !

– Vous en êtes sûrs ? Qu'est-ce que vous avez fait hier après-midi ?

Les Zaricots se tournèrent vers Hannah.

– On n'était pas dans le coin de la grange. Et de toute façon, on ne ferait jamais ce genre d'ânerie, tu le sais bien.

Il grogna.

– Mmm.

– Pourquoi tu nous demandes ça ? La police ne croit quand même pas que c'est nous, hein ?

Son père fronça les sourcils.

– D'après eux, l'incendie est d'origine criminelle. Il n'y a pas d'autre explication : une grange à bétail ne prend pas feu toute seule. Ils m'ont même questionné, moi !

– Toi ? s'étonna Jo. Mais pourquoi tu aurais fait brûler ta propre grange ?

– Ne t'en fais pas. Je les ai vite rassurés à ce propos : je n'avais absolument aucun intérêt à incendier une grange qui n'est pas assurée ! dit-il en se dirigeant vers l'endroit où on accrochait les manteaux. Alors, si vous apprenez quelque chose, dites-le-moi.

Pour la première fois de sa vie, Hannah regrettait d'être en vacances. Au moins, si elle avait eu cours, le bruit, l'agitation du collège auraient sans doute réussi à chasser les images terribles qui défilaient dans sa tête.

Papa qui sortait en titubant de la grange en feu…

La poutre en béton qui s'écroulait…

Dès qu'elle eut débarrassé le petit déjeuner, elle se surprit à retourner voir la grange.

Une odeur âcre de brûlé imprégnait toute la ferme. Pourtant, le soleil brillait, les hirondelles pépiaient dans les haies. Ça détonnait, comme quelqu'un qui rit à un enterrement.

De la structure de la grange ne restaient plus que les poteaux en acier. Le soleil éclairait le sol calciné, mettant en lumière les millions de flocons de cendre qui dansaient dans les airs. Le moindre souffle de vent soulevait des nuages de cendre et de suie qui chatouillaient les narines d'Hannah et la faisaient tousser.

Elle traversa les décombres de la grange pour aller voir de l'autre côté. Derrière, la cour était également noircie. Elle continua à marcher et fila à travers champs sur le sentier qui menait au village.

Au beau milieu du chemin, elle aperçut une boîte d'allumettes. Hannah détestait les papiers qui traînaient. Elle se pencha pour la ramasser et la jeter à la poubelle en rentrant.

Mais alors qu'elle la glissait dans la poche de son manteau, un détail retint son attention.

Il y avait quelque chose d'écrit dessus.

Son estomac se noua.

Au stylo bleu, elle déchiffra « Miranda », suivi d'un numéro de portable.

Hannah lâcha la boîte d'allumettes comme si elle lui brûlait les doigts. Le cœur battant à coups sourds, elle la contempla, gisant dans la poussière.

La dernière fois qu'elle l'avait vue, à l'arrêt de bus, la boîte était pleine.

Maintenant, elle était vide.

Et entre-temps la grange avait brûlé.

Les mots de son père résonnèrent dans sa tête : « Est-ce que l'un de vous a joué avec des allumettes dans cette grange ? »

Puis elle entendit la voix de Jack juste avant la répétition : « Allez, on lève le camp. »

Elle se retourna vers le squelette calciné de la grange.

Non.

« Non, arrête, ils n'ont pas pu faire ça. Ils n'auraient quand même pas fait ça ! »

Ils n'auraient pas osé entrer dans la grange. D'ailleurs, la boîte d'allumettes était là, sur le sentier. Ils avaient dû se promener dans le coin, sans s'approcher de la grange.

Quelque chose d'autre devait être à l'origine du feu. Ça ne pouvait pas être eux, hein ?

Parce que si c'était le cas… alors c'était sa faute. Car c'était à cause d'elle qu'ils étaient venus à la ferme.

Non. Impossible.

Elle baissa les yeux vers la boîte d'allumettes.

Ce n'était pas une preuve. Si ? Elle n'allait pas prévenir la police pour une bête boîte d'allumettes.

À moins que ce ne soit grave de dissimuler des preuves…

Non, elle ne pouvait pas le dire à la police. Elle ne pouvait le dire à personne. Parce que sinon, tout le monde serait au courant. Au courant qu'elle avait invité Jack. Et que l'incendie était de sa faute.

Hannah examina à nouveau la petite boîte. Elle tendit le bras. Hésita. Le tendit à nouveau.

Puis elle se pencha lentement, ramassa la boîte du bout des doigts, la fourra dans la poche de son manteau et rentra à la maison le cœur lourd.

Une grosse BMW noire était garée dans la cour. Elle lui semblait familière, sans qu'elle sache exactement pourquoi.

19

Inspection des lieux

Il n'y avait aucun bruit dans la maison. Les autres devaient jouer dans leurs chambres.

– Hou, hou ! Je suis rentrée ! lança Hannah dans l'escalier.

La porte du salon s'ouvrit, Jo en sortit en faisant la grimace.

– Qu'est-ce qui ne va pas ? s'inquiéta Hannah.

Jo posa un index sur ses lèvres et lui fit signe de la suivre dans le couloir.

– Le monsieur de l'autre jour est revenu.

– Quel monsieur?

– Celui du propriétaire. L'agent immobilier.

– Qu'est-ce qu'il fait chez nous ? Qui l'a laissé entrer ?

– Il a dit que j'étais obligée.

– Obligée ?

– Il a un papier…

Hannah entra dans le salon, bien décidée à dire à ce monsieur ce qu'il pouvait en faire, de son papier.

– Il n'y a des rideaux qu'à une seule fenêtre ? remarqua-t-il sans la regarder.

Hannah se posa la question qu'elle se posait toujours devant un adulte qui se montrait grossier : « Comment aurait réagi maman ? »

– Puis-je vous aider ? fit-elle d'une voix glaciale.

– Oui, je voudrais bien une tasse de thé, répondit-il sans lever le nez de ses papiers.

Quel culot !

Hannah se redressa de toute sa taille.

– Et qu'est-ce qui vous amène ?

Il désigna la pièce d'un geste vague.

– Je suis venu faire l'état des lieux. Sacré boulot. J'aurais dû prévoir toute la journée.

Hannah ignorait à quoi il faisait référence exactement mais il critiquait leur maison, c'était évident. Elle bouillait de rage.

– Qu'entendez-vous par « l'état des lieux » ? Et que faites-vous dans la maison alors que mon père n'est pas là ?

– Je viens inspecter le bien de M. Cashmore, afin de m'assurer qu'il est correctement entretenu. Procédure de routine pour laquelle le locataire est tenu de me laisser l'accès libre à toute la propriété. Et qui n'a pas été effectuée depuis longtemps, visiblement. Dieu seul sait à quoi pensait le précédent propriétaire ! Cet endroit est un dépotoir. Cet incendie est une aubaine, finalement. Je parie que cette grange était pleine de bric-à-brac jusqu'au toit. Quant à ton père…

Il prononça ces derniers mots avec un mépris qui attisa la haine Hannah.

– … il a été informé de mon passage par courrier la semaine dernière.

Il s'approcha de la fenêtre sans rideaux et gratta la peinture écaillée avant de noter quelque chose sur son formulaire. C'est alors qu'il remarqua la prise électrique branlante, sur le mur où était d'habitude accroché le tableau du cheval et du chien. Cette prise avait toujours tenu par une seule vis, d'aussi loin qu'Hannah se souvienne. Il fallait juste penser à bien l'enfoncer quand on branchait le radiateur.

Quand l'agent immobilier la tripota, elle lui resta dans la main.

– Vétuste, commenta-t-il, puis il griffonna encore sur son papier.

Il quitta la pièce en la laissant pendre lamentablement du mur.

– Vous ne pouvez pas monter là-haut ! intervint Hannah en pensant, horrifiée, à sa chambre jonchée de linge sale, livres et cahiers.

– Je dois inspecter le bien dans son entier.

Il souleva le tapis d'escalier déchiré du bout de sa chaussure avant de prendre encore une note.

– Ce n'est pas un bien, protesta Hannah, c'est notre maison !

Il l'ignora. Elle le suivait dans l'escalier en priant pour qu'il ne lève pas la tête.

Ce qu'il fit, hélas !

– Répugnant, marmonna-t-il en avisant les toiles d'araignée.

Hannah avait envie de l'étrangler.

En haut des marches, il tourna à gauche. Oh, non ! Pas la chambre de papa ! C'était pire. Mille fois pire. Sa chambre, c'était gênant, mais celle-ci, c'était une épreuve cruelle.

Par chance, il entra dans celle de Sam, qui était en train de jouer à la ferme. Il poussait un tracteur où était attelé un semoir.

Quand l'homme entra, avec Hannah et Jo sur les talons, il se renfrogna et se pencha davantage sur son jeu.

– Tu as sorti ton tracteur ? fit l'homme. Et tu ne joues pas avec ta moissonneuse-batteuse ?

Sam leva les yeux vers lui, l'air de dire : « Vous êtes vraiment bête ou vous le faites exprès ? »

– Je suis en train de planter l'orge de printemps. On ne pourra pas le moissonner avant août.

L'homme se racla la gorge et feuilleta ses papiers. En soulevant un coin du tapis pour examiner le plancher, il découvrit une feuille. Sam la lui arracha aussitôt pour la serrer contre son cœur. Hannah savait ce qui se trouvait dessus. Chaque pièce de la maison constituait un champ dans la ferme de Sam. Sous chaque tapis, il avait glissé un plan indiquant ce qu'il y avait planté.

Après avoir fouiné dans la chambre, l'agent immobilier sortit sans un mot. Hannah et Jo le suivirent, et Sam leur emboîta le pas, pour s'assurer sans doute qu'il ne déterrait pas ses autres plans.

Lorsqu'il poussa la porte de Jo, Hannah se détendit un peu, car c'était la plus ordonnée de toute la famille.

Mais visiblement cet homme se souciait peu du bureau bien rangé, des livres sur les animaux parfaitement classés sur les étagères, du dessus-de-lit bien tiré. Il ne voyait que la peinture écaillée et le plâtre qui s'effritait. Hannah jeta un regard à sa sœur, guettant sa réaction, mais celle-ci demeurait impassible. Hannah, elle, écumait de rage. Ses mimiques outragées, ses haussements de sourcils affligés, ses reniflements méprisants la blessaient profondément.

L'homme traversa le palier pour se rendre dans la chambre de Martha. Quand il tourna la poignée, la porte ne bougea pas. Comme il la poussait, il obtint pour toute réponse un :

– Va voir ailleurs si j'y suis, gros lard !

Il recula, écarlate, hésita une seconde à insister, puis abandonna.

Hannah se raidit. Oh, non ! C'était son tour. Qu'allait-il dire en voyant l'état de sa chambre ?

Mais il tourna à nouveau à gauche, en direction d'une porte où la plaque en terre qu'Hannah avait faite à l'école maternelle annonçait : « Chambre de papa et maman ».

Il l'ouvrit.

– Bon sang, grommela-t-il en pénétrant à l'intérieur.

Jo et Sam restèrent sur le seuil. Hannah passa devant l'agent immobilier. « Si tu fais le moindre commentaire, pensa-t-elle, si tu oses faire la moindre remarque désobligeante… »

Elle essaya de voir la pièce à travers ses yeux tandis qu'il la contemplait. Des toiles d'araignée aux fenêtres. Des toiles d'araignée au plafond. Des toiles d'araignée sur la robe de sa mère, encore suspendue à un cintre à la porte du placard. Ses chaussures, grises de poussière, alignées le long du mur. Seuls les chaussons de son père, à côté de ceux de sa mère, au pied du lit défait, n'étaient pas couverts de poussière.

Depuis six ans, la poussière s'était accumulée en silence sur les affaires de sa mère. Son père n'avait touché à rien depuis sa mort. Et à part lui, personne n'avait le droit d'entrer dans la chambre.

Revenu de sa surprise, l'agent immobilier s'approcha du mur pour gratter le plâtre en miettes avec une mimique outragée. Il haussa les sourcils d'un air affligé devant le papier peint en lambeaux et détacha un morceau de peinture qui s'écaillait. Hannah remarqua alors un espace vide dans la bibliothèque : le *Guide du théâtre amateur*, qu'elle avait lu la veille au soir, était encore sous son lit. Il faudrait qu'elle aille vite le chercher, dès que ce fouineur serait parti. Heureusement que son père n'avait pas remarqué son absence.

L'agent immobilier se posta devant la coiffeuse de sa mère. Des bouteilles de parfum à moitié vides, voilées de toiles d'araignée et poudrées de poussière, s'alignaient devant le miroir. Il restait encore quelques cheveux accrochés à la brosse qui reposait sur la tablette de verre.

Il tendit sa grosse main rouge pour prendre son eau de toilette préférée, découvrant un cercle parfaitement propre sur le dessus de la table.

Hannah saisit le tisonnier dans la cheminée. Personne n'avait le droit de toucher aux affaires de maman. Personne. Et surtout pas un agent immobilier mal intentionné dégoulinant de sueur.

– Eh ben ! s'exclama-t-il en fixant le miroir terni. On se croirait dans la chambre d'un mort.

Hannah brandit le tisonnier.

– C'est le cas, confirma-t-elle. Maintenant, vous allez reposer les affaires de ma mère et sortir de chez nous.

Il se retourna en riant.

– Tu me menaces avec un tisonnier ?

– SORTEZ DE CHEZ NOUS ! hurla Hannah.

En bas, la porte d'entrée claqua.

– Papa est rentré, annonça Jo.

Sans baisser son tisonnier, Hannah s'avança vers l'agent immobilier, qui recula vers la porte.

– Sortez immédiatement. Parce que si mon père vous trouve dans cette pièce, ce ne sera pas un tisonnier qu'il pointera sur vous, mais un fusil.

20
Le coup du mouton

Hannah se posta dans l'entrée. Son regard allait du visage rouge et suant de l'agent immobilier au visage sec et buriné de son père. « Plastique contre cuir », pensa-t-elle.

L'homme s'éclaircit la voix.

– Monsieur Roberts, je travaille pour Strickland et Wormwood. Je suis mandaté par M. Cashmore. Vous avez dû recevoir nos lettres…

– Vous étiez en train de fouiner chez moi ?

– Nous vous avons averti que…

– En mon absence ? Vous en avez profité. Vous avez forcé la main à mes enfants, espèce de…

– Il est même entré dans nos chambres, renchérit Sam.

Son père s'empourpra.

– QUOI !

Clic, clac, clic, clac.

Tout le monde se retourna pour voir Martha descendre l'escalier en débardeur à paillettes et mini-short, titubant sur les escarpins rouges de sa mère.

Son père surprit le regard mi-fasciné, mi-dégoûté de l'agent immobilier.

– Martha, fit-il d'une voix froide et calme, encore plus impressionnante que ses cris, va t'habiller correctement.

Elle leva le menton, sans bouger de sa marche.

– Fais ce que je te dis. Immédiatement.

Martha poussa un soupir théâtral :

– D'accord !

Bombant le torse, l'homme reprit :

– Monsieur Roberts, je suis mandaté par M. Cashmore pour évaluer l'état de…

– Il a dit que la maison était mal entretenue ! lança Martha du palier.

– Ah oui, vraiment ?

L'agent laissa échapper un petit rire.

– Eh bien, c'est la vérité. Elle n'est pas bien entretenue. Je pourrais vous faire condamner en moins de temps qu'il ne faut pour dire « ouf ! ».

D'une voix tranchante comme la pierre, leur père répondit :

– C'est la vérité ? Ah oui ? Eh bien, chacun a sa vérité, monsieur Je-ne-sais-qui. Et si vous aviez une once d'intelligence, vous le sauriez. La vérité, c'est que ma maison est un peu poussiéreuse, mais la vérité, c'est également que ma femme n'est plus là et qu'on fait de notre mieux et que c'est notre maison. Alors dégagez, rédigez votre rapport de fouineur et, quand vous aurez fini, envoyez-le-moi, je le donnerai à manger aux cochons. Non, finalement, j'aurais trop peur qu'ils s'étouffent.

Et sur ces mots, il lui tourna le dos et sortit de la maison.

C'était au tour de l'agent immobilier de devenir écarlate. Il le suivit dans la cour. Les enfants les talonnaient, à quelques mètres de distance.

– Vous pouvez dire ce que vous voulez, monsieur Roberts, mais en tout cas, si je n'ai pas reçu le loyer du trimestre d'ici le 21 juin, vous n'aurez plus ni maison ni ferme.

Hannah eut l'impression d'avoir reçu un coup de poing dans le ventre. Son père se retourna, les traits déformés par la colère.

– Vous me menacez ?

Sam prit la main de sa sœur.

– Qu'est-ce qu'il raconte ? Pourquoi il dit ça ?

– T'en fais pas, Sammy, murmura-t-elle en le serrant contre elle. Il raconte n'importe quoi.

« C'est impossible, pensa-t-elle. Non, ce n'est pas vrai. On ne peut pas jeter les gens dehors parce qu'ils sont en retard pour payer le loyer, hein ? »

Hein ?

Et si c'était possible ?

Une vague de panique la submergea. Elle jeta un coup d'œil à Jo pour voir sa réaction, mais Jasper était venu à sa rencontre en trottinant et elle s'était accroupie pour le serrer dans ses bras, la tête enfouie dans sa laine épaisse.

– Je tiens à vous rappeler que, quelle qu'ait été la règle autrefois, M. Cashmore ne tolérera aucun retard de loyer. Le bruit court que vous avez des difficultés financières.

– Effectivement, quand le loyer double du jour au lendemain, les locataires ont parfois du mal à le payer.

– Nous ne sommes pas une œuvre de charité ! Le loyer n'avait pas été réévalué depuis trop longtemps. Vous occupez un terrain à fort potentiel de développement, vous savez.

Leur père répéta l'expression en crachant presque :

– Un terrain à fort potentiel de développement ? C'est une ferme, oui, voilà ce que c'est.

« Et notre maison », ajouta Hannah dans sa tête.

– Les gens ont besoin de se loger, monsieur Roberts.

– Bien sûr, mais pas la peine de démolir une ferme pour ça. Quand une exploitation agricole disparaît, c'est pour toujours. Les gens ont aussi besoin de manger, et c'est nos fermes qui les nourrissent.

– Et que deviendraient nos animaux alors ? s'écria Jo. Et ceux qui vivent dans la nature ?

Tout le monde se tourna vers elle. Elle se tut, le rouge aux joues.

« Continue, Jo, l'encouragea intérieurement sa sœur. Ne le laisse pas te clouer le bec. »

Mais Jo avait de nouveau enfoui sa tête dans les boucles de Jasper.

Son père la considéra un instant.

– Elle a raison. Les fermiers prennent soin de cet endroit depuis des siècles, dit-il en survolant du regard les prés, les ruisseaux, les bois et les mares. Et voilà que si on a un retard de loyer, vous arrivez avec vos bulldozers pour tout raser ?

L'agent immobilier joua des épaules sous sa veste.

– Je ne suis pas venu pour débattre avec vous, monsieur Roberts. Je tenais juste à vous avertir que vous aviez intérêt à envoyer votre chèque à temps à l'avenir. Cet incendie n'a rien arrangé, il faut dire. J'espère que vous avez une bonne assurance.

Hannah étouffa un cri.

La vieille batteuse !

Son père comptait payer le loyer avec. Il ne l'avait pas assurée parce qu'il devait la vendre. Et ce n'était plus qu'un tas de cendre sous la grange calcinée.

Accablée, Hannah se tourna vers son père. Mais il ne laissait pas paraître la moindre émotion.

– Allez-vous-en ! ordonna-t-il.

– Avec plaisir, répliqua l'agent immobilier. J'en ai vu bien assez. Au revoir, monsieur Roberts.

Son dossier sous le bras, il se dirigea vers sa voiture d'un pas nonchalant. Hannah le regardait s'éloigner, frémissant d'une rage impuissante.

C'est alors que Jo murmura à l'oreille de son mouton :

– Attaque, Jasper !

Jasper ne réagit pas.

Jo répéta son ordre avec plus de conviction dans la voix. Alors, Jasper baissa la tête et chargea.

Il fonça droit dans le derrière de l'agent immobilier, qui perdit l'équilibre et s'étala par terre, avec un chapelet de jurons.

Les enfants observaient la scène avec ravissement, bouche bée.

L'homme se releva tant bien que mal. Il n'avait pas plu depuis un moment, aussi la boue s'était-elle changée en poussière. Son costume noir était couvert d'un mélange de terre, de paille et de crotte de poule. Il était violet comme une prune pourrie prête à exploser.

– Sale bestiole ! C'est de la folie de le laisser vagabonder comme ça. Il faudrait l'enfermer !

Il ouvrit sa portière en époussetant son pantalon du plat de la main.

Au soleil, les boucles dorées de Jo encadraient son visage comme une auréole d'ange.

– Je suis vraiment désolée, fit-elle tandis que l'homme s'asseyait au volant. Je ne sais pas ce qui lui a pris.

L'agent immobilier claqua la portière et démarra.

Hannah ne put se retenir plus longtemps, elle laissa échapper un gloussement. Et c'était parti ! Pliés en deux de rire, les enfants devaient se tenir les uns aux autres pour ne pas tomber. Sam battait des mains en sautillant de joie.

Hannah donna un coup de coude à Jo. Les yeux brillants, leur père suivait la voiture du regard. Lorsqu'il se tourna vers elles, elles crurent voir une esquisse de sourire sur ses lèvres. Il se pencha pour caresser le mouton.

– Brave bête !

Puis il s'éloigna, et un bruit qu'ils n'avaient pas entendu depuis bien longtemps résonna dans la cour.

Leur père riait.

21

Une idée

Ils savourèrent cet instant de triomphe, qui fut, hélas ! de courte durée. Et, une fois l'excitation retombée, Hannah se retrouva prise d'une envie impérieuse.

Dès qu'elle aurait couché Sam, elle filerait chez Lottie. Il fallait qu'elle la voie.

Son amie habitait dans un cottage victorien au bout du village, à la lisière de la forêt. Y compris à l'extérieur, la maison était immaculée. La clôture était fraîchement repeinte et le portail tournait sans bruit sur ses gonds. La pelouse bien tondue faisait une moelleuse moquette d'herbe verte.

On ne pouvait pas faire un pas à l'intérieur sans avoir ôté ses chaussures. Le parquet, miroitant, était habillé de tapis épais et tous les murs étaient blancs. Il n'y avait pas un grain de poussière sur les meubles cirés, pas un papier qui traînait. La mère de Lottie ne supportait pas le bazar.

Les deux amies montèrent immédiatement dans la chambre, parfaitement rangée, de Lottie. La machine à coudre était sur son bureau.

– J'étais en train de finir le costume d'Esméralda pour la scène III, dit-elle en pliant le tissu avec soin. Alors quoi de neuf ? Et l'incendie, des nouvelles ? Comment va ton père ?

Hannah secoua la tête.

– C'est l'horreur. Rien ne va. J'ai passé une journée affreuse.

Arpentant la pièce, elle lui rapporta les propos de la policière, puis enchaîna avec la visite de l'agent immobilier et ses menaces. Elle lui expliqua l'histoire de la batteuse brûlée et du loyer qui, faute d'assurance, était parti en fumée !

La seule chose qu'elle passa sous silence, c'était la découverte de la boîte d'allumettes.

Après l'avoir écoutée attentivement, Lottie demanda :

– Et il n'a rien d'autre à vendre ?

Justement, Hannah s'était posé la question en venant.

– Je ne crois pas. Le Field Marshall et la batteuse étaient les seuls engins anciens encore en état de fonctionnement. Il a d'autres vieux trucs, mais ils sont rouillés ou cassés. Tu as vu le bric-à-brac qui traîne partout.

Lottie fixait le sol. Au bout d'un moment, elle commença :

– Et si… ?

Mais elle s'interrompit.

Hannah la dévisagea, intriguée. D'habitude, son amie allait toujours droit au but.

– Quoi ?

Lottie plongea ses yeux dans les siens.

– Écoute, j'y réfléchis depuis un moment. Le premier prix du festival, c'est un chèque de cinq cents livres, n'est-ce pas ? Alors on va faire en sorte de le remporter.

– Oui…

Lottie prit une profonde inspiration avant d'annoncer :

– Et on donnera l'argent à ton père.

– Tu veux qu'on lui offre tout ce qu'on aura gagné ? s'étonna Hannah.

– Il en a plus besoin que nous.

« Mais… et le théâtre ? avait-elle envie d'objecter. Les fauteuils en velours rouge ? Les beaux rideaux ? Et de quoi acheter de vrais accessoires au lieu de les fabriquer en carton ? »

– C'est très gentil, déclara-t-elle. Mais il n'acceptera jamais.

– On n'aura qu'à dire qu'on lui paie un loyer pour le théâtre.

Une autre image surgit alors dans la tête d'Hannah. La troupe du Théâtre secret du Poulailler tendant un chèque de cinq cents livres à son père.

S'ils remportaient le prix et que ça leur permettait de payer le loyer de la ferme, alors son père serait obligé de se rendre à l'évidence : le théâtre, ce n'était pas une perte de temps.

Lottie la tira de sa rêverie.

– Bon, ça ne couvre sûrement pas tout le loyer, mais ce serait déjà ça, non ? Combien doit-il payer ?

Hannah haussa les épaules.

– Aucune idée.

– Tu ne sais pas ?

– Parce que toi, tu sais combien ton père paie de loyer, peut-être ?

Lottie lui jeta un regard noir.

– Mes parents ont divorcé, je te rappelle. Ils ont passé plus d'un an à ne parler que d'argent. Je connais presque le prix de chaque brique de cette maison !

Hannah se mordit les lèvres.

– Désolée.

– Enfin, bref, les hommes qui ont emporté le tracteur ont dit qu'il valait quelques milliers de livres. Donc le loyer est dans ces eaux-là.

– Plusieurs milliers de livres ? s'étonna Hannah. Et quatre fois par an ? Comment fait-on pour trouver autant d'argent ?

– Eh bien, la preuve, ton père n'y arrive plus. Pas depuis qu'ils ont doublé le loyer.

La colère submergea Hannah puis laissa place au découragement.

– Alors, finalement, cinq cents livres, ce n'est rien ?

– Non, c'est quand même mieux que rien.

Hannah se passa la main sur le visage, tentant d'activer ses petites cellules grises.

– Si on trouvait comment gagner encore cinq cents livres, alors on aurait déjà mille livres à lui donner.

– Mais comment ? Tu voudrais qu'on vende quelque chose dans son dos ?

Une clé tourna dans la serrure de la porte d'entrée.

– Coucou, chérie ! Je suis rentrée.

– Bonsoir, maman. On est en train de travailler, avec Hannah.

– Bonsoir, Hannah, répondit Vanessa. Vous avez encore un quart d'heure, ensuite Charlotte devra descendre dîner.

– Ce serait possible, si c'est quelque chose qu'il ne remarque pas.

– Sauf que tu as dit toi-même que vous n'aviez rien d'autre de valeur.

– Oui, mais je n'y connais rien. Comment savoir ce qui a de la valeur ou pas ? Si ça se trouve, ces vieilles machines qui rouillent dans la boue sont des pièces de collection.

Lottie s'esclaffa :

– Faudrait faire venir « Un trésor dans votre maison » !

– Quoi ?

– Tu sais l'émission où les gens reçoivent chez eux des spécialistes pour estimer leurs affaires. J'aimerais bien voir leur tête si on leur montrait l'une des vieilles charrues de ton père.

– Et c'est quoi, comme genre d'objets ?

– Bah ! des meubles, de l'argenterie, des bibelots de famille…

– Comme des chandeliers ? interrogea Hannah soudain pleine d'entrain. Des chandeliers en argent ?

– Oui, par ex…

Lottie s'interrompit pour dévisager Hannah.

– Non, tu ne vas pas… tu ne vas pas vendre les chandeliers en argent de ton père ! Enfin, tu ne ferais quand même pas ça sans le lui dire, hein ?

Hannah arpentait la pièce.

– Il ne s'est même pas aperçu qu'on les avait pris pour les mettre au théâtre… De toute façon, ils ne sont pas à lui. Ils étaient à ma mère !

– C'est encore pire ! Et maintenant, ils lui appartiennent. Tu ne peux pas les prendre et les vendre dans son dos. Ce serait du vol…

– Tu parles d'un vol ! Je les vends et je lui redonne l'argent immédiatement ! Lottie, si ça nous permet de garder la ferme, il n'y a pas à hésiter.

« Il faut que je trouve une solution, parce que c'est ma faute si la grange a brûlé, pensait-elle. C'est ma faute si papa n'a plus rien pour payer le loyer. »

– Mais alors c'est à ton père de les vendre, objecta Lottie qui se rongeait nerveusement les ongles. Pas à nous. C'est à lui de décider.

– Il ne voudra jamais les vendre. Ma mère en a hérité de son arrière-grand-mère ou un truc comme ça.

Lottie pâlit.

– Raison de plus ! On ne peut pas les vendre. Tu es folle, Hannah. Il serait furieux. Déjà qu'il est de mauvaise humeur en ce moment.

– Bah ! De toute façon, si ça se trouve, ils ne valent pas un clou.

– Non…

– Mais comment savoir ?

– Hannah, tu ne peux pas les vendre !

– Très bien. Mais on pourrait quand même essayer de savoir combien ça vaut. Pour voir. Ta mère s'intéresse aux antiquités, non ? Comment on fait, dis ?

– Il faut les faire estimer par un antiquaire ou dans une salle des ventes…

– Chez Sotheby's, par exemple ? suggéra Hannah.

– Quoi ?

– Tu sais, là où travaille le père de Miranda.

– Il n'y travaille pas, il y vend des choses.

– Peu importe. C'est bien une salle des ventes, non ?

– Seulement c'est à Londres ! Tu veux aller là-bas avec les bougeoirs de ton père, maintenant ?

Hannah poussa un grognement agacé.

– Franchement, Lottie, tu ne fais aucun effort. Tu veux que la ferme soit rasée ou quoi ? J'essaie juste de trouver une solution…

– D'accord, mais je ne suis pas une experte… je ne sais même pas si Sotheby's vend des chandeliers.

Hannah s'assit à côté d'elle sur sa chaise de bureau.

– OK, pousse-toi.

– Qu'est-ce que tu fabriques ?

– Ils doivent avoir un site Internet. Je vais le consulter…

Son amie soupira.

– Si tu veux, on va regarder. Mais laisse-moi faire.

– C'est pas juste. C'est mes chandeliers !

– Désolée, c'est mon ordinateur. Tu es tellement lente qu'on risque d'y passer la nuit. Et on n'a plus que cinq minutes.

– Vas-y, mademoiselle la commandeuse. Mais laisse-moi au moins m'asseoir à côté de toi.

Lottie se mit à pianoter sur le clavier.

– Va dans « Départements et services », conseilla Hannah quand la page d'accueil apparut sur l'écran.

La liste des départements était longue.

– « Argenterie et objets de vertu », déchiffra Lottie. Ils sont en argent, non ?

– C'est quoi des « objets de vertu » ? s'étonna Hannah.

Il faudrait qu'elle regarde dans son dictionnaire en rentrant.

Lottie cliqua sur l'onglet. Les deux filles retinrent leur souffle. Car, juste sous le titre « Argenterie et objets de vertu », on voyait des chandeliers en argent.

– Alors ils vendent bien des chandeliers.

– Bon sang ! Regarde !

Dans le bas de l'écran, la même photo était reproduite en plus petit avec, en dessous, la description des chandeliers et un prix : 229 600 livres sterling.

Elles n'en croyaient pas leurs yeux.

– Ça veut dire qu'ils se sont vendus deux cent vingt-neuf mille livres ? murmura Hannah.

Lottie fixait l'écran, sourcils froncés.

– Il s'agissait d'un lot de six, des chandeliers royaux. Alors…

Hannah se tortillait sur la chaise, surexcitée.

– Tu imagines, si on vendait les nôtres un tiers de ce prix. Bon, ils ne sont pas royaux, donc peut-être un peu moins. Mais ça ferait… disons, cinquante mille livres.

– Mmm, je ne suis pas sûre que ça fonctionne comme ça.

– D'accord, mais même s'ils valent la moitié… Lottie, c'est dingue !

Hannah sautillait sur place tandis que son amie continuait à cliquer sur différents liens. Soudain, son regard s'éclaira.

– Regarde, c'est génial. On peut les faire estimer gratuitement. On n'a qu'à remplir le formulaire en ligne, leur envoyer une photo par mail, et ils nous renverront une estimation.

– Charlotte ! Le dîner est prêt ! annonça sa mère du rez-de-chaussée.

– J'arrive ! répondit Lottie.

Hannah dévorait l'écran des yeux :

– « Envoyez des photographies en couleurs sous plusieurs angles… La photographie des signature ou marque de fabrique ainsi que celle des endroits endommagés le cas échéant… » Oh ! là, là ! Je peux t'emprunter ton appareil, Lottie ? Je prendrai des photos demain matin au théâtre, avant que les autres se lèvent. Ça rendra mieux sur scène, avec le tableau derrière. Bien mieux que dans le salon, sur fond de papier peint en lambeaux !

– Il est précisé que l'estimation peut prendre jusqu'à six semaines, souligna Lottie.

– Bah, ça ira. Il vient juste de vendre le tracteur pour payer le loyer. Ça nous laisse du temps jusqu'à la prochaine échéance. À ton avis…

Des pas résonnèrent dans l'escalier. Lottie s'empressa de fermer la fenêtre du site Internet.

La porte de sa chambre s'ouvrit.

– Venez, toutes les deux. Le dîner est prêt, Charlotte. Comment ça va, Hannah ? Et ton pauvre père, il tient le choc ?

Alors qu'elle cherchait ses gants dans la poche de son manteau, sur le perron, Hannah effleura la boîte d'allumettes. Son estomac se noua.

– Vous savez ce qui a pu causer l'incendie ? demandait justement la mère de Lottie.

Hannah releva la tête. En lui tendant son écharpe, Vanessa la regarda droit dans les yeux. Elle sentit ses joues s'empourprer. On aurait dit qu'elle lisait dans ses pensées !

Hannah s'affaira à enrouler son écharpe autour de son cou.

– Non, aucune idée. C'est un mystère.

22

Nouveau souci

Mardi matin, neuf heures et demie. Hannah fit défiler les photos qu'elle venait de prendre sur l'appareil. Elles étaient très réussies. Parfait.

Elle trépignait d'impatience, imaginant déjà la tête de son père lorsqu'elle lui tendrait le plus gros chèque de sa vie ! Son bonheur de voir tous ses problèmes réglés à jamais.

Elle glissa l'appareil dans sa poche et regarda autour d'elle. Le théâtre était resté tel qu'ils l'avaient laissé lorsque l'incendie s'était déclaré. Lottie avait rapporté tous les costumes. Mais elle devait être sous le choc, car elle les avait simplement entassés sur le lit de la reine. Maintenant, ils sentaient le brûlé.

Hannah entreprit de remettre les choses en ordre ; un travail satisfaisant et rassurant qui lui permit de se calmer un peu. Elle défroissa les costumes avant de les suspendre à leur tringle. Elle remit les bijoux dans le tiroir de la commode et les accessoires sur la table qui leur était réservée. Puis elle vérifia sur la liste de son classeur qu'il ne manquait rien.

La porte s'ouvrit alors, laissant entrer le soleil du matin. Elle nota avec dépit qu'un sol de béton nu ne convenait pas à une chambre royale.

– Hannah ? fit Lottie.

Elle leva la tête. Son amie avait l'air nerveuse.

– Hannah, on a un problème. Un gros problème.

Son sang se figea. Encore un problème ?

Lottie débita d'un seul trait :

– La jurée vient de m'appeler pour savoir comment venir samedi. Elle a l'air vraiment gentille, mais elle m'a demandé où elle pourrait se garer. Je ne pouvais pas lui dire de se garer à l'entrée du chemin, parce que si, en arrivant, elle voit qu'on peut se garer dans la cour, elle va mal le prendre. Et je ne pouvais pas non plus lui avouer que notre théâtre était secret parce que ce doit être interdit. Alors, je lui ai dit de se garer dans la cour ; mais comment on va faire si ton père la voit ?

Hannah la fixa, le regard vide. Avec tout ce qu'elle avait à penser en ce moment, elle n'avait même pas envisagé que son père puisse découvrir le théâtre. Elle ne savait pas quoi répondre.

Elle se retourna lorsque les Zaricots firent irruption par l'entrée des artistes.

– Waouh ! On a eu chaud, commenta Jo. Il va falloir être très prudents, parce que papa et Adam sont juste à côté, en train de nourrir les cochons.

Adam était un étudiant en agronomie. Son stage à la ferme l'an passé lui avait tellement plu qu'il revenait pratiquement tous les week-ends pour aider leur père.

– Ferme vite la porte, ordonna Hannah.

Une boule de laine géante se faufila sur leurs talons.

– Jo, je te l'ai déjà dit. Pas d'animaux dans le théâtre cette semaine. Il faut qu'on soit pros !

– Jasper n'est pas un animal, c'est mon ami, répliqua Jo en le prenant par le cou.

Lottie était en train d'inspecter les costumes.

– Alors, qu'est-ce qu'on fait pour le parking ?

– Jasper, pas sur la scène ! protesta Hannah. Jo, fais-le descendre.

– C'est quoi, cette histoire de parking ? s'enquit Jo en saisissant son mouton à bras-le-corps pour l'entraîner plus loin.

Lottie lui exposa le problème. Quand elle eut fini, Sam, qui était assis par terre, en train de caresser Jasper, suggéra :

– Je pense qu'on devrait inviter papa, ça lui plairait.

– Tu parles ! fit Hannah.

Mais Lottie, qui s'occupait encore des costumes, fronça les sourcils.

– Et s'il avait raison ?

– Quoi ! s'emporta Hannah.

– Peut-être que, oui, la pièce lui plairait. Peut-être même qu'il serait fier de toi. Peut-être qu'après l'avoir vue, il changerait d'avis sur le théâtre.

– C'est ça, marmonna Hannah. Bonne idée. Et si ce n'est pas le cas ? Si on l'invite, qu'il pique une crise et qu'il nous ordonne de tout démonter et de remettre ses affaires en place ? Après tout le mal qu'on s'est donné, alors que notre théâtre est magnifique et que la jurée doit venir samedi…

– Oui, mais si on ne l'invite pas, qu'il la voit arriver et découvre ce qu'on a comploté dans son dos, il risque d'être encore plus furieux. Il pourrait nous obliger à tout annuler le jour même de la représentation. On ne peut pas prendre ce risque.

Jo, qui s'était accroupie pour fixer de nouveau un morceau de toile sur le mur, porta soudain un doigt à ses lèvres en soufflant :

– Chuut !

Ils se tournèrent tous vers elle, stupéfaits.

– Qu'est-ce qu'il y a ?

– Du bruit dans les herbes, dehors. Sûrement un animal.

Ils tendirent l'oreille. Effectivement, il y avait un bruissement… et comme un chien qui halète.

– C'est Tess, murmura Jo. Elle nous a sentis.

Le halètement se changea en couinement… et Tess se mit à gratter contre le mur. Puis ils entendirent crier :

– Tess ! Tess ! Reviens, mon chien !

Hannah se raidit, paniquée.

– Papa va tout découvrir !

Sam se blottit contre elle.

– Qu'est-ce qu'on va faire ? gémit Lottie en balayant la salle d'un regard affolé.

Mais il n'y avait nulle part où se cacher, ils le savaient bien.

– Va-t'en, Tess ! siffla Jo.

La chienne se mit à japper en grattant frénétiquement le panneau de bois.

– Oh non, non, non ! fit Lottie. Il va nous tuer.

– Tess ne peut pas entrer, à moins que papa ne lui ouvre la porte, chuchota Hannah. Alors pas un mot.

La voix de M. Roberts venait du pré.

– Tess ! Tess ! Sors de là tout de suite ! Où est passé ce maudit chien ?

Puis ce fut la voix d'Adam :

– Elle a dû se coincer dans les ronces.

Figés comme des statues, ils entendirent les brindilles craquer, les branches siffler. Leur père se frayait un chemin à travers les fourrés à l'aide d'un bâton. Il venait vers le poulailler !

Le cœur d'Hannah battait si fort qu'elle en avait mal à la poitrine.

Ils entendirent encore du bruit dans les buissons, puis la voix d'Adam, qui s'était rapprochée :

– Vous l'avez trouvée ?

– La voilà ! s'exclama M. Roberts. Vilain chien ! Qu'est-ce que tu fabriquais par là ?

Il était juste devant le poulailler, à moins d'un mètre d'où ils étaient assis.

Tess gratta à nouveau contre le mur.

Hannah retint son souffle. « Faites qu'il ne trouve pas la porte, mon Dieu, pitié ! Faites qu'il n'entre pas ! »

– Qu'est-ce qui t'arrive, mon chien ? s'inquiéta son père. Tu as entendu des rats ?

– C'est quoi, ce bâtiment ? voulut savoir Adam. Je ne savais pas qu'il y avait une autre grange ici.

M. Roberts se racla la gorge avant de répondre :

– C'était un poulailler autrefois. Mais il ne sert plus depuis des années. Allez, viens, ma fille. Tu es dans un état ! Il va falloir retirer ces teignes de ton poil !

Jasper remuait vigoureusement la tête, mais Jo lui lança un regard sévère en posant un doigt sur ses lèvres.

– Alors, vous n'allez pas contester l'augmentation de loyer ? demanda Adam.

– Non.

– C'est énorme, pourtant. C'est fou qu'il ait le droit de faire ça !

– Bah ! J'en ai parlé à un avocat et il a affirmé que si on contestait, il l'emporterait. C'est une grosse augmentation, mais il est dans les prix du marché. Et puis je n'ai pas de temps à perdre en procès, j'ai déjà tellement à faire ici. Assise, Tess. Laisse donc ce mur tranquille. Tu es pénible, ma fille !

– Vous n'allez quand même pas vendre les vaches. Si ? s'enquit Adam.

Hannah eut un haut-le-cœur.

Vendre les vaches !

Jo pâlit. Sam se tourna vers sa sœur, les yeux écarquillés, et ouvrit la bouche, mais Hannah secoua la tête en lui faisant signe de se taire.

– J'ai pas le choix. Faut bien payer le loyer.

– Et l'année prochaine, alors ? Comment vous ferez si vous n'avez plus de lait à vendre ?

– Je m'en inquiéterai le moment venu, répondit M. Roberts d'un ton qui n'admettait pas de réplique. Allez, viens, Tess, on a du pain sur la planche.

Personne n'osa bouger ni parler tandis que les pas s'éloignaient. Enfin, en entendant le bruit sourd des bottes sur le goudron, Hannah se détendit un peu.

– Bon sang ! On l'a échappé belle, murmura Lottie. J'ai eu la plus grosse frousse de ma vie !

– Dis, Hannah, papa ne va pas vendre les vaches, hein ? s'inquiéta Sam.

– Bien sûr que non, répondit-elle.

Pourtant, elle avait la gorge serrée. C'était déjà terrible qu'il soit obligé de vendre ses machines, mais si maintenant c'était les bêtes…

Et quand il n'aurait plus rien à vendre, comment ferait-il ?

– Il ne peut pas vendre les vaches, affirma Jo. Car sans vaches, ce ne serait plus une ferme… Alors, franchement, je n'y crois pas.

– En tout cas, ça prouve bien qu'il faut remporter ce concours pour lui donner l'argent. Concentrons-nous pour jouer de notre mieux, c'est tout ce qu'on peut faire.

– Oui, et ça fera les pieds à Miranda, en plus, ajouta Lottie. Rien que pour ça, ça vaut la peine de gagner !

Après la répétition, Hannah raccompagna son amie sur le sentier. Une fine dentelle de nuages blancs se détachait sur le ciel bleu. Un faucon crécerelle planait au-dessus de leurs têtes et, dans les buissons, les oiseaux chantaient. Bientôt les champs se pareraient de fleurs : coucous, boutons-d'or, trèfle cornu… et la préférée de sa mère, le cresson doré.

Alors qu'Hannah inspirait une grande bouffée d'air frais, elle eut soudain une vision d'horreur : une horde de camions envahissant le sentier, déversant leur cargaison de béton dans les prés, étouffant les herbes et les fleurs, enterrant les insectes et affamant les oiseaux.

Elle imaginait les vaches, les moutons, les cochons entassés dans des vans pour être vendus au marché, en un troupeau meuglant, bêlant, grognant de désespoir. Elle voyait le boulet de démolition éventrer la maison, dévaster la chambre de sa mère, réduire la cuisine en miettes, pénétrer dans le bureau de son père, éparpillant les monceaux de papiers qui s'envolaient dans la cour, tornade déchaînée de factures, lettres et journaux. Elle se figurait le bulldozer rasant le poulailler, et son théâtre qui s'effondrait comme un vulgaire château de cartes.

Elle entendait dans sa tête le rugissement des tronçonneuses, le craquement sinistre des arbres centenaires abattus.

Puis le silence. Le silence du néant. Rien que le cri étouffé de la nature, enterrée vive sous des tonnes de béton.

Elle comprenait ce que son père devait endurer en ce moment.

C'est alors qu'elle sentit la boîte d'allumettes dans sa poche.

Elle n'avait qu'à lui dire que c'était à Jack... sans préciser ce qu'il faisait à la ferme ce jour-là.

Lui révéler qui était à l'origine de l'incendie ne sauverait pas la ferme, mais ce serait un souci de moins pour son père.

Elle lui devait bien ça.

23
L'antiquaire

Mercredi, deux heures de l'après-midi. Le vieux car, cahotant et crachotant, roulait en direction de Massingham. Hannah se pencha pour essuyer la vitre embuée du dos de la main.

Elles n'étaient pas près d'arriver. Elle consulta sa montre.

– On n'y sera jamais pour deux heures et demie. On aurait dû partir plus tôt.

– Ne t'en fais pas. Il n'y a pas foule qui se presse chez les antiquaires. Ce n'est pas grave si on a dix minutes de retard, la rassura Lottie.

Le car s'arrêta dans un hoquet. Un homme âgé se hissa péniblement à bord, son parapluie dégoulinant à la main. Derrière lui grimpèrent deux garçons de troisième de leur collège, trempés dans leurs sweats à capuche.

Hannah serra le sac en plastique qu'elle avait sur les genoux.

Lottie était en train de lui expliquer qu'elle avait

fini le dernier costume d'Esméralda le matin même, mais Hannah était trop préoccupée pour l'écouter.

Elle avait pris la bonne décision, non ? Si son père prévoyait de vendre les vaches au prochain marché – qui, d'après Jo, se tiendrait dans deux semaines –, elles ne pouvaient pas attendre la réponse de Sotheby's. Et encore, ce ne serait qu'une estimation, il faudrait encore peut-être des semaines pour arriver à vendre les chandeliers.

Non, elles avaient besoin de cet argent maintenant. C'était les vaches ou les chandeliers.

Son père ne leur en voudrait sûrement pas quand il comprendrait qu'elles avaient sauvé ses bêtes.

Lottie parlait toujours. Hannah la coupa pour tenter d'étouffer ses angoisses :

– Tu es sûre que c'est un type honnête ? Tu imagines, s'il nous les achète cinq cents livres et qu'il les revend cinq mille après ?

Lottie soupira :

– Ma mère le connaît depuis des années, Hannah. Elle lui a acheté et vendu des tas de trucs. D'après elle, ses estimations sont justes.

– Tu ne lui as rien dit, hein ?

– Bien sûr que non. J'ai seulement dû faire semblant d'être prise d'une passion soudaine pour les antiquités hier soir.

– Merci, Lottie, je te revaudrai ça.

– En réalité, c'était plutôt intéressant. Tu savais que....

Hannah essayait de se concentrer sur ce qu'elle lui racontait, mais elle s'inquiétait pour tout autre chose. Comment allait-elle trouver le courage de lui avouer à quoi elle avait occupé sa soirée d'hier, elle ?

Si Lottie apprenait que c'était Jack et Danny qui avaient incendié la grange, elle détesterait Jack encore plus qu'avant.

Si tant est que ce soit possible.

Et si elle commençait à l'interroger ? Lottie était très douée pour poser des questions perfides.

Lorsqu'elles descendirent du bus à Massingham, la pluie avait cessé, mais le temps était maussade, chargé d'humidité. C'est sous un ciel bas et plombé qu'elles s'engagèrent dans la rue principale.

Sur le pont, Lottie prit le bras d'Hannah.

– Regarde !

Elle désigna une enseigne en fer forgé noir, où on lisait en lettres dorées : *Hugh Featherstone, antiquaire*.

Le cœur d'Hannah cognait dans sa poitrine. Alors ça y était. Allaient-elles vraiment ressortir de cette coquette petite boutique avec des dizaines de milliers de livres en poche ? Oh ! là, là ! Et si elles se faisaient agresser en rentrant ?

« Ne sois pas bête. Ce sera un chèque, forcément. »

Oh oui, mais si elles se faisaient voler le chèque ? Ou s'il tombait dans une flaque ?

Lottie la tira par la manche.

– Viens. J'ai hâte de savoir…

La première chose que vit Hannah en passant la porte, c'est un énorme bouquet de lys posé sur une immense table en bois ciré. Leur parfum emplit ses narines.

Prise d'une violente nausée, elle fut obligée de tourner les talons pour ressortir. Elle s'adossa au mur du magasin, luttant contre les larmes en inspirant les odeurs neutres et inoffensives des gaz d'échappement, du fleuve et de la brasserie toute proche.

Lottie la suivit à l'extérieur.

– Qu'est-ce qui t'arrive ? Tu es toute blanche. Tu es malade ?

Elle s'interrompit soudain, étouffant un cri.

– Oh ! C'est à cause des lys, c'est ça ?

Alors Lottie s'en souvenait !

À la mort de sa mère, tout le monde avait envoyé des lys. Pendant des semaines, la maison avait été imprégnée de leur odeur.

Son amie la serra dans ses bras tandis qu'elle ravalait ses sanglots.

– Ça va mieux, maintenant ?

Hannah s'essuya les yeux d'un revers de manche.

– Je ne peux pas y retourner.

– Il le faut pourtant. On doit vendre les chandeliers, non ? Imagine, on risque de ressortir de là avec un chèque de cinquante mille livres en poche ! Écoute, je vais aller leur demander d'ôter le bouquet et de vaporiser un peu de désodorisant, d'accord ?

– Et comment tu vas leur présenter la chose ?

– Je trouverai bien.

Quelques minutes plus tard, Lottie revint avec le sourire.

– Pff, ça sent le spray à la rose, maintenant !

Elle baissa la voix pour ajouter :

– Je lui ai dit qu'on avait des chandeliers précieux à vendre, mais que tu ne pouvais pas entrer à cause d'une sévère allergie aux lys ; une bouffée, et c'était la crise d'asthme assurée !

Hannah sourit.

– Viens, on entre !

Cette fois, ce fut le tic-tac de l'horloge qu'Hannah remarqua en premier. Il y avait des horloges partout : au mur, sur les meubles ; des horloges en bois, des horloges en argent ; des grandes, des petites ; avec ou sans balancier ; des silencieuses et des bruyantes, chacune avec son rythme et sa sonorité, toutes réclamant l'attention du visiteur comme des gamins de maternelle. Supporter ça toute la journée… c'était à vous rendre fou !

Hannah s'attendait à trouver une sorte de vide-greniers, en plus chic, mais elle avait plutôt l'impression de pénétrer dans une riche demeure. Les murs disparaissaient derrière des armoires et des bibliothèques ouvragées. Au centre de la pièce trônait l'immense table où était posé auparavant le bouquet de lys. Sa surface polie brillait comme un miroir réfléchissant un vaste assortiment d'argenterie. Chandeliers, théières, sucriers, couverts, plats, cadres… semblaient rivaliser d'importance : « Je suis plus ancien que toi ! – Oui, mais moi, je suis plus précieux ! »

– Tu vois, je t'avais bien dit que c'était un spécialiste de l'argenterie, chuchota Lottie.

Hannah serra son sac contre son cœur. Brusquement, elle avait du mal à se dire qu'elle allait se séparer des chandeliers de son arrière-arrière-grand-mère qui avaient occupé la place d'honneur dans leur salon, sur la tablette de la cheminée, pendant tant d'années, pour les abandonner à cette foule anonyme de bibelots prétentieux qui se résumaient chacun à leur étiquette de prix.

– Qu'est-ce qui ne va pas ? chuchota Lottie. Tu… tu sens toujours les…

Hannah secoua la tête. Lottie la prendrait pour une folle si elle lui avouait ses pensées. Elle se détourna pour regarder par la fenêtre et sursauta.

Oh, non !

Pas ici. Pas maintenant. Pas avec Lottie à ses côtés.

Mais ils ne l'avaient peut-être pas vue.

Fixant ses chaussures, elle s'écarta de la vitrine et s'enfonça dans le magasin, prétendant s'intéresser à une commode. Elle ne put cependant résister et jeta un coup d'œil dehors…

À travers la vitre embuée, elle croisa le regard de Danny Carr.

Oh ! Non, non, non ! Pourquoi s'était-elle retournée ? Quelle idiote, idiote, idiote !

– Il paraît que vous souhaitez me confier des chandeliers pour estimation ?

Un homme avait surgi derrière le comptoir. Il était entre deux âges, un peu voûté, le teint terne, les cheveux ternes, vêtu d'un pull jaune terne. Il aurait eu besoin d'un bon coup de dépoussiérage avant de sortir prendre un bol d'air au soleil.

Ils étaient peut-être partis… Hannah jeta un coup d'œil par la vitrine.

Non, ils étaient toujours là. Difficile à dire à cause de la buée, mais ils semblaient se disputer.

« Pitié ! Pourvu qu'ils n'entrent pas dans la boutique. Pitié ! » supplia intérieurement Hannah.

Lottie lui donna un grand coup de coude. Puis elle haussa les sourcils, l'air de dire : « Allez, sors de tes rêves ! Et au boulot ! »

Hannah toussota en tendant le sac en plastique. « C'est pour sauver les vaches », se répétait-elle.

L'homme disparut dans l'arrière-boutique avec le sac.

C'est alors que la porte du magasin s'ouvrit à la volée. L'estomac d'Hannah se noua.

Lottie tourna la tête. À son expression, Hannah devina qui venait d'entrer.

Elle regarda à son tour.

C'était Danny, et il la fixait d'un œil assassin.

Où était Jack ? Hannah regarda par la vitrine. Mais il n'y avait plus personne.

– Qu'est-ce que… ? commença Lottie.

Mais Danny l'écarta sans ménagement pour se planter devant Hannah.

– Espèce de sale balance ! aboya-t-il.

Il était tellement près qu'elle sentait son haleine empestant l'ail. Sans relever la tête, Hannah recula d'un pas, le cœur battant à tout rompre.

– Hé, qu'est-ce qui se passe ? s'indigna Lottie.

Il l'ignora.

– Sale petite balance, siffla-t-il à nouveau, serrant les poings. Espèce de sale petite balance !

– Mais qu'est-ce… ? intervint Lottie.

Il lui lança un regard mauvais.

– T'occupe, minus.

– Danny, dégage ou j'appelle le propriétaire du magasin !

– Évidemment, vous êtes bien pareilles, toutes les deux, hein ?

Lottie s'approcha du comptoir tandis qu'il se retournait vers Hannah.

– Je te préviens, on va te le faire payer ! menaça-t-il.

– Si tu crois me faire peur, tu te trompes, Danny Carr, répliqua-t-elle.

Il pinça les lèvres pour lui cracher à la figure. Hannah tressaillit, fermant les yeux. Elle eut le visage aspergé de salive. Un gros filet de bave atterrit sur son menton.

– T'es vraiment répugnant ! hurla Lottie. Va-t'en !

Elle sortit un mouchoir de sa poche et le tendit à Hannah pour qu'elle s'essuie.

Elle ne le quitta pas des yeux pendant qu'il faisait volte-face et quittait la boutique. Puis elle se tourna vers son amie, paniquée.

– Qu'est-ce qui lui prend ? Qu'est-ce que tu lui as fait ?

Les jambes flageolantes, Hannah se laissa tomber sur une chaise ancienne. Elle ne pouvait pas expliquer ce qui se passait à Lottie. Ça suffisait, elle n'avait pas envie qu'on se déchaîne encore contre elle !

– Hannah, dis quelque chose ! Qu'est-ce qu'il y a, bon sang ?

Elle avait beau secouer la tête, son amie insistait :

– Allez ! Pourquoi t'a-t-il traitée de balance ?

Hannah prit une profonde inspiration.

– Tu promets de ne pas répliquer « Je te l'avais bien dit » ?

– OK, OK. Vas-y !

– J'ai trouvé une boîte d'allumettes tout près de la grange, expliqua Hannah en s'efforçant de contrôler sa voix. Il y avait le nom et le numéro de portable de Miranda dessus. Et quand j'étais à l'arrêt de bus avec Jack, l'autre soir, il avait cette boîte à la main.

Lottie étouffa un cri.

– C'est lui qui a mis le feu à la grange !

– Avec Danny. J'ai prévenu papa hier soir et il a appelé la police. Ils sont passés chez eux ce matin.

Lottie dévisageait son amie, bouche bée.

– Je n'arrive pas à y croire ! Mais pourquoi tu ne m'en as pas parlé ? C'est odieux ! Qu'est-ce qui va leur arriver ?

Hannah haussa les épaules.

– La policière va prévenir le collège. Je ne sais pas s'ils vont agir.

La colère déformait le visage de Lottie.

– C'est honteux. Ils mériteraient d'aller en prison.

– C'était un accident. Si terrible que ça puisse paraître, ils n'ont pas fait exprès. Ils ont expliqué qu'ils avaient allumé un feu, mais qu'ils pensaient l'avoir éteint en partant.

– Pourquoi tu ne m'en as pas parlé avant ?

Mal à l'aise, Hannah bafouilla :

– Eh bien, je n'étais pas sûre que ce soit eux jusqu'à ce que la policière me le confirme ce matin.

Lottie fronça les sourcils.

– Mais comment as-tu su que Danny était impliqué ? La boîte d'allumettes était à Jack, non ?

Hannah se sentit rougir. Elle se cacha derrière sa mèche de cheveux en fixant le sol.

– Oh, ils traînent toujours ensemble, ces deux-là… C'était une pure supposition.

Mais Lottie n'abandonnait pas aussi facilement.

– Je ne comprends pas. Que venaient-ils faire chez toi ? Ils n'étaient jamais venus à la ferme avant, non ?

Hannah répondit par un bruit vague.

– Quels crétins ! s'exclama Lottie. J'ai toujours su que Jack Adamson était un gros nul.

– Lottie, tu avais promis…

– Je n'ai rien dit, c'est juste que…

– C'était un accident, reprit Hannah. Ils n'ont pas incendié la grange exprès !

– Les imbéciles ! Faut être bête pour allumer un feu dans une grange, quand même ! En plus, ils ne l'ont pas éteint correctement. Les abrutis ! Enfin, Hannah, tu ne peux pas dire le contraire !

Hannah ne répondit rien. Lottie avait raison. Mais elle n'arrivait pas à chasser de son esprit tous ces beaux souvenirs : Jack en train de déchirer son devoir de maths en morceaux ; de ramasser ses affaires dans le caniveau, agenouillé à ses pieds à l'arrêt de bus ; Jack qui, contrairement à ce qu'elle croyait, n'avait pas raconté l'épisode du canard mort à tout le collège ; son sourire, ses fossettes, ses clins d'œil complices… Il la faisait tellement rire !

– Alors, jeunes demoiselles…

Elles relevèrent la tête. L'antiquaire était revenu, un chandelier dans chaque main. Il avait un sourire amusé, comme s'il riait intérieurement à une bonne blague qu'il était le seul à comprendre. Ça ne lui allait pas. On aurait dit qu'il faisait la grimace. Il n'avait pas dû essayer de sourire depuis un quart de siècle.

– Intéressant, déclara-t-il.

Le pouls d'Hannah s'emballa à nouveau.

– Vous en avez hérité, c'est bien ça ?

– Oui, confirma-t-elle.

– De votre arrière-arrière-grand-mère ?

– Oui.

– Mmm…

Il s'éclaircit la voix.

– Et vous savez comment ils sont arrivés entre les mains de votre aïeule ?

– Non, fit Hannah, le cœur palpitant.

« Dites-moi juste combien ils valent », avait-elle envie de crier.

– Je pense qu'elle en avait hérité également.

– Mmm… C'est fort improbable. Ils possèdent sans doute une grande valeur sentimentale, mais j'ai bien peur que ce ne soient pas de véritables antiquités.

Hannah le dévisagea sans comprendre.

– Comment ça ?

– Il ne s'agit pas d'argent massif, ma pauvre, mais de chandeliers en plaqué argent de fabrication industrielle. En vente dans n'importe quel magasin dans les années 1950.

– Mais alors ils ne… Je… Enfin, vous êtes sûr ?

D'une voix plus douce, il confirma :

– Sûr et certain, désolé.

Il posa les chandeliers sur le comptoir et les enroula dans le papier journal dans lequel elle les avait soigneusement emballés. Puis il les remit dans le sac en plastique, qu'il lui tendit.

– Désolé de vous décevoir.

Il s'efforça à nouveau de sourire.

– J'espère que vous n'aviez pas prévu de partir aux Bahamas avec cet argent.

– Non, non, fit Hannah, pas aux Bahamas.

– Tant mieux alors.

Lorsqu'elles quittèrent la boutique, il pleuvait à verse. Une pluie drue qui traversait le manteau d'Hannah et la glaçait jusqu'aux os. Elle rentrait la tête dans les épaules, le dos voûté.

Lottie lui prit le bras.

– Je suis vraiment désolée, Hannah. Quel dommage !

Elle continuait à avancer en traînant les pieds, incapable de parler.

– On aurait vraiment dit des antiquités.

Soudain, Hannah retint un cri.

Sotheby's !

Elle avait envoyé des photos de chandeliers plaqués argent des années 1950 à faire expertiser chez Sotheby's. Et elle pensait pourtant avoir touché le fond !

– Au moins, on aura essayé, murmura Lottie.

Soudain, dans le cœur d'Hannah, la déception céda la place à la colère. Elle explosa :

– Mais pourquoi ils lui ont menti ? C'est fou, ça !

– Qui ça ? Qui a menti à qui ?

– Mon arrière-grand-mère ou je ne sais qui, elle a menti à ma mère !

– Ta mère en a hérité de sa mère, non ? Ta grand-mère pensait peut-être qu'ils étaient authentiques.

– Alors c'est sa mère qui lui a menti. Quelqu'un savait forcément que c'était du toc ! Quelqu'un qui les avait achetés dans un magasin et les a fait passer pour des objets précieux. Mais pourquoi faire ça ?

Lottie la prit par les épaules.

– Je ne sais pas, Hannah. C'est honteux. Écoute, maintenant, la seule chose qu'on puisse faire, c'est remporter ce concours. On a encore deux jours pour répéter et s'assurer que tout est parfait. Alors, on aura cinq cents livres à donner à ton père, ça vous aidera à sauver la ferme. Cinq cents livres, ce n'est pas rien, quand même !

24

J – 1

Le vendredi après-midi, Hannah était étendue sur son lit, en train de rédiger la première tirade du méchant de sa nouvelle pièce : un affreux seigneur déterminé à détruire la belle vallée cultivée par de pauvres paysans depuis des générations. Il voulait la clôturer et les réduire en esclavage pour qu'ils lui construisent le plus beau palais du monde.

« Silence, gueux ! Écoutez-moi ! écrivit-elle. Fini le temps où vous peiniez à gagner votre maigre pitance en élevant des chèvres malingres et des moutons déplumés. Cette terre est à moi, à moi, et rien qu'à moi, vous comprenez ! Je ferai de vos pâturages un parc, de vos prés ma roseraie… »

Hannah entendit vaguement le téléphone sonner dans le lointain. Avec un soupir, elle glissa son manuscrit sous son lit et descendit répondre.

– Hannah ?

C'était Lottie.

– Tu ne devineras jamais ce que j'ai trouvé dans la benne à ordures au coin de la rue !

– Quoi ? Tu fais les poubelles, maintenant ? Toi, Lottie Perfect ?

– J'ai entendu des gens jeter un tas de trucs, alors je suis sortie voir. Il faut que tu viennes m'aider à porter ça au théâtre !

– Maintenant ? C'est quoi ?

– Une surprise ! Tu vas être contente, promis. On en a vraiment, vraiment besoin pour la pièce, demain. Ça fera toute la différence, je te jure. Allez, viens vite !

Hannah réfléchit. Elle était tellement contente d'avoir un moment à elle avant le dîner. Mais bon, elle pourrait écrire après. Et si Lottie était si fière de sa trouvaille, c'est qu'elle en valait sûrement la peine.

– OK, fit-elle. J'arrive dans un quart d'heure.

En sortant du salon, Hannah prit une chaise. Autant la prendre maintenant. Ce serait toujours ça de gagné pour demain.

Dehors, on aurait dit que le printemps était enfin arrivé. Un ciel d'azur sans nuages s'étendait à perte de vue, des bois, au nord, aux collines bleu pâle, au sud. Dans le verger, les jonquilles fleurissaient en gros bouquets au pied des troncs moussus.

Hannah se faufila sur le sentier secret avec la chaise dans les bras. De minuscules boutons rosés s'ouvraient sur les buissons de ronces. Elle poussa la porte pour installer le siège dans la salle. Soudain, elle fut submergée par une joie intense. Il était magnifique, ce théâtre. Le temps était magnifique aussi. La répétition de la veille s'était déroulée à la perfection. Ils allaient gagner le concours !

Elle avait l'impression que le théâtre avait hâte d'être à demain, enfin le grand jour. Il y avait de l'impatience dans l'air. Tout était prêt. Le sol était balayé, il ne manquait plus que les chaises. Dans les coulisses, les costumes, soigneusement étiquetés, pendaient à leur tringle en un arc-en-ciel de tissu. Martha avait studieusement agencé son maquillage sur la commode. Les bijoux étincelaient sur leur présentoir. Le classeur était posé sur la table, au milieu des accessoires, disposés par ordre d'apparition sur scène.

Sur scène justement, la chambre de la reine était impeccable. Les chandeliers de pacotille avaient repris leur place sur la coiffeuse. Hannah chassa cette pensée déplaisante de son esprit.

– On va gagner, maman, murmura-t-elle. Souhaite-nous bonne chance. Tu pourras être fière de nous. Et puis on donnera l'argent à papa pour l'aider à sauver la ferme. On ne laissera personne la démolir. Je te le promets.

– Tu ne vas pas en croire tes yeux ! annonça Lottie en lui ouvrant la porte.

Elle prit un sac à dos au portemanteau et le passa sur ses épaules.

– J'ai retouché la culotte de velours de Jo-Rallentando pour qu'elle arrête de tomber. Il faut juste qu'elle l'essaye quand on en aura fini. Allez, viens voir !

Lottie se hissa sur la pointe des pieds pour voir par-dessus les parois en bois brut de la benne à ordures et tira quelque chose.

– Regarde-moi ça !

C'était un tapis ! Lottie en déroula un coin : des motifs bleu, blanc, noir et doré se détachaient sur un fond rouge. Il était en parfait état.

– Waouh ! siffla Hannah. Bonne pioche !

– Oui, c'est exactement ce qu'il nous faut.

Hannah s'imagina la chambre de la reine, avec ses boiseries au mur, sa fenêtre, son lit à baldaquin et son magnifique tapis persan. Avec un petit cri de joie, elle serra son amie dans ses bras.

– C'est un signe ! On va le gagner, ce concours !

Le tapis roulé pesait une tonne. Elles étaient obligées de s'arrêter tous les cent mètres pour remuer leurs bras engourdis et prendre une nouvelle position. Les quelques passants qui promenaient leur chien les ignorèrent, personne ne leur demanda ce qu'elles fabriquaient avec ce tapis en plein milieu de la rue principale un vendredi après-midi.

Lorsqu'elles arrivèrent sur le chemin de la ferme, les vaches levèrent la tête pour les regarder passer avant de se remettre à ruminer. La grosse brebis prête à mettre bas dans le pré voisin ne les remarqua même pas.

– Stop, Hannah ! haleta Lottie à mi-chemin. Je n'en peux plus.

– Ça ne va pas ! Et si papa nous voit ? Courage, on y est presque !

Elles s'engouffrèrent en titubant sur leur sentier secret où, avec leur encombrant fardeau, elles cassèrent brindilles et branchages sur leur passage. Dès qu'Hannah eut ouvert la porte, elles lâchèrent le tapis au beau milieu de la salle. Puis elles se laissèrent tomber dessus, massant leurs bras endoloris.

– Bon ! s'exclama Hannah en bondissant comme un ressort. On va voir ce que ça donne !

Lottie gémit.

– Je peux me reposer cinq minutes ?

Elle fit rouler ses épaules, pivoter son cou.

– J'ai du mal à croire que la jurée vient demain, pas toi ?

– Si… Et pourtant, si surprenant que ça puisse paraître, j'ai l'impression qu'on est prêts !

– Il reste encore un petit problème, lui rappela Lottie en la fixant. Ton père.

Hannah préféra ignorer sa remarque.

– Allez, faut enlever tout ce qu'il y a sur scène pour étaler le tapis. On commence par le lit.

Quand Lottie se releva, elle épousseta son pantalon. Puis elles prirent l'assemblage de caisses chacune d'un côté.

– Il ne sera pas dans le coin au moins, demain après-midi ? insista-t-elle alors qu'elles le déposaient avec précaution dans la salle.

– Non… Attention au poteau, ne déchire pas le

rideau. Je lui ai suggéré quelques activités, mais il m'a regardée comme si j'avais perdu la tête. Bon, maintenant, la coiffeuse. On la vide d'abord.

Elles ôtèrent les chandeliers, la brosse, les bouteilles de parfum et les bijoux de la reine pour les ranger dans les coulisses. Puis elles se mirent en position pour soulever le meuble.

– Je pense toujours qu'il vaudrait mieux lui dire, fit Lottie en le prenant d'un côté.

Hannah lâcha l'autre, paniquée.

– Non mais, ça ne va pas ! Il va piquer une crise. Il serait capable de nous faire démonter le théâtre et annuler la pièce...

– Mais Hannah, on en a déjà parlé ! S'il voit la jurée arriver et qu'il l'apprend comme ça, il sera encore plus furieux ! Alors que si on le prévient avant, on a une chance de le raisonner.

– Ce n'est pas sûr qu'il la voie, objecta Hannah. Il n'a rien remarqué jusque-là. Le jour de l'incendie, on était tous en costumes, il y avait tous les spectateurs et ça ne l'a pas étonné plus que ça.

– Peut-être parce qu'il était trop occupé à sauver ses bêtes du feu, non ? répliqua Lottie. Demain, il n'y aura pas ce genre d'incident pour le distraire. Enfin, j'espère.

Hannah cherchait désespérément une solution. Et si c'était Sam qui lui disait ? Son petit fiston, il n'oserait pas se mettre trop en colère contre lui.

Sauf que ce n'était pas très sympa pour Sam, quand même...

Lottie reprit la coiffeuse en main.

– Allez, on la bouge…

Elles la déposèrent dans la salle en marchant en crabe.

– Comment on va faire pour le petit siège devant la fenêtre ? La fenêtre est attachée au fauteuil et fixée au plafond…

Lottie examina la situation.

– On a besoin de renforts, décréta-t-elle. Faut aller chercher les Zaricots. Comme ça, Jo pourra essayer son pantalon pendant qu'elle y est.

Lorsqu'elles émergèrent dans le pré, un éclair bleu vif dans les buissons qui bordaient le ruisseau attira le regard d'Hannah. Elle posa la main sur l'épaule de son amie.

– Là ! Un martin-pêcheur !

Le petit oiseau voletait de branche en branche.

– Waouh ! murmura Lottie. Je n'en avais jamais vu. Je les imaginais beaucoup plus gros. Il est minuscule en fait… et tellement beau !

– Je vais le dire à papa. Je me demande si ton père en a déjà repéré dans le coin cette saison…

Lottie étouffa alors un cri en la prenant par le bras.

– J'ai une idée !

Hannah la dévisagea.

– Quoi ?

– Et si je demandais à mon père d'appeler le tien pour lui parler des martins-pêcheurs ? Il pourrait lui proposer de venir demain par ici juste avant la pièce pour les voir… puis il l'emmènerait en direction du théâtre en prétextant qu'il y a un nid ou je ne sais quoi… Tout le public serait déjà là, et la dame du jury aussi et…

Hannah la toisa comme si elle avait perdu la raison.

– Mais qu'est-ce que tu racontes ?

– Tu ne comprends pas ? Si mon père le fait venir au théâtre juste avant le début de la représentation, il ne pourra pas nous hurler dessus et nous faire tout arrêter. Il nous laissera au moins jouer la pièce. Même s'il pique sa crise une fois que tout le monde est parti.

Une petite lueur d'espoir brilla dans le brouillard gris qui avait envahi la tête d'Hannah.

– Tu sais quoi ? Ça pourrait marcher…

– Cool ! s'exclama Lottie. J'appelle mon père ce soir pour lui expliquer…

Elle s'interrompit soudain.

– Hé, il ne faudra pas oublier ! Une de nous deux doit le faire demain surtout !

– Faire quoi ?

– Ôter les chandeliers. Et le tableau.

Heureusement que Lottie y avait pensé ! Si son père avait vu les précieux chandeliers de sa femme et son tableau préféré au milieu d'un poulailler désaffecté, il aurait sauté au plafond. Que la reine soit dans le public ou pas !

25
Catastrophe !

Jo arriva dans le cellier à neuf heures pile le samedi matin.

– Alors ? fit Hannah qui pianotait déjà sur la porte du congélateur depuis cinq minutes.

Jo avait un calepin et un crayon à la main. Elle se racla la gorge d'un air important.

– Rapport confidentiel de sécurité code 07962 de la très vénérable Société secrète des Zaricots. Effectué à 9 h le samedi 20 mars. Zaricot Vert et Zaricot Sauteur ont patrouillé dans toute la ferme et décrété les lieux sécurisés. L'ennemi numéro un, nom de code AR, a été repéré à 8 h 56 conduisant son tracteur en direction du ruisseau.

– Parfait. Restez en place et continuez à monter la garde. On revient chercher des chaises dans cinq minutes. Oh… au fait, Martha…

Hannah se tourna vers la cuisine, où sa sœur était encore en train de prendre son petit déjeuner.

– … n'oublie pas qu'on t'attend au théâtre à dix heures.

– Dich heures ! s'écria-t-elle, la bouche pleine. C'est ridicule, la représentation est à trois heures de l'après-midi !

– Oui, mais on fait une dernière répétition en costumes à dix heures. Si tu étais restée jusqu'à la fin de celle d'hier soir, tu le saurais.

– La ferme, épouvantail à oiseaux ! Estime-toi déjà heureuse que je sois venue. Si tu m'agaces trop, je ne viendrai pas aujourd'hui, alors attention !

Hannah ouvrit la bouche pour répliquer mais Lottie s'empressa d'intervenir :

– Ce serait dommage que tu ne sois pas là pour jouer devant la représentante du jury. Elle pourrait repérer tes talents d'actrice et te recommander pour un film.

– La ferme ! répéta Martha d'une voix moins sèche, cependant.

Lottie fit un clin d'œil à Hannah, qui lui sourit. Ça devrait aller…

Hannah prit deux chaises dans la salle à manger et fila à travers la cour. Lottie titubait à sa suite, une chaise sous chaque bras.

L'estomac d'Hannah faisait du Yo-Yo. Elle avait du mal à croire qu'elle ne rêvait pas. Un membre du jury d'un vrai festival de théâtre allait venir voir leur pièce.

Avec une récompense de cinq cents livres à la clé !

Une fois de plus, elle se rejoua le moment où elle tendrait le chèque à son père. Les larmes aux yeux, il accepterait humblement l'argent qui lui permettrait de sauver la ferme. Plein de gratitude, il la considérerait à jamais avec amour et admiration…

C'était un joli rêve. Mais lorsqu'elle imagina soudain son père débarquant dans le théâtre, son estomac se mit à faire des loopings.

Il serait sûrement impressionné, non ? Il n'allait quand même pas interrompre la pièce ? Ni exploser de fureur devant la représentante du festival et leur ordonner de démonter leur théâtre sur-le-champ ? Il n'oserait quand même pas…

« Non, non, en la voyant, il sera conquis… J'en suis sûre. »

« Forcément. »

Hannah s'obligea à inspirer profondément tout en posant les chaises devant la porte.

« Ne t'en fais pas. Tout va bien se passer. Le tapis est magnifique. On croirait vraiment une chambre royale, maintenant. »

Elle poussa la porte, entra dans la salle… et resta pétrifiée. Elle ouvrit la bouche pour crier mais aucun son n'en sortit.

– Hannah ! la pressa Lottie. Avance. C'est lourd, j'ai mal aux bras !

Elle contourna son amie pour pénétrer à l'intérieur… et se figea.

Hannah était comme changée en statue. Elle ne

pouvait pas parler, pas remuer. Les yeux écarquillés d'horreur, elle contemplait la scène en face d'elle.

Les rideaux de velours rouge en lambeaux.

Les boiseries taguées à la peinture fluo.

Les ombres à paupières, les fards à joues, le vernis à ongles et les rouges à lèvres en miettes par terre.

Les bouteilles de parfum renversées sur la coiffeuse, gisant au sol.

Le tapis persan maculé de maquillage et jonché d'éclats de verre.

Sous le choc, Hannah ne pouvait plus réfléchir. Elle ne comprenait pas ce qui se passait. Elle contemplait le désastre, incrédule.

Avec un cri de désespoir, Lottie sortit de sa transe. Elle se rua dans les coulisses.

– Oh, non ! Non, non, non !

Le cœur battant, Hannah la suivit.

C'était le chaos. Les tiroirs ouverts, les chaussures, les sacs, les foulards par terre. Les bijoux piétinés sur le sol de béton, la tringle décrochée.

« Ce n'est pas possible, pensa Hannah. C'est un cauchemar. »

Lottie se laissa tomber à genoux, ramassant une brassée de costumes.

– Regarde, sanglota-t-elle, regarde ce qu'ils ont fait !

Hannah se mordit les lèvres.

La robe de la reine était déchirée, et un coup de cutter l'avait éventrée du col à l'ourlet.

– Et ça !

Elle brandit la robe en soie d'Esméralda, criblée de trous.

– Tout, ils ont tout détruit !

Hannah s'affala à côté de son amie, examinant les costumes un à un. Robes, chemises, vestes et jupes, ils étaient tous en lambeaux, jusqu'au dernier.

Elle bouillait de rage.

– Comment ont-ils osé ? Qui a pu faire ça ?

Lottie lui prit le bras en soufflant :

– Regarde !

Hannah leva la tête. Sur le miroir, griffonnés au rouge à lèvres écarlate, s'étalaient les mots :

ÇA T'APPRENDRA, SALE BALANCE !

Elles se regardèrent, bouche bée.

– Danny ! s'écrièrent-elles en chœur. Danny et Jack !

Hannah aurait voulu protester : « Non, non, pas Jack. Il n'aurait jamais fait ça ! » Mais elle ne dit rien. Parce que, visiblement, il ne s'était pas gêné.

Danny l'avait menacée chez l'antiquaire. Et il s'était vengé.

Lottie enfouit son visage dans les costumes en lambeaux.

– Je n'arrive pas à y croire, sanglota-t-elle. Comment peut-on être aussi cruel ? pour tout saccager comme ça ?

Hannah ne répondit rien. Lottie avait raison. Comment avaient-ils pu ? Elle prit son amie par les épaules.

Mais soudain, Lottie se redressa et la regarda.

– Une minute… Comment ont-ils su qu'on avait monté un théâtre ici ?

Le cœur d'Hannah manqua un battement. Elle se revit à l'arrêt de bus.

« Tu veux venir à notre répétition en costumes dimanche ? »

Qu'avait-elle fait ? Quelle idiote ! En lançant bêtement cette invitation, elle avait tout, tout gâché ! Elle aurait tout donné pour effacer cette petite phrase ! Hélas ! C'était impossible. On ne peut pas effacer le passé.

Lottie faisait les cent pas, déchaînée.

– Qui a pu les prévenir ? Je n'en ai parlé à personne en dehors de ma famille. Et toi, tu l'as seulement dit à ta grand-mère. Les Zaricots n'auraient jamais été le répéter… Alors qui… ? Oh !

Elle se retourna vers Hannah.

– Martha ! rugit-elle. Elle nous déteste et elle traîne avec la sœur de Danny. Elle a cafté juste pour nous embêter.

Lottie était rouge de colère, au bord de l'implosion.

« Il faut que je lui dise, pensa Hannah. Je ne peux pas la laisser accuser Martha. »

Mais comment réagirait Lottie lorsqu'elle apprendrait que c'était elle, la fautive ? Hannah se ratatina à cette simple idée.

– Je vais la tuer ! rugit Lottie. Quelle sombre petite idiote ! On aurait dû savoir qu'elle était incapable de garder un secret. Je la hais. Je la hais de tout mon cœur.

Les ronces craquèrent devant l'entrée des artistes. Lottie s'approcha et ouvrit la porte. Martha était sur le seuil en leggings violets et débardeur moulant noir. Elle fronça les sourcils, les poings sur les hanches.

– Jo demande pourquoi vous ne revenez pas chercher des chaises, les limaces !

Elle s'interrompit.

– Pourquoi tu me regardes comme ça, toi ?

Lottie l'attira à l'intérieur sans ménagement.

– C'est ta faute tout ça, hein ! hurla-t-elle en désignant la salle dévastée. Tu leur as dit où était notre théâtre ! Tu savais qu'ils allaient faire ça ?

Martha écarquilla les yeux.

– Oh, mon Dieu ! Qu'est-ce qui s'est passé ?

– Lottie, intervint Hannah, Lottie, arrête…

Mais son amie ne semblait pas l'entendre.

– Ne dis pas que tu n'étais pas au courant ! Tu les as prévenus, hein ? Tu as parlé de notre pièce à ton imbécile de copine… et Danny est venu tout casser Tu leur as dit qu'on jouait devant la dame du jury aujourd'hui, alors il est venu détruire le théâtre pour se venger d'Hannah.

Elle prit Martha par les épaules et la secoua

– Comment as-tu pu faire ça ? Hein ?

Hannah se leva péniblement et posa la main sur le bras de son amie.

– Lottie, je ne crois pas que…

Martha se dégagea de Lottie violemment.

– Lâche-moi ! Quelle copine ? Qu'est-ce que tu racontes ? Je n'ai rien fait !

Lottie prit un tas de costumes en loques pour le lui jeter au visage.

– Tu sais très bien ce que je veux dire. La sœur de Danny Carr, Jade… Tu lui as dit où était notre théâtre ?

Martha recula d'un pas en la fixant, le menton relevé.

– Espèce de vipère. Comment oses-tu ? Tu m'accuses ? Moi ? Vous me dégoûtez toutes les deux. Et je regrette… oui, j'aurais dû saccager votre théâtre à la noix et je suis bien contente que quelqu'un l'ait fait. Et ne vous imaginez pas que je vais jouer dans votre stupide pièce, parce que c'est fini. Je vous déteste. Vous pouvez crever !

26

Confession

Immobiles, elles écoutèrent les pas de Martha qui s'éloignait en courant.

Un lourd silence s'installa. Puis Lottie se tourna lentement vers son amie.

– Tu sais quoi ? J'ai le terrible pressentiment qu'elle n'y est pour rien finalement.

Hannah eut soudain l'impression d'avoir avalé une enclume.

– Comment ça ?

– C'est… la tête qu'elle a faite quand elle a vu tout ça. Elle avait l'air… sous le choc.

« Dis-lui, se répétait Hannah. Il faut que tu lui dises. » Seulement les mots ne sortaient pas.

– Mais si ce n'est pas elle qui les a prévenus, alors qui c'est ? Ils ne peuvent pas avoir trouvé le théâtre par hasard… à moins qu'ils ne nous aient suivies.

Lottie s'interrompit, affolée.

– C'est ça ! Un jour, ils nous ont suivies et ils ont découvert ce qu'on faisait. Tu ne crois pas, Hannah ?

Soudain, on tambourina à la porte de l'entrée des

artistes. Le cœur d'Hannah s'emballa. Personne ne frappait jamais… Et si c'était son père ? Martha lui avait-elle déjà tout révélé ?

– Coucou ! Charlotte ! Hannah !

La mère de Lottie. Une vague de soulagement submergea Hannah. Son amie fit la grimace en entrouvrant la porte.

– Qu'est-ce que tu veux ?

– Ravie de te voir également, ma chérie ! J'ai pensé que vous auriez peut-être besoin de petits remontants pour tenir aujourd'hui.

Elle brandit une boîte de biscuits.

– Où est Hannah ? ajouta-t-elle en poussant la porte.

Lorsqu'elle entra, elle écarquilla les yeux, bouche bée.

– Bon sang ! Que s'est-il passé ?

Elles ne répondirent rien. Les yeux de Vanessa tombèrent sur le miroir.

– « Sale balance » ? fit-elle d'un ton anxieux. Qu'est-ce que c'est que cette histoire ? Qui est une balance ?

Comme les deux filles restaient plantées là sans répondre, Vanessa attendit une minute, puis elle alla chercher trois chaises dans la salle et les posa en cercle.

– Bien, installez-vous et racontez-moi tout.

Les filles demeurèrent debout. Hannah sentait que Lottie la fixait, mais elle n'osait pas croiser son regard. Son amie était visiblement lasse de son silence, parce qu'elle s'assit en annonçant d'une voix tendue :

– C'est Jack Adamson et Danny Carr, des gars de

notre collège. Ils ont voulu se venger d'Hannah, parce qu'elle a découvert qu'ils avaient incendié la grange et qu'elle l'a dit à la police.

Sur le coup, Vanessa resta interdite. Puis finalement, elle répéta :

– Jack et Danny ont incendié la grange ?

– Ils n'ont pas fait exprès, précisa Hannah.

Comme Lottie laissait échapper un reniflement méprisant, elle regretta d'avoir ouvert la bouche.

– Ils ont fait un feu, expliqua-t-elle d'une petite voix, mais ils ne l'ont pas éteint correctement.

– Les idiots ! Des crétins irresponsables ! soupira Vanessa en secouant la tête. Ton pauvre père ! C'est affreux pour lui. J'espère qu'ils vont être sévèrement punis. Et voilà qu'ils aggravent leur cas ! fit-elle en désignant le théâtre saccagé d'un geste circulaire.

Elle fronça les sourcils.

– Mais comment ont-ils su où c'était ?

Après avoir exposé à sa mère ses différentes théories, Lottie se tourna vers Hannah.

– Qu'est-ce que tu en penses, toi ? Pourquoi tu ne dis rien ? Qu'est-ce qui te prend ?

Vanessa la fixait également. Le cœur d'Hannah cognait si fort dans sa poitrine qu'elle en avait la tête qui tournait. Il fallait qu'elle parle. C'était le moment ou jamais. D'une voix étranglée, elle avoua :

– Ce n'est pas Martha, c'est moi. J'ai dit à Jack où se trouvait le théâtre.

Lottie la dévisagea en hurlant :

– QUOI ?

Cramponnée à une chaise, les yeux rivés au sol, Hannah leur raconta tout. Qu'elle avait invité Jack à la répétition en costumes. Qu'elle avait surpris une conversation entre Jack et Danny ce fameux après-midi, juste devant le théâtre. Et ce qu'elles savaient déjà : qu'elle avait trouvé la boîte d'allumettes et qu'elle avait prévenu son père.

Elle gardait la tête baissée en parlant, mais à la fin, elle leva les yeux vers Lottie. Elle n'aurait pas dû. Son amie la fixait d'un regard assassin, hors d'elle.

– Espèce de traîtresse ! Comment as-tu pu me faire ça ? Sombre idiote ! Moi, je croyais que c'était un ennemi, quelqu'un qui nous déteste, alors que c'était toi ! À quoi bon garder le secret, se donner autant de mal, si c'était pour tout gâcher, hein ?

Elle s'était levée, agitant les bras, en furie.

Hannah se recroquevilla sur sa chaise. Elle aurait voulu disparaître.

– Je suis désolée. Vraiment, vraiment désolée. J'ai été bête. Si je pouvais, j'effacerais tout ce que j'ai fait.

– Mais c'est impossible ! cingla Lottie. Alors à quoi bon ? Évidemment que tu regrettes, maintenant. Sauf que ça ne t'a pas empêchée d'inviter ton précieux Jack à notre répétition en costumes dans mon dos, hein ?

Vanessa se leva. « Elle va me crier dessus aussi, pensa Hannah. Et je l'ai bien mérité, je le sais. »

Mais elle prit sa fille par les épaules et la força à se rasseoir.

– Ça suffit, Charlotte. Calme-toi.

Lottie repoussa sa mère ; cependant, elle obéit et s'assit, le menton relevé en signe de défi, les bras croisés.

Vanessa se tourna vers Hannah qui attendait, toute raide. Au lieu de se déchaîner contre elle, elle la serra dans ses bras.

– Écoute, ma puce, il ne faut pas t'en vouloir. Tu n'as rien fait de mal.

– Oh, que si ! intervint Lottie.

– Tais-toi, jeune fille, ordonna sa mère, puis elle reprit, d'une voix plus douce, à l'attention d'Hannah : tu as simplement invité un ami à venir voir ta pièce. Enfin… quelqu'un que tu considérais comme un ami. Ce n'est pas toi qui as mis le feu à la grange. Ce n'est pas toi qui as saccagé le théâtre. Et tu ne pouvais pas te douter qu'il allait faire ça non plus.

– Oh, que si ! répéta Lottie. Tout le monde sait que Jack Adamson n'est qu'un misérable crétin.

– Ah oui ? En tout cas, avec moi, il s'est toujours montré charmant, fit valoir sa mère. Et c'est vraiment un beau garçon.

Comme Lottie haussait les épaules, sa mère se leva pour la toiser.

– Autre chose, jeune fille, reprit-elle. Qui as-tu invité à ta répétition en costumes et à la représentation d'aujourd'hui ?

Sans lui laisser le temps de répliquer, elle compta sur ses doigts.

– Ta mère, ton père, ta tante, ton oncle, tes cousins. Quant à Hannah et ses frère et sœurs, qui va venir les voir ? Une seule personne. Leur grand-mère, qui est adorable mais a tout de même quatre-vingts ans. Alors essaie un peu de te mettre à la place de ton amie, pour une fois, Charlotte. Tu comprendras peut-être mieux pourquoi elle a invité quelqu'un d'autre à voir la pièce, d'accord ?

Lottie leva les yeux au ciel, mais Hannah avait déjà la gorge un peu moins serrée.

Vanessa se leva et joignit les mains.

– Bien, maintenant que nous avons réglé le problème, il faut qu'on arrive à arranger tout ça avant l'arrivée de votre jurée !

Elles la fixèrent.

– Ne sois pas ridicule, fit Lottie. C'est impossible. On n'a pas le temps de tout réparer. Tu as vu les costumes, ils sont en lambeaux. On va être obligées de l'appeler pour annuler. Et c'est Miranda qui va remporter le concours, comme d'habitude.

– Non, il ne faut pas se laisser abattre ! décréta sa mère. Venez, toutes les deux. Tout le monde va mettre la main à la pâte. La vieille machine à coudre de Rachel doit être quelque part dans cette ferme. Je vais la rapporter chez nous. Comme ça, avec Charlotte sur la sienne, on pourra arranger tous les costumes, pendant que vous remettrez le théâtre en état.

– Mais la représentante du jury arrive à trois heures, objecta Hannah. Et tout est en miettes. Même si on répare tout, ça ne fera plus un aussi bel effet. On ne gagnera jamais.

– Hannah Roberts, ça ne te ressemble pas, remarqua Vanessa. Tu n'es pas du genre à baisser les bras.

Pourtant, Hannah venait seulement de se rendre vraiment compte de ce qui leur était arrivé, et elle était dévastée. Elle se roula en boule par terre, la tête dans les mains.

– Non, c'est fichu. Notre beau théâtre ne sera plus jamais comme avant.

La mère de son amie s'accroupit à côté d'elle et la prit par les épaules.

– Hannah, c'est terrible, ce que ces garçons ont fait, mais tu ne peux pas les laisser gagner. Tu réagis exactement comme ils l'espèrent. Ils veulent te démoraliser, te pousser à abandonner. Tu dois être plus forte qu'eux. Montre-leur qu'ils ne peuvent pas t'atteindre.

Hannah ne réagit pas.

– J'abandonne. Ils ont gagné.

Vanessa poussa alors un soupir exaspéré.

– Bon, eh bien, moi, je vais mettre tous ces costumes dans ma voiture, puis je vais chercher cette machine à coudre. Viens me retrouver à la maison quand tu auras fini, Charlotte.

Elle se retourna sur le pas de la porte.

– Et Hannah, même si je dois jouer le rôle de la reine moi-même devant la jurée, je le ferai. Mais ce sera sûrement beaucoup moins bien que toi. Et ça risque de faire un peu bizarre. C'est vraiment ce que tu veux ?

27
Espoir

Au bout de ce qui lui sembla une éternité, Hannah sentit la main de Lottie sur son épaule.

– Pardon de t'avoir crié dessus.

Ses muscles raides se relâchèrent un peu.

– Non, tu n'as rien à te reprocher, murmura-t-elle. Je l'ai bien mérité. Je suis vraiment désolée, malheureusement ça ne sert à rien de le répéter.

– Oui, tu as été incroyablement stupide, acquiesça Lottie. Mais je sais que tu regrettes.

Hannah redressa légèrement la tête.

– Merci.

– Je t'en veux toujours.

– Je m'en doute.

Lottie se leva et se mit à arpenter la loge. Lorsqu'elle reprit la parole, elle avait retrouvé sa voix normale.

– Tu sais quoi ? Je crois que maman a raison. Il faut qu'on se batte. On ne va pas les laisser gagner.

– Je ne peux pas. Je n'ai pas la force.

– Hannah, imagine ce qu'on ressentira plus tard si on abandonne. En plus, c'est toi qui nous as mises dans ce pétrin, alors c'est toi plus que tout autre qui devrais nous permettre d'en sortir.

Elle traversa les coulisses pour aller sur scène.

– On peut tout arranger, tu sais. Je suis sûre que ce n'est pas aussi terrible qu'il y paraît. Il y a beaucoup à faire, d'accord, mais si les Zaricots nous aident, on sera quatre.

Elle consulta sa montre.

– Et il nous reste presque cinq heures avant l'arrivée de la jurée.

Une lueur d'espoir s'insinua dans l'esprit d'Hannah. Elle releva la tête… et aperçut le maquillage et les bijoux en miettes.

– Mais comment va-t-on faire ? Une ombre à paupières, ça ne se répare pas !

– Non, mais on peut en emprunter. Maman a des tonnes de maquillage. Je le remettrai en place d'ici ce soir, elle ne s'en apercevra même pas.

Lottie était sacrément courageuse. Hannah n'osait même pas imaginer la réaction de Vanessa si elle surprenait sa fille en train de dessiner des moustaches à un gamin de six ans avec son eye-liner de grande marque.

– Et puis les bijoux, ce n'est pas indispensable. C'était chouette, mais on peut se débrouiller sans.

– C'est la reine, quand même, souligna Hannah. Il lui faut des bijoux.

– Allez, Hannah, fais un effort ! C'est un défi, tu aimes les défis, non ?

Elle entreprit de ramasser les costumes étalés par terre.

– Je vais rentrer à la maison aider ma mère à les recoudre. Toi, va chercher les Zaricots et range tout ça.

Peut-être… c'était peut-être faisable. La représentation pourrait peut-être avoir lieu quand même.

Mais soudain, elle reçut comme un coup de massue sur la tête.

– Lottie, c'est impossible. On ne peut pas jouer la pièce sans Martha.

Son amie se figea net.

– Elle a sans doute juste voulu nous menacer. Ce ne serait pas la première fois mais, finalement, elle est toujours venue aux répétitions.

– Pas après ce que tu viens de lui sortir. Je te le dis, elle ne reviendra pas cette fois.

Lottie posa les costumes sur la commode, prit le balai et entreprit de ramasser les débris de bijoux.

– Eh bien, dans ce cas, on va demander à ma cousine Alice de tenir le rôle d'Esméralda. Elle vient de toute façon.

– Celle qui n'a pas levé le nez de son livre la dernière fois ?

– Oui, elle a une excellente mémoire. Je parie que si on lui donne le texte maintenant, elle le connaîtra par cœur d'ici trois heures de l'après-midi.

Hannah fronça les sourcils.

– Tu n'avais pas décrété qu'il n'y avait pas pire actrice au monde après avoir vu la pièce de son école ?

Baissant la tête, Lottie rassembla les bijoux cassés pour les fourrer dans un sac-poubelle.

– Je n'ai jamais dit ça.

– Si ! Tu as carrément dit que tu avais honte d'être sa cousine, tellement c'était mauvais ! Qu'ils auraient mieux fait de planter une silhouette en bois sur la scène, ç'aurait été plus réaliste.

– J'ai exagéré… Elle n'est pas si nulle. Au moins, elle ne fera pas des siennes comme Martha.

– Oui, mais Martha joue bien.

– Oui, mais Martha ne voudra jamais revenir, tu l'as dit toi-même ; alors, à quoi ça sert de discuter ?

– À moins… à moins que tu ne lui présentes tes excuses, affirma Hannah en regardant son amie droit dans les yeux.

– Moi ?

– C'est toi qui l'as accusée…

– Parce que tu ne m'avais pas dit la vérité.

Hannah prit une profonde inspiration.

– Tu as raison.

Elle se releva, sentant ses forces lui revenir.

– Si on veut participer à ce concours, il faut qu'on le fasse bien. Je vais m'excuser auprès de ma sœur.

– C'est vrai ?

– Oui, tant qu'à faire, autant mettre toutes les chances de notre côté, il faut que notre pièce soit parfaite.

C'était au tour de Lottie de prendre une profonde inspiration.

– D'accord. Alors je t'accompagne. Il faut aussi que je m'excuse, j'imagine. Même si tout est de ta faute.

28

Excuses

La porte de la chambre était close.

– Martha ? fit Hannah.

Pas de réponse.

Elle actionna la poignée. C'était fermé à clé.

– Martha ?

– Dégage, face de rat !

Hannah inspira profondément, comme si elle se préparait à courir le marathon.

– Martha, je suis vraiment désolée de t'avoir accusée pour le théâtre. On sait que tu n'y es pour rien. On n'aurait jamais dû dire ça. Mais on était tellement en colère que tout soit saccagé…

Elle attendit une réponse qui ne vint pas.

– Désolée, Martha, renchérit Lottie. On s'en veut vraiment de t'avoir accusée. Je te demande pardon de t'avoir crié dessus.

Toujours aucune réaction.

– À toi, chuchota Lottie. Excuse-toi encore.

Il n'y avait pas d'autre solution. Hannah allait devoir ramper.

– Martha, on est vraiment, vraiment désolées de t'avoir accusée. C'était méchant, on n'aurait jamais dû dire ça. Je t'en prie, pardonne-nous et reviens jouer dans la pièce. Sans toi, ça ne marchera pas. Tu es une très bonne actrice, on a besoin de toi. Ce serait dommage d'abandonner maintenant, après toutes les répétitions et tout le mal que tu t'es donné. Je t'en prie…

Toujours rien. Hannah se tourna vers Lottie.

– À toi l'honneur. Lèche-lui les pieds !

Son amie leva les yeux au ciel et chuchota :

– Si j'avais su que c'était toi qui avais dit à Jack où était le théâtre, je ne m'en serais jamais pris à elle, je te signale !

– J'ai essayé d'intervenir mais tu braillais trop fort pour m'entendre.

Lottie lui tira la langue avant de se retourner vers la porte.

– Martha, je suis sincèrement désolée de t'avoir hurlé dessus. Je n'aurais pas dû t'accuser d'avoir tout répété aux garçons. Je sais que tu n'aurais jamais fait un truc pareil. J'étais tellement hors de moi que tous les costumes soient déchirés, j'ai perdu la tête. Mais on peut les recoudre. Ma mère va nous aider. Allez, reviens. Il faut qu'on gagne et, sans toi, c'est impossible. Tu tiens le premier rôle.

Silence complet de la part de Martha. Les deux amies se regardèrent, au désespoir.

– Bon, dis-lui que tout est ta faute, décréta Lottie.

Avoue que tu avais invité Jack et Danny à voir la pièce.

– Quoi ? souffla Hannah. Pas question !

Lottie lui lança un regard noir.

– Si tu ne le fais pas, ce sera moi.

Hannah avait cru que le plus dur serait de reconnaître sa bêtise devant sa meilleure amie. Mais elle se trompait.

Là, c'était bien pire. Elle se planta face à la porte close de sa sœur et, pensant toucher le fond de l'humiliation, elle lui raconta tout.

Lorsqu'elle eut fini, elle recula d'un pas, convaincue que Martha allait hurler.

Mais non.

Les ressorts du lit grincèrent. Retenant son souffle, Hannah se tourna vers Lottie.

Le verrou coulissa et la porte s'ouvrit lentement. Martha se tenait sur le seuil, les yeux étincelants de haine et les joues striées de larmes.

Elle prit la parole sans hausser le ton :

– Vous n'êtes que deux grosses vaches. Toi, dit-elle en s'adressant à Hannah, tu es une menteuse et une lâche. Et toi, Lottie Perfect, une brute cruelle et sans cœur. Je vous déteste autant l'une que l'autre.

– Martha, je suis désolée, intervint Hannah, je n'aurais jamais dû laisser Lottie t'accuser, j'en suis consciente. C'était lâche, tu as raison. Et j'ai été vraiment bête d'inviter Jack à la répétition. Mais on va tout arranger avant l'arrivée de la jurée…

– Et elle sera tellement impressionnée par ton jeu que… on ne sait jamais, elle pourrait te recommander à un producteur de cinéma ou…

– ALLEZ-VOUS-EN ! hurla Martha.

Les deux amies firent un bond en arrière comme si elles avaient reçu un coup d'aiguillon à bétail.

– Je vous hais, vous et votre imbécile de théâtre ! Je ne veux plus jamais vous parler !

– Mais Martha, on pourrait gagner de l'argent pour sauver la ferme, fit valoir Hannah. Si tu ne joues pas ton rôle, on n'aura pas le premier prix ni les cinq cents livres pour la ferme.

– De toute façon, vous ne gagnerez pas le prix, espèces de grosses nulles ! cria Martha. Votre minable petite pièce dans votre minable poulailler ne remportera jamais le concours. Je ne vois même pas pourquoi vous vous embêtez. Je ne peux pas vous voir, ni l'une ni l'autre, sales pestes !

– Moi non plus, je ne peux pas te voir ! répliqua Hannah. Tu es méchante, égoïste et on ne te parlera plus jamais non plus !

Elle tourna les talons, dévala l'escalier et fila dans le jardin, avec l'impression que sa tête allait exploser.

– Bon, tu avais raison, elle ne reviendra pas, soupira Lottie en la rattrapant. Mais on ne va pas la laisser tout gâcher. Je vais appeler Alice pour qu'elle vienne et que tu la fasses répéter. Il est quelle heure ?

Lorsque Hannah vit sa montre, son cœur s'emballa.

– Déjà dix heures et demie !

– OK, je rentre à la maison recoudre les costumes et je t'envoie Alice. Puis je reviens dès que j'ai terminé.

Au prix d'un terrible effort, Hannah chassa de son esprit l'image du visage barbouillé de larmes de Martha, pour se concentrer sur sa tâche. Les murs à frotter, le tapis à nettoyer, les accessoires à réparer, la nouvelle princesse à préparer et…

– Les rideaux ! s'exclama-t-elle.

Lottie écarquilla les yeux.

– Comment on va faire ?

– Je vais aller chercher l'autre paire.

– Hannah, tu ne peux pas faire ça !

– Non, tu as raison, papa risque de me voir. On aurait dû les prendre hier.

– Qu'est-ce qu'on va faire alors ?

– Je vais prendre ceux de ma chambre. Ils sont défraîchis, mais tant pis, ça fera l'affaire. File recoudre les costumes, je vais chercher les Zaricots pour remettre le théâtre en ordre. Et reviens à deux heures, lança-t-elle tandis que Lottie s'éloignait déjà, qu'on fasse une dernière répétition avec ta cousine.

29

Arrivées

À deux heures de l'après-midi, Hannah et les Zaricots avaient balayé, fait le ménage dans la loge, accroché les nouveaux rideaux, nettoyé le tapis et repeint les boiseries pour cacher les graffitis. Ce n'était pas encore sec, mais tant que personne ne touchait le mur du fond, ça allait. Heureusement qu'ils n'avaient pas laissé les chandeliers ni le tableau dans le poulailler. Hannah avait complètement oublié de les retirer la veille, mais Lottie devait y avoir pensé. Elle n'osait même pas imaginer ce que Danny aurait pu en faire s'il était tombé dessus.

Hannah prit une profonde inspiration avant de se répéter la petite phrase qu'elle avait fredonnée dans sa tête toute la matinée : « On va gagner ! On va gagner ! On va sauver la ferme ! »

Elle toisa la jeune fille sérieuse et toute stressée qui se tenait devant elle. C'était encore pire que de faire répéter Martha. Sauf qu'Alice ne faisait pas exprès de l'agacer. Hannah fit appel à toutes ses réserves d'optimisme et d'énergie.

– OK, on reprend. C'est une scène très importante, d'accord ? La première fois qu'Esméralda tient tête à la reine, sa mère. Elle doit se montrer courageuse et déterminée.

Les yeux rivés au sol, la tête dans les épaules, Alice marmonna d'une voix monotone :

– J'ai pris ma décision, mère. Je refuse catégoriquement de me marier avec cet odieux prince Rallentando. Si je ne peux épouser le prince John, alors ce ne sera aucun des deux.

Elle jeta un regard plein d'espoir à Hannah, qui se força à sourire.

– Super ! Très bien. Allez, on continue.

– Hannah, la porte !

En ouvrant, elle découvrit Lottie à demi cachée par l'énorme pile de costumes qu'elle avait dans les bras.

– Tiens, prends-en quelques-uns. Je n'en peux plus !

Hannah s'empressa d'aider son amie.

– Alors ça va ? Tu les as tous recousus ?

Elle les étala sur le lit de la reine.

– Waouh ! Ils sont comme neufs !

Lottie laissa tomber son chargement à côté.

– Pour la plupart, on a pu se contenter de recoudre là où ils étaient déchirés, mais il y en a, comme celui-ci…

Elle lui montra la robe d'Esméralda.

– … où j'ai dû coudre un nouveau haut. Par chance, la jupe est tellement ample qu'on ne verra pas les trous.

– Tu as fait un boulot incroyable ! s'extasia Hannah. Personne ne pourrait se douter de ce qui leur est arrivé.

– Ma mère m'a bien aidée, expliqua Lottie.

Puis elle regarda le théâtre autour d'elle en s'exclamant :

– Vous avez bien travaillé ici aussi !

Jo, qui était en train d'astiquer le sol de la salle avec Sam, leva la tête un instant.

– Sauf que le vernis à ongles ne part pas du tout !

– Ne t'en fais pas. On n'aura qu'à mettre une chaise dessus, et voilà. C'est plus important de répéter une dernière fois maintenant que Lottie est là.

– Et j'ai apporté du maquillage ! annonça cette dernière en renversant un sac en plastique sur le lit.

Rouges à lèvres, mascaras, fards à joues et eye-liners de marque roulèrent sur les costumes.

– Quand ta mère va s'en apercevoir…

– Elle ne se doutera de rien… ou seulement après. Elle vient à deux heures et demie, au fait. Elle attendra dans la cour pour accueillir la représentante du jury et la conduire jusqu'ici. Mon père a rendez-vous avec ton père à trois heures moins le quart, officiellement pour faire un tour dans les prés et observer les oiseaux. En réalité, il va l'amener au théâtre. D'ici là, tout le monde sera arrivé, la jurée, ta grand-mère, toute ma famille, il ne pourra rien dire.

Hannah s'était laissée convaincre par son amie lorsqu'elles avaient échafaudé le plan, mais maintenant, elle n'en était plus si sûre… Elle était presque persuadée que si son père n'aimait pas ce qu'il voyait en entrant dans le théâtre, cinquante jurés ne sauraient l'empêcher d'annuler la représentation sur-le-champ.

La répétition fut atroce.

Désolante.

Franchement, elles auraient eu aussi vite fait de remplacer la cousine de Lottie par un mannequin en carton. Elles n'avaient aucune chance de remporter un prix maintenant. Le mieux qu'elles pouvaient espérer, c'était d'aller jusqu'au bout de la pièce sans se ridiculiser complètement.

Et même ça, ce n'était pas gagné.

– Bah ! soupira Lottie, on dit qu'une mauvaise répétition générale, c'est l'assurance d'une bonne première !

– Celui qui a dit ça n'avait pas assisté à notre répète.

– Chut ! intervint Jo. J'entends quelqu'un.

Hannah tendit l'oreille. C'était la voix de Vanessa. Son estomac se noua. La mère de Lottie avait conduit la jurée jusqu'au théâtre.

La porte s'ouvrit. Les autres s'approchèrent pour tenter de voir entre les rideaux. Sauf Hannah, qui ne pouvait pas bouger, pétrifiée d'angoisse.

Elle avait tellement mal au ventre qu'elle se demandait si elle n'allait pas être malade. Car, quelque part dans les buissons, elle avait reconnu la toux de son père qui se raclait la gorge.

Donc, le plan avait fonctionné… Il arrivait.

– C'est papa, murmura Jo. Oh, j'espère que ça va lui plaire.

Le visage de Sam s'éclaira. Il sautilla, surexcité.

– Papa vient voir notre pièce !

Lottie, malgré son apparente assurance, était toute blanche. Elle restait plantée là, à se ronger l'ongle du pouce.

Alice, quant à elle, n'avait pas levé le nez de son texte.

Hannah ne pouvait plus respirer. Comment allait-il réagir en entrant ? Qu'allait-il dire ? Oh ! Pourquoi avaient-elles pris ce risque ? Quelle bêtise de l'avoir fait venir ! Il était tellement dans son monde qu'elles auraient pu continuer à monter des pièces pendant des années sans qu'il s'en rende compte. Elle en était sûre maintenant qu'il arrivait, maintenant qu'il n'y avait plus moyen de faire machine arrière.

Et soudain, dans un éclair de clairvoyance, elle comprit.

Elle avait dit oui parce que, au fond, tout au fond d'elle-même, elle avait envie qu'il voie sa pièce.

Elle voulait qu'il fasse attention à elle.

Et quand la porte s'ouvrit en grinçant, Hannah se retourna et son cœur s'arrêta. Sur le seuil, vêtu de sa vieille veste en tweed saupoudrée de céréales pour cochon se tenait son père.

30
Réactions

Il en resta sans voix. Incapable de prononcer un mot. Pour la première fois de sa vie, Hannah vit son père bouche bée.

Les enfants se figèrent, les yeux rivés sur lui, guettant sa réaction dans un silence terrifié.

C'est alors qu'une chose des plus étonnantes se produisit. À la vue de l'expression abasourdie de son père, Hannah fut prise d'une terrible envie de rire. Pour tenter de la réprimer, elle se mordit les joues au sang. Elle ne pouvait pas rire maintenant, impossible.

Au bout d'un moment, il retrouva l'usage de la parole.

– Qu'est-ce qui se passe ici ?

Hannah ne put se contrôler plus longtemps. Rompant le lourd silence, elle laissa échapper un gloussement sonore. Et une fois qu'elle avait commencé, elle ne pouvait plus s'arrêter. Toutes les tensions, toutes les émotions qu'elle avait accumulées dans la journée s'évacuèrent brusquement. Elle rit à en pleurer. Elle se laissa glisser le long de la commode, pliée en deux. Elle sentit Lottie la saisir par les épaules pour la secouer.

– Arrête, Hannah ! Qu'est-ce qui te prend ?

Hannah se força à se ressaisir. Quand elle releva la tête, elle vit son père, toujours à la même place, qui l'observait comme si elle était un étrange animal sauvage.

Il y eut un silence terrible. Il fallait qu'elle dise quelque chose, elle le savait. Elle se redressa tant bien que mal.

– Désolée, papa, ce n'est pas toi…, balbutia-t-elle misérablement. C'est juste que…

– Qu'est-ce que vous fabriquez ici ? la coupa-t-il. Qu'est-ce qui se passe ?

– C'est notre théâtre, annonça-t-elle, le cœur battant. Nous avons transformé le poulailler en théâtre.

Il fronça les sourcils, serrant les dents.

– Viens voir la scène, papa, fit Jo en le tirant par la manche. C'est incroyable. Regarde, il y a un tapis, de vraies boiseries et tout. Mais il ne faut rien toucher, parce que la représentante du jury arrive.

Hannah sentit son estomac faire du Yo-Yo.

– Un jury ? Quel jury ? aboya-t-il.

Tous les regards se tournèrent vers Hannah. Son cœur cognait si fort dans sa poitrine qu'elle avait l'impression que les autres l'entendaient aussi. Elle finit par se jeter à l'eau et débita d'un seul trait :

– Eh bien, voilà… on participe au concours de théâtre amateur de Linford. La jurée est venue pour voir notre pièce. Et mamie aussi, et toute la famille de Lottie. Alors on s'est dit que tu voudrais peut-être y assister aussi, enfin si tu as le temps, bien sûr. Et si ça ne te dérange pas trop…

Elle laissa sa phrase en suspens.

– Si ça ne me dérange pas trop ? Combien de fois t'ai-je répété de ne pas jouer dans les bâtiments de la ferme ? Et voilà que, dans mon dos, tu…

Il regarda autour de lui.

– Où as-tu mis tout ce qui était entassé ici ?

Hannah déglutit.

– Ailleurs, dans les autres granges.

– Ailleurs ! Je ne t'avais pas dit de ne toucher à rien ?

– Mais ça ne servait plus, se justifia-t-elle. Ça n'a pas servi depuis…

Elle affronta son regard étincelant.

– Depuis… tu sais bien…

– Peu importe, ce n'est pas à toi de décider. C'est un poulailler, pas un théâtre.

Sam, qui serrait la main d'Hannah dans la sienne depuis le début, intervint d'une petite voix :

– Alors tu veux la voir, notre pièce, ou pas, papa ?

M. Roberts laissa échapper une sorte de grondement en tournant les talons.

– Pas question. Comme si j'avais du temps à perdre avec vos sottises. J'ai du travail qui m'attend, moi !

Les brindilles craquèrent sous ses bottes, tandis qu'il s'éloignait sur le sentier. Personne ne bougea.

– Bon, finit par dire Lottie, ç'aurait pu être pire,

j'imagine. Il ne nous a pas interdit de jouer la pièce, au moins.

Hannah allait répliquer, lorsqu'elles entendirent un retentissant :

– Coucou !

Elle sursauta comme si elle avait touché une clôture électrique. La mère de Lottie avait passé la tête sur la scène, un grand sourire aux lèvres. Oh, non ! Alors le public avait tout entendu ?

– Maman ! siffla Lottie. Qu'est-ce que tu fais là ?

– Je voulais juste vous souhaiter bonne chance. J'ai discuté avec la représentante du jury, elle a l'air très gentille. Enfin… j'ai dû l'éloigner de ton père, la pauvre femme.

Elle ajouta dans un murmure, en levant les yeux au ciel :

– Il était en train de l'assommer avec ses histoires d'oiseaux. C'est fou qu'il ne se rende pas compte que ça n'intéresse personne.

Lottie haussa les épaules.

– Bon, en tout cas, ajouta Vanessa, tout le monde est arrivé. À part Arthur ? Je pensais qu'il était peut-être là. Je l'ai envoyé tout à l'heure dans les coulisses pour qu'il puisse vous souhaiter bonne chance. Il a dû être sacrément impressionné par votre travail. Il va repasser, non ?

Comme personne ne répondait, Vanessa dut se douter de ce qu'il en était, parce qu'elle reprit, avec encore plus d'enthousiasme :

– Allez, mes petits loups, on est tous là pour vous soutenir. Je suis sûre que ça va être formidable. Je vous dis m…

Et elle repartit. Personne ne réagit, ils regardaient tous Hannah avec anxiété.

Lorsque celle-ci consulta sa montre, elle en eut la chair de poule. Il était trois heures. Elle rassembla tout son courage pour annoncer :

– OK, c'est l'heure ! Ne t'en fais pas, Alice, ça va bien se passer. Et si tu as un trou, on te soufflera. Surtout ne regardez pas le public. Oubliez le concours, le jury et tout le reste. Amusez-vous et jouez tranquillement. Ça va être notre meilleure représentation et on va le gagner, ce prix !

31
La représentation

Jo et Lottie se mirent en place pour tirer le rideau. Alice et Sam attendaient dans les coulisses côté cour le moment d'entrer en scène.

Hannah posa sa tête sur l'oreiller, ferma les yeux et leva le pouce. Alors Jo et Lottie levèrent le rideau.

Un murmure admiratif parcourut le public. Hannah prit un instant pour savourer ce bonheur, puis elle ouvrit les paupières et se redressa en s'étirant avec majesté.

Dès qu'elle prenait la voix de la reine, elle devenait reine, aussi leva-t-elle le menton en criant :

– *Servante ! Servante ! Venez ici tout de suite !* C'est *un ordre.*

– *J'arrive, Vot' Majesté*, répliqua Lottie qui apparut aussitôt avec Sam, dans son costume de valet, sur les talons.

– *Vous m'avez fait attendre une éternité ! J'ai dû m'époumoner pendant des heures... J'en ai le teint bleu et la voix cassée !*

Le public s'esclaffa. Ces rires, c'était comme une bouffée d'oxygène pour Hannah.

– *Pour mon petit déjeuner, je veux du thé, un avocat, du bacon, des œufs, des rognons, du raisin et du fromage*, ordonna-t-elle en fixant Lottie d'un regard hautain. *Ce sera tout.*

– *Bien, Vot' Altesse*, fit Lottie avec une révérence.

Elle agita la main en direction de Sam, qui fila chercher le plateau.

– *Bien*, reprit Hannah, *comme vous le savez, ma fille, la princesse Esméralda, aura seize ans à son prochain anniversaire. Il faudra alors la marier.*

Elle crut entendre la porte de l'entrée des artistes grincer mais poursuivit comme si de rien n'était.

– *Et pourquoi donc à seize ans pile, Votre Majesté ?*

Dans les coulisses, Alice leva le nez de son texte comme un lapin apeuré et resta bouche bée. Que se passait-il donc ?

– *Il s'agit d'une tradition séculaire au sein de ma famille*..., commença Hannah.

Un tourbillon de fureur fit irruption dans les coulisses.

Martha ! Oh, bon sang ! C'était Martha ! Elle venait gâcher la représentation. Oh non ! Pitié !

– *... et, de toute façon, je n'ai que faire de votre avis*, compléta-t-elle.

Dans les coulisses, Martha prit le bras d'Alice, la fit descendre du tonneau où elle était perchée et ouvrit d'un seul coup le Velcro à l'arrière de sa robe. La cousine de Lottie en resta muette d'indignation. Elle agita les bras, tentant vainement d'écarter Martha.

– *Est-ce bien clair, servante ?* demanda Hannah.

Par chance, ils avaient répété tant de fois que les tirades et les jeux de scène lui venaient mécaniquement, tandis que, dans sa tête, elle suppliait : « Surtout ne criez pas, je vous en prie. Ne faites pas de bruit, toutes les deux ! »

– *Tout à fait, Votre Majesté*, répondit Lottie.

La veinarde ! Comme elle faisait face au public, elle n'avait pas idée de ce qui se tramait dans son dos.

– *Hélas ! Il n'y a aucun prince digne de ce nom dans la région.*

– *Et le prince Alfred ?*

Martha sauta sur le dos d'Alice et la plaqua au sol.

« Oh non ! Elles vont rouler sur la scène… Restez au fond des coulisses ! Où est passée Jo ? Pourquoi n'intervient-elle pas ? »

– *Avez-vous perdu l'esprit, servante ?*

Alice leva les bras en signe de reddition. Martha se releva et la traîna dans la loge. Qu'est-ce qu'elle mijotait encore ?

– *Vous allez envoyer deux de nos hommes parcourir le pays à la recherche d'un prince convenable. Ils devront revenir d'ici un an.*

– *Mais, Votre Majesté…*

– *Silence, servante ! Voulez-vous être jetée en prison pour trahison ? Allez, exécutez mes ordres et que la quête commence dès aujourd'hui.*

– *Bien, Votre Majesté.*

Sam, en livrée de valet, entra sur scène avec un plateau bien rempli.

– *Votre petit déjeuner, ma reine.*

– *Remportez-le, je n'en veux pas. Qu'est-ce qui vous a fait croire que j'avais faim ?*

Puisant son énergie dans les rires du public, Hannah se glissa d'un pas majestueux jusqu'à sa coiffeuse. Du coin de l'œil, elle aperçut Martha qui enfilait le costume d'Esméralda. Bonté divine ! Qu'est-ce qu'elle fabriquait ?

– *Il me faut maintenant choisir ma robe*, déclara Hannah. *Voyons... Apportez-moi celle en soie violette. Non, non, pas celle-là. Plutôt la verte, en damas. Et faites venir ma fille.*

– *Bien, Votre Altesse.*

Lorsque Lottie rentra dans les coulisses, Martha, qui était en train d'attacher sa robe, s'interrompit une seconde pour lui pincer le bras. Lottie grimaça de douleur et lui lança un regard assassin, mais Martha avait déjà filé sur scène, l'air parfaitement innocent.

– *Approche, Esméralda, ma chérie*, fit Hannah.

Martha fit une élégante révérence et dit, d'une voix douce, les yeux baissés :

– *Vous vouliez me voir, mère ?*

La pièce se déroula à la perfection. Hannah était tellement prise par le jeu qu'elle ne jeta pas un seul coup d'œil au public, se contentant de savourer leurs rires et leurs murmures ravis.

Il n'y eut qu'un bref instant de malaise.

Dans la scène II, la reine était perdue dans ses pensées, en train de rédiger un test pour les princes. Alors que le regard d'Hannah se perdait dans le lointain, elle crut apercevoir son père debout dans le fond de la salle. Mais elle dut aussitôt tourner la tête pour reprendre sa servante et, quand elle eut à nouveau l'occasion de lancer un regard dans cette direction, il n'y avait plus personne.

Avait-elle rêvé ? S'agissait-il d'une sorte de mirage ?

Peut-être souhaitait-elle tellement qu'il voie la pièce que son esprit lui avait joué des tours, comme à ces voyageurs assoiffés perdus dans le désert qui croient apercevoir une oasis au loin.

– Waouh ! siffla Lottie lorsque le rideau retomba et que les applaudissements du public laissèrent place aux discussions. Ça s'est super bien passé ! Encore mieux que la répétition en costumes. Hannah, tu as été géniale. Et toi aussi, Martha. Bravo !

L'intéressée lui tira la langue.

– Je te demande pardon de t'avoir crié dessus, Martha, reprit Lottie. Tu as vraiment bien joué. Merci infiniment !

– Oui, confirma Hannah, tu as sauvé la pièce ! Heureusement que tu es venue !

– La ferme, les pestes, riposta Martha.

La mère de Lottie passa alors la tête entre les rideaux.

– Vous avez été formidables, les petits loups. Fantastiques ! Extrêmement drôles. Mme Butler voudrait que vous veniez tous dans la salle une fois que vous vous serez changés pour vous parler de votre pièce.

Hannah était morte d'angoisse. Elle imagina ce que la dame du jury allait bien pouvoir leur dire : qu'elle n'avait jamais rien vu d'aussi nul ? Qu'ils lui avaient fait perdre son temps ? Qu'elle ne comprenait pas comment ils avaient osé inscrire leur minable petite pièce de poulailler à ce concours prestigieux ?

Elle s'assit dans la salle, la gorge serrée.

Voyant les visages anxieux qui l'entouraient, la juge sourit. Seule Martha ne paraissait absolument pas concernée.

– Pour commencer, félicitations à vous tous, fit Mme Butler. Je tiens à vous préciser dès maintenant que je ne peux vous dire si vous avez remporté un prix. Les résultats du concours seront annoncés jeudi prochain, lors de la cérémonie de clôture du festival, à laquelle vous pourrez, j'espère, tous assister. Mais je voudrais quand même vous donner mes impressions sur la pièce, car nous n'aurons pas beaucoup de temps lors de la remise des prix. Donc, déjà j'aimerais vous dire que j'ai été très impressionnée par votre production.

Une vague de soulagement envahit Hannah.

– D'autant plus que, d'après le programme, vous avez tout fait vous-mêmes. Sans adulte pour vous aider, c'est bien ça ?

Ils acquiescèrent.

– Et l'un de vos parents m'a expliqué que votre théâtre avait été saccagé dans la nuit et que vous aviez passé la matinée à tout réparer.

Nouveaux hochements de tête.

– Eh bien, je trouve que vous avez fait preuve d'un courage et d'une détermination exemplaires. Dans de telles circonstances, la plupart des gens auraient abandonné. Vous formez une équipe vraiment solide et soudée. Et je dois dire que je n'ai remarqué aucune trace de vandalisme, preuve que vous avez tout réparé à la perfection.

Hannah devait se retenir d'intervenir : « Oui, oui, d'accord, mais qu'est-ce que vous avez pensé de la pièce ? Est-elle d'un assez bon niveau pour remporter un prix ? »

– Bien, poursuivit Mme Butler, je pense que vous avez tous envie de savoir ce que j'ai pensé de votre pièce.

Les moineaux pépiaient bruyamment dans les fourrés, mais, à l'intérieur du théâtre, le silence était assourdissant.

Mme Butler leur adressa un grand sourire.

– Ne faites pas cette tête ! J'ai adoré.

« Elle a adoré ! Notre pièce, celle que j'ai écrite, la jurée l'a adorée ! »

La joie pétillait dans le cœur d'Hannah.

– J'ai trouvé le texte excellent, reprit Mme Butler. Très drôle, une variation très originale sur le thème du conte de fées, avec des personnages bien campés.

Avec de bons acteurs, un jeu rythmé, ce qui montre qu'ils étaient bien dirigés. Le décor est très réussi, les boiseries créent tout de suite une atmosphère. Les costumes sont remarquables. Tu les as réellement tous faits toi-même, Lottie ?

– Hannah m'a un peu aidée. Et ma mère m'a donné un coup de main quand il a fallu les réparer.

Hannah ne pouvait pas la laisser se dévaloriser comme ça.

– Elle les a tous imaginés et réalisés elle-même !

– Eh bien, c'est absolument incroyable, affirma Mme Butler. Tu es très douée, Lottie. Peu d'adultes seraient capables d'en faire autant !

Lottie piqua un fard. Hannah lui sourit.

– Enfin, je tiens à vous dire que tout était parfaitement organisé. Vous avez su donner une ambiance chaleureuse à votre théâtre, vos programmes sont très beaux… Alors, bravo à tous.

Après leur avoir souri de nouveau, Mme Butler se pencha pour ramasser son sac.

– Bien, il faut que j'y aille, j'ai un autre spectacle à cinq heures. Mais pas dans un poulailler, cette fois. Votre théâtre est vraiment unique en son genre. Hannah, tu veux bien me raccompagner à ma voiture ? Et Martha aussi, s'il te plaît. Je ne voudrais pas me perdre dans les buissons.

– Quel endroit magnifique ! commenta-t-elle en traversant le pré. Comme une vallée où le temps serait figé. Je ne pensais pas qu'on trouvait encore des fermes de ce genre dans la région, avec les prés bordés de haies, les vieilles granges, des poules qui picorent dans la cour, des vaches, des moutons et des cochons dans leurs enclos. Et le chant des oiseaux ! Je n'en ai jamais entendu autant. C'est magique !

Hannah avait envie de répondre : « Alors donnez-nous le prix si vous ne voulez pas que ça finisse sous une plaque de béton. » Mais elle se contenta de dire :

– Merci.

Une fois dans sa voiture, Mme Butler regarda les deux sœurs et leur confia :

– Je ne voulais pas le faire devant les autres, mais je tiens à vous dire que vous êtes toutes les deux d'excellentes actrices.

Pour la deuxième fois de l'après-midi, Hannah se mit à rire. Un rire de surprise, cette fois, et de joie. Une professionnelle, membre du jury, trouvait qu'elle jouait bien !

– Je suis sincère, reprit Mme Butler. Si c'est vraiment ce que vous voulez faire dans la vie, alors accrochez-vous. Et tu pourrais écrire aussi, Hannah. Ton texte était très abouti et tu l'as mis en scène avec un grand talent et une sensibilité exceptionnelle. Je ne serai pas étonnée de lire ton nom dans les magazines spécialisés d'ici une dizaine d'années. Je te vois bien à la tête de ta propre compagnie. Une comédienne-auteur-metteur en scène, à la Brecht.

Hannah écarquilla les yeux, sans voix. Elle n'en

revenait pas. Pourtant, cette femme n'avait pas l'air de se moquer d'elle.

Sa propre troupe de théâtre !

Écrire des pièces, puis les monter, les jouer… et en vivre ? C'était son rêve.

Et Mme Butler l'en pensait visiblement capable !

Cependant, elle n'avait aucune idée de ce que signifiait « à la Brecht ». Il faudrait qu'elle fasse des recherches.

– Bon, je file ou je vais être en retard, reprit la jurée. J'ai été ravie de faire votre connaissance. On se revoit jeudi à la remise des prix. Au revoir !

Agitant la main, Hannah glissa un œil vers Martha. Elle était rose de plaisir. Hannah eut soudain un élan d'affection pour sa sœur. Croisant son regard, elle lui sourit.

Mais Martha pinça les lèvres et, dès que la jurée eut démarré, elle tourna les talons et fonça dans la maison sans un mot.

Hannah resta dans la cour, à suivre des yeux la voiture qui cahotait sur le chemin. De nouveaux horizons venaient de s'ouvrir pour elle. Elle pourrait être actrice ! Ou même auteur ! Elle pourrait écrire des pièces et les jouer sur les scènes de Londres ! Elle serait riche et célèbre, elle pourrait acheter la ferme et la préserver de tous ceux qui voulaient la leur arracher. Et sa nouvelle vie commencerait dès le jeudi suivant, lorsqu'elle recevrait le chèque du concours et qu'elle le remettrait à son père.

32

La remise des prix

Hannah fut affreusement déçue par le palais des congrès de Linford. Jamais elle n'était entrée dans un bâtiment aussi imposant. Pourtant, à l'intérieur, il n'y avait ni moquette rouge, ni boiseries, ni dorures, ni chandeliers étincelants. Que des rangées et des rangées de fauteuils gris face à une grande scène aux rideaux vert bouteille.

Hannah avait raconté à son père que la mère de Lottie les emmenait en balade pour la journée. C'était vrai, elle avait juste omis de préciser où elles se rendaient. Et Vanessa leur avait promis un dîner au *fish and chips*[1] après, ce qui avait suffi à acheter le silence de Martha. De toute façon, il n'avait posé aucune question.

Avait-il vu leur pièce ou était-ce un mirage ?

Personne d'autre ne l'avait aperçu sur les lieux. Il n'en avait pas reparlé depuis. Et aucun enfant n'avait

1. Fast-food typiquement britannique où l'on mange des frites et du poisson pané. (*NdT*)

osé évoquer la pièce devant lui. Sa réaction lorsqu'il était venu n'avait rien d'encourageant. Et la dernière chose qu'Hannah voulait lui rappeler, c'est qu'il ne lui avait pas interdit de continuer.

Donc, tout le monde se tut.

Comme sur tant d'autres sujets.

Lorsqu'ils arrivèrent au palais des congrès, la salle était presque vide, mais les premiers rangs se remplirent rapidement. Les groupes d'enfants et d'ados arrivaient en flot continu, riant et bavardant, si bien que le volume sonore ne cessait d'augmenter. Cependant, Hannah ne pouvait chasser de son esprit la conversation téléphonique qu'elle avait surprise le matin même.

Son père était en ligne dans la salle à manger lorsqu'elle était descendue.

– Soixante vaches et dix génisses. Oui, il y a plein de place dans la cour, était-il en train d'affirmer. Parfait, parfait. Oui, je vous aiderai à les charger. On se voit lundi soir alors.

Lorsqu'il avait raccroché, Hannah avait demandé, le cœur battant :

– C'était qui ?

Elle s'efforçait d'avoir l'air détaché, mais elle parlait un ton plus haut que d'habitude.

Son père ne l'avait même pas regardée.

– Oh, un type du Lincolnshire.

Mais sa fille n'allait pas le laisser s'en tirer avec une réponse aussi vague.

– Pourquoi il vient lundi ? Qu'est-ce que vous allez charger ?

Son père s'était éclairci la voix.

– Je vais vendre une partie des bêtes.

Hannah avait la gorge si serrée qu'elle arrivait à peine à parler.

– Les vaches ?

– Oui.

Elle s'était forcée à demander :

– Toutes ?

Il s'était tourné vers la fenêtre.

– Oui.

Elle lui avait posé une dernière question, enrouée :

– Et les veaux aussi ?

Son père semblait ne même pas la voir.

– Quel intérêt j'aurais à garder les veaux, hein ?

Il avait toussoté à nouveau avant de quitter la pièce.

Hannah avait dû se retenir à une chaise pour rester debout. Elle s'était cramponnée si fort que ses articulations avaient blanchi.

Alors, ça allait vraiment arriver.

Il ne devait vraiment plus avoir un sou s'il en était réduit à vendre les vaches pour payer le loyer.

Mais comment ferait-il au prochain trimestre ?

Il n'aurait plus rien à vendre… et alors que deviendraient-ils tous ?

Une voix qu'elle ne connaissait que trop bien tira Hannah de ses pensées.

– Pousse-toi, Emy, on est douze, je te signale !

Oh, génial.

Miranda, Emily et les autres membres de leur troupe de théâtre se faufilaient, de l'autre côté de l'allée centrale, dans la même rangée que la leur. Hannah se pencha pour se cacher derrière sa mèche, mais, avec son œil d'aigle, Miranda l'avait repérée.

– Salut, les filles ! roucoula-t-elle en la toisant de la tête aux pieds, pour jauger sa tenue, et en dissimulant à peine son sourire méprisant. Oh ! là, là ! Que c'est excitant ! J'ai hâte de connaître les résultats. Pas vous ?

Sans même attendre leur réponse, elle se tourna vers son voisin et se lança dans une conversation animée, secouant sa chevelure brillante pour ponctuer chaque phrase d'un rire forcé.

– Je n'y crois pas. Il y a des centaines de places dans cette salle, et il faut qu'on se retrouve juste à côté d'elle.

Hannah s'imagina quelques instants la tête que ferait Miranda quand le jury annoncerait que le vainqueur était le Théâtre secret du Poulailler. Elle se mordit les lèvres. C'était ridicule. Elle regrettait de ne pas avoir choisi un nom plus chic. Franchement, face aux autres concurrents, ils n'avaient aucune chance. Comment avait-elle pu croire un seul instant que leur troupe pourrait gagner ?

À deux heures précises, les lumières s'éteignirent, puis se rallumèrent dans la salle, et le rideau se leva.

Le maire de Linford, avec sa grosse chaîne dorée autour du cou, se tenait au centre de la scène. Derrière lui, ceux qui devaient être les jurés étaient assis à une longue table. Hannah reconnut Mme Butler, ce qui la réconforta un peu.

Mais elle savait, grâce au programme, qu'elle allait devoir attendre une éternité. Les prix pour le théâtre étaient remis en dernier, après la musique et la danse. Pour chaque catégorie, un long discours précédait la remise des prix puis le vainqueur présentait son spectacle.

Au fil des numéros, Hannah se ratatinait de plus en plus dans son fauteuil. Elle avait été bien présomptueuse en s'inscrivant à ce concours. Tous les autres paraissaient tellement pros !

Ses pensées revenaient sans cesse aux questions qui la tracassaient : allaient-ils être relogés dans l'un des grands immeubles devant lesquels ils étaient passés en arrivant à Linford ?

Que ferait son père, enfermé dans un appartement ?

Hannah l'imaginait déjà, en train de faire les cent pas, comme un lion en cage, fixant les champs dans le lointain.

Et Sam ? Il avait déjà mis des mois à s'habituer à l'école. Comment réagirait-il si on l'arrachait à la ferme pour devoir tout recommencer en ville ?

Et Jo ? Que deviendrait Jo sans animaux ?

Et que ferait-on de Jasper et de Lucy ?

Si leur mère était encore là, pensa Hannah, alors

ils auraient peut-être eu un espoir de s'en sortir. Elle aurait consolé Sam, comme elle la consolait petite. Assise par terre, elle l'aurait pris sur ses genoux pour le bercer, sans cesser de répéter : « Ne t'en fais pas, tout va bien se passer. »

Elle aurait passé la main dans les cheveux bouclés de Jo en disant : « Ce n'est pas grave, on va adopter un petit animal. » Elle aurait peut-être même compris les sautes d'humeur de Martha et réussi à la calmer.

Elle aurait chassé les rides du front de papa, l'aurait serré dans ses bras pour qu'il retrouve le sourire, comme elle le faisait, avant.

Mais maman n'était plus là. Comment allaient-ils survivre sans elle ?

Le dernier numéro de danse s'intitulait *La Destruction de l'âme immortelle par les forces sanglantes de la modernité*. Un groupe d'ados à la mine grave, enveloppés de bandages sanguinolents, se tortillaient comme des vers sur scène, au rythme d'un tambour lancinant.

Hannah sentit le fou rire monter en elle. Elle se mordit les lèvres, fixant le sol. Oh non, il ne fallait pas rire, surtout pas avec la mère de Lottie juste derrière elle. Elle se mordit plus fort.

Mais elle commit l'erreur de se tourner vers Lottie qui, penchée en avant, contemplait la scène en faisant mine d'être captivée par le sens profond du spectacle, les mains jointes, le front plissé, image même de la concentration. Quand elle s'aperçut que son amie l'observait, elle haussa les sourcils d'un air entendu.

Hannah se mordit les lèvres au sang. Elle allait finir par imploser à force de se retenir de rire.

C'est alors qu'elle regarda la scène.

Un garçon en combinaison moulante dorée avec un collier de tournesols autour du cou se faufilait entre les danseurs pour leur arracher leurs bandages à coups de dents. Lottie laissa échapper un drôle de bruit. Les épaules d'Hannah étaient secouées de spasmes. Des larmes de rire roulaient en silence sur ses joues écarlates.

Enfin, le tambour s'arrêta et, après une seconde d'hésitation, le public applaudit docilement. Hannah en profita pour éclater de rire.

Vanessa lui donna une tape sur la tête. Hannah inspira profondément en s'essuyant les yeux. Quand les applaudissements se turent, elle regarda à nouveau la scène, guettant le prochain numéro hilarant, mais découvrit à la place le président du festival aux côtés du maire de Linford.

Ce fut comme un coup de poing dans l'estomac.

L'heure de la remise des prix de théâtre avait enfin sonné.

– Mesdames et messieurs, j'ai le grand plaisir d'inviter Fran Butler, porte-parole du jury théâtre, à annoncer les vainqueurs des troupes de jeunes amateurs.

Tous les muscles d'Hannah se raidirent.

Mais Mme Butler se lança dans un nouveau discours sur le festival, les prix, l'organisation du concours et bla-bla-bla. Au bout de ce qui leur parut un siècle, elle déclara :

– Et maintenant, le moment que vous attendez tous, les gagnants.

Elle tira une enveloppe de sa poche. Hannah retint son souffle.

– Tout d'abord, la catégorie moins de quatorze ans.

Lottie prit la main de son amie.

Elle avait les paumes moites. Si elles gagnaient, elle pourrait donner le chèque à papa tout de suite, il n'aurait pas besoin de faire monter ses vaches sur le camion lundi soir. Enfin, pas toutes. Cinq cents livres, ça devait bien suffire à en sauver quelques-unes.

Mme Butler avait beaucoup aimé leur pièce. En plus, elles l'avaient montée toutes seules, du début à la fin. Ce n'était pas rien. Elles allaient gagner. Il le fallait.

– Nous avons eu des concurrents de très grande qualité dans cette catégorie, mais au final, nous avons dû choisir entre deux spectacles excellents bien que très différents. Il ne peut y avoir qu'un seul vainqueur, mais nous tenions à distinguer ces deux pièces par une mention spéciale. Le premier était l'œuvre du Théâtre des Jeunes de Linford, *Au temps de la peste*.

Hannah et Lottie échangèrent un regard. La pièce de Miranda, évidemment.

Un murmure d'excitation parcourut la rangée voisine.

– Cette pièce est une réflexion subtile sur un épisode particulièrement tragique de notre histoire ; elle a été jouée avec une maturité et un professionnalisme surprenants, en faisant appel à l'expression corporelle et à la musique avec beaucoup d'imagination.

Hannah avait le cœur lourd. Comment auraient-ils pu lutter contre le Théâtre des Jeunes de Linford ? Elle ne savait même pas ce qu'était l'expression corporelle.

– Notre autre finaliste, poursuivait Mme Butler, est la pièce *Sur ordre de Sa Majesté*, écrite et jouée par le Théâtre secret du Poulailler.

Quoi !

Avait-elle bien entendu ?

Hannah se tourna vers Lottie. Son amie avait des étoiles dans les yeux et un grand sourire aux lèvres.

Elle avait bien entendu ! Elle n'en revenait pas ! Elles étaient dans les deux derniers en lice!

– Cette pièce, expliquait la jurée, est un conte de fées comique, joué avec verve et éclat. Elle mérite vraiment une mention spéciale, car toutes les facettes du spectacle – les costumes, les décors, l'écriture, la mise en scène et même la reconversion d'un poulailler en théâtre – ont été assurées par les cinq membres de la troupe, âgés de six à onze ans. Un travail formidable réalisé par une équipe talentueuse et passionnée !

Hannah avait l'impression qu'elle allait s'envoler. Leur pièce, leur Théâtre du Poulailler recevait une mention spéciale dans cette grande salle, devant tous ces gens !

Vanessa entoura les deux filles de ses bras en chuchotant :

– Bravo !

Mais Mme Butler avait déjà repris la parole.

– Au terme de longues délibérations, nous avons désigné notre vainqueur. Le trophée Wilmot-Fawcett et la dotation de cinq cents livres pour la meilleure pièce dans la catégorie moins de quatorze ans sont attribués…

Le cœur d'Hannah s'arrêta. Pétrifiée, elle serra la main de Lottie dans la sienne.

– … au Théâtre des Jeunes de Linford !

Dans la rangée voisine, ce fut une explosion de joie.

Hannah reprit sa main et applaudit avec force. Lançant un regard à ses frère et sœurs, elle ordonna :

– Allez, on applaudit.

Alors voilà.

Les vaches seraient vendues pour payer le loyer, et au trimestre prochain, il n'y aurait plus rien à vendre.

Leur maison, leur ferme serait détruite.

33
Coup de sang

Le lundi soir, Hannah enfouit sa tête sous sa couette et se boucha les oreilles avec du coton. Elle se récitait de la poésie pour ne pas entendre les meuglements désespérés qui s'échappaient du camion. Mais tous les poèmes qu'elle connaissait parlaient de nature et d'animaux, ce qui assombrissait encore son humeur.

Les hommes faisaient monter les vaches sur des rampes escarpées pour les entasser dans une prison de planches et d'acier. Une fois qu'elles auraient toutes grimpé à bord, on claquerait les portes, puis elles seraient bringuebalées pendant des centaines de kilomètres jusqu'à une grosse exploitation laitière dans le Lincolnshire. Hannah était malade rien que d'imaginer leurs grands yeux affolés, leurs cris de douleur quand elles perdraient l'équilibre et s'écrouleraient les unes sur les autres à chaque cahot de la route.

Puis elles débouleraient du camion, apeurées et perdues, et qui s'en occuperait, là-bas, dans le Lincolnshire ? Il n'y avait plus beaucoup d'éleveurs dans le genre de son père. Ses vaches montaient dans le camion avec leur petit nom, mais elles en descendraient avec un simple numéro d'unité de production.

Lorsque Hannah se tira du lit le mardi matin, elle avait l'impression d'avoir couru le marathon pendant la nuit. En plus, les vacances étaient finies, il fallait retourner au collège.

– Pourquoi papa ne prend pas le petit déjeuner avec nous ? demanda Sam en levant la tête de son bol de céréales.

– Je ne sais pas, fit Hannah. Je vais l'appeler.

La ferme était étrangement silencieuse. La porte de la porcherie était fermée et les poules n'étaient pas encore sorties.

Hannah traversa la cour jusqu'à la salle de traite. La porte coulissante était ouverte. Son père se tenait dos à elle, devant le tableau noir, un chiffon à la main.

Elle le vit effacer le nom de ses vaches.

Très lentement, comme s'il avait mal au bras. Pâquerette, Bouton-d'or, Giroflée, Coquelicot, Jacinthe… Un à un, les noms disparaissaient.

Lorsqu'il eut fini, il ne se retourna pas. Il resta à fixer le tableau vide, complètement noir, son chiffon pendant lamentablement.

– Papa ? fit-elle d'une voix étranglée.

Il ne bougea pas.

Elle réessaya :

– Papa ?

Cette fois, il se tourna. Hannah eut l'impression de recevoir un coup de poing au creux de l'estomac.

Il avait les yeux pleins de larmes.

Elle ne l'avait pas vu pleurer depuis la mort de sa mère.

Pendant une minute, il la dévisagea, le regard vide. Puis il se racla la gorge pour demander, d'un ton impatient :

– Qu'est-ce que tu veux ?

– Rien, marmonna-t-elle. Le petit déjeuner est prêt.

Et elle retourna dans la maison, traînant ses pieds lourds comme du plomb.

Le self du collège embaumait la sauce bolognaise. Hannah et Lottie, adossées aux murs laqués de bleu, avançaient en silence lorsque la file d'attente progressait un peu. Hannah ne pouvait chasser de son esprit les cris de détresse des vaches dans le camion et les yeux pleins de larmes de son père.

Jack faisait le malin devant un groupe de fans quelques mètres plus loin dans la queue. Derrière les cinquièmes, Miranda et Emily le dévoraient du regard comme des chiots transis d'amour. Bizarrement, Danny n'était pas avec lui. Et ils n'étaient pas ensemble non plus à la récréation du matin. C'est vrai qu'ils s'étaient disputés devant la vitrine de l'antiquaire ; peut-être s'étaient-ils fâchés.

En principe, la simple présence de Jack si près d'elle aurait dû mettre Hannah dans tous ses états. Mais aujourd'hui, elle se fichait que ses cheveux frisottent, qu'il la regarde ou pas ou même qu'un bouton de la taille du Vésuve lui pousse sur le menton.

– Hé ! Roberts !

Elle ne leva pas la tête.

– Hé ! Roberts ! Ça va ? T'as de la boue dans les oreilles ou quoi ?

– Laisse-la tranquille, Jack ! intervint Lottie.

Mais il l'ignora.

– Désolé que ta pièce n'ait pas remporté le prix. Les moutons ne savaient pas leur texte ?

Miranda gloussa. Hannah les regarda tour à tour, les joues en feu. Évidemment. Cette peste lui avait tout raconté. Ils avaient dû passer la matinée à ricaner sur son dos.

– Non, mais elles sont arrivées deuxièmes, souligna Priya. C'est super bien, car il y avait beaucoup de concurrents.

Hannah lui lança un regard reconnaissant, mais Jack persista :

– Ou alors c'est les vaches qui n'ont pas assuré ? Marguerite a refusé d'enfiler son costume ?

Miranda pouffa à nouveau.

– Je vous jure, reprit Jack. Ce vieux dingue de Roberts leur donne des noms, à ses vaches. Ils sont écrits à la craie dans sa salle de traite. À mon avis, il les borde aussi le soir.

C'est à ce moment-là que le déclic se produisit.

Hannah regarda Jack comme si elle le voyait pour la première fois.

Plus comme un héros romantique. Plus comme un rebelle au cœur d'or.

Non, juste comme un misérable lâche de treize ans qui mettait le feu avant de prendre ses jambes à son cou.

– Pas vrai, Roberts ? insista-t-il. Il leur chante des berceuses ?

Il se mit à gazouiller d'une voix de fausset :

– *Fais dodo, ma douce Coquelicot, fais dodo et donne-moi du bon lolo ! Fais dodo, vache de mes rêves, et t'auras un beau petit veau !*

La colère submergea brusquement Hannah, comme un volcan en éruption.

Sans savoir ce qu'elle faisait, elle prit son élan et lui décocha un coup de poing dans la mâchoire, l'envoyant s'écrouler contre le mur. Elle eut juste le temps d'apercevoir son visage hébété avant de le frapper à nouveau, cette fois sur la joue gauche. Il poussa un grognement furieux.

Avec une force dont elle ne se serait pas cru capable, Hannah le plaqua contre le mur.

– Sale face de rat ! Comment oses-tu ? Comment oses-tu insulter mon père alors que tu as réduit sa grange en cendres ? Tu l'as incendiée et tu as pris la fuite, espèce de lâche ! Et puis, avec ton gros nul de copain, vous avez saccagé notre théâtre ! T'es qu'un pauvre minable qui s'amuse à pourrir la vie des autres. Je te hais !

Jack la fixait, bouche bée. Profitant qu'elle relâchait son étreinte pour reprendre sa respiration, il tenta de lui échapper.

– Ne bouge pas ! vociféra-t-elle en lui flanquant un coup de genou dans l'entrejambe.

Il hurla, plié en deux de douleur. Hannah le punaisa à nouveau au mur, les yeux étincelant de fureur.

– Tu veux t'enfuir ? Évidemment. C'est bien toi, ça ! Tu casses tout et puis tu décampes, parce que tu ne veux pas assumer. Tu sais ce que tu as fait ? Tu le sais ? Tu as détruit ma famille, détruit ma ferme. C'est ce que tu voulais ? Tu es content maintenant ? C'était drôle ? Tu t'es bien amusé ?

Le tenant toujours contre le mur, elle se retourna vers Miranda, qui était pétrifiée de stupeur.

– Ah, tu ne rigoles pas, Miranda ? Tu ne trouves pas ça marrant ? C'est à mourir de rire, non, que mon père perde sa ferme ? Vraiment hilarant, hein ?

Elle sentit que deux mains l'agrippaient fermement par les épaules. Une voix d'adulte ordonna :

– Hannah, Hannah, arrête ! Arrête immédiatement ! Lâche-le.

Ces cris firent l'effet d'un clou dans une chambre à air. Elle se dégonfla instantanément. Elle laissa le professeur la séparer de Jack. C'est fou, elle avait dû le tenir sacrément fort, parce qu'elle en avait mal aux doigts.

Tandis qu'on la faisait sortir de la pièce, elle reprit petit à petit conscience du monde qui l'entourait, et se rendit compte brusquement qu'un silence de plomb régnait dans le réfectoire.

Et que tous les regards étaient rivés sur elle.

34
Le bureau du principal

M. Collins se pencha au-dessus de son bureau, considérant Hannah les sourcils froncés. Elle baissa les yeux. Elle se demandait s'il connaissait seulement son nom.

C'était la première fois qu'elle entrait dans son bureau. Une pièce froide, peinte en bleu-gris, meublée de façon spartiate. Les étagères étaient remplies de dossiers à l'air peu engageant et flanquées de trois grands classeurs en métal. Au mur était accroché un tableau de liège où l'on avait punaisé des documents à intervalles réguliers. Le bureau de M. Collins, lui, était complètement vide.

– Mlle Haywood m'a rapporté que vous aviez causé un incident assez sérieux dans le réfectoire à l'heure du déjeuner.

Il parlait exactement comme lors des réunions et conseils de classe, pesant avec précaution chacun de ses mots.

Hannah ignorait si elle était censée répondre. Elle

hocha la tête. Elle avait l'impression de ne pas être vraiment là. Le corps assis sur cette chaise n'était qu'une enveloppe vide. Elle se voyait de l'extérieur. Comme si elle regardait un film, où tout cela arrivait à quelqu'un d'autre. Rien de ce que le principal pouvait dire ou faire ne pouvait l'atteindre. Après tout, elle ne serait bientôt plus dans ce collège.

C'est alors que la secrétaire passa la tête dans l'entrebâillement de la porte pour annoncer :

– M. Roberts est arrivé.

« Papa ? Il a appelé papa ? » songea Hannah, affolée. Hum, finalement, elle ressentait encore quelques émotions.

Quand son père entra dans le bureau, elle se cramponna à sa chaise, les yeux rivés au sol. Elle n'osait même pas imaginer ce qui allait se passer.

– Merci d'être venu aussi vite, commença le principal. Asseyez-vous, je vous en prie.

Il désigna une chaise libre, juste à côté de celle d'Hannah. Son père s'y installa, dégageant une bouffée d'odeur de fumier et éparpillant quelques brins de paille sur le tapis gris.

– J'ai le regret de vous apprendre que votre fille a causé un incident sérieux à l'heure du déjeuner. Elle a agressé physiquement un autre élève.

Coincé sur cette chaise dure et trop petite, son père répliqua d'un ton impatient :

– Qu'entendez-vous par « agressé physiquement » ?

Le principal mit un temps infini à répondre, comme

si énoncer la si terrible vérité lui coûtait énormément :

– J'ai bien peur... que votre fille n'ait frappé un camarade.

– Qui ? voulut savoir son père.

M. Collins toussota.

– Je ne pense pas que cela change quoi que ce soit au problème.

– Bien sûr que si, s'esclaffa son père.

Il se tourna vers sa fille.

– Tu as frappé qui ?

Hannah regarda tour à tour son père et le principal avant de répondre :

– Jack Adamson.

– Tu as frappé Jack Adamson ?

– Oui.

– Ah...

Hannah aurait pu jurer qu'elle avait vu une lueur d'amusement éclairer un instant le visage de son père.

– Apparemment, Hannah, vous avez accusé ce garçon d'avoir saccagé un théâtre dans votre ferme, reprit M. Collins.

Oh non, non, non ! Pourquoi avait-elle parlé de son théâtre devant tout le collège ? Comment pouvait-on être aussi stupide ?

– Il a fait quoi ? s'étonna son père.

– Ne tirons pas de conclusion hâtive, monsieur Roberts, intervint le principal. Voilà pourquoi je ne souhaitais nommer personne tant que les faits ne sont pas avérés. J'ai appris, depuis, d'un autre élève, que le garçon qu'Hannah a agressé n'était pas impliqué dans cette affaire, qui a été commise par une tout autre personne.

– Quoi ! s'étonna Hannah. Qui ? Qui vous a dit ça ?

M. Collins lui lança un regard sévère.

– Hannah, comme je viens de le dire, je ne tiens pas à révéler les noms tant que je n'ai pas tiré cette histoire au clair. Je vais recevoir au cours de l'après-midi tous les élèves impliqués. Je veux juste que vous me confirmiez que votre théâtre a bien été saccagé.

Le fait même de l'entendre parler de son théâtre était horripilant. Son théâtre secret, son théâtre chéri, exposé au public, piétiné.

– Hannah, j'ai besoin de savoir la vérité.

Elle prit une inspiration avant de répondre :

– Oui, il a été saccagé.

– Quels dommages ont été commis exactement ?

Hannah s'agita sur sa chaise. C'était de la torture.

– Les costumes ont été déchirés, le maquillage réduit en miettes, les bijoux cassés, le décor tagué, les accessoires abîmés.

La fureur déformait les traits de son père.

– Ils ont fait tout ça ? Mais pourquoi tu n'as pas appelé la police ?

Hannah haussa les épaules. Appeler la police ? L'idée ne lui avait même pas traversé l'esprit.

– Je ne sais pas, répondit-elle. On voulait juste être prêts à temps pour le concours.

Il la dévisagea comme si elle avait perdu la raison.

– Qu'est-ce qu'il avait de si important, ce concours, bon sang ?

Hannah soutint son regard. Elle pouvait bien lui dire, maintenant. Ça ne changerait rien.

– Il y avait cinq cents livres de récompense. Et on voulait te les donner pour la ferme. Pour payer le loyer. Mais on n'a pas gagné. Et les vaches ont dû partir.

Il la fixa, avec une expression indéfinissable. Était-il en colère ? touché ? perplexe ? Impossible à dire.

M. Collins s'éclaircit la voix avant de reprendre :

– Bien, nous n'allons pas entrer dans les détails maintenant. Comme je vous l'ai dit, je vais interroger les personnes concernées pour aller au fond de cette histoire. J'aimerais savoir, cependant, si vous avez une idée de qui a réellement commis ces faits de vandalisme.

– Non, répondit Hannah.

– Vous n'en avez aucune idée ?

– Non.

C'était déjà suffisant d'avoir accusé Jack publiquement – et visiblement à tort. Elle ne voulait pas porter d'autres accusations ; elle en avait assez fait pour la journée.

– Je vois... Bien, nous allons maintenant convenir d'une punition appropriée pour ton comportement de ce midi. Puis je demanderai à ton père de te ramener à la maison pour aujourd'hui.

Sur le chemin du retour, son père gardait les yeux rivés sur la route. Elle avait beau l'observer discrètement, son profil ne révélait rien.

– Bon, ben, maintenant tu sais tout, soupira-t-elle. Mais ne t'inquiète pas, on ne montera plus d'autres pièces.

Son père lui jeta un bref regard.

– Ne dis donc pas de bêtises. Tu ne vas pas te laisser abattre par ces crétins. Si ?

Elle le fixa, bouche bée.

Alors, ça voulait dire qu'ils pouvaient continuer à faire du théâtre ?

Elle redoutait de poser la question, au cas où elle aurait mal compris. Mais il fallait qu'elle en ait le cœur net. Tendue comme une corde, elle demanda :

– Tu veux bien qu'on garde le théâtre du poulailler, alors ?

Sans tourner la tête, il prit son temps pour répondre :

– J'ai juste dit qu'il ne fallait pas te laisser démonter par ces deux imbéciles.

Hannah le dévisagea longuement, surprise par ce soudain revirement. Une vague de joie la submergea, comme le premier jour du printemps après un trop long hiver.

Elles pourraient garder leur théâtre ! Elles pourraient monter une autre pièce !

Puis, soudain, ça lui revint.

Dans quelques mois, le théâtre n'existerait plus, tout comme le reste de la ferme.

35

Mamie

Les professeurs sont idiots. Ils n'arrêtent pas de répéter que c'est un plaisir de lire. Et quand ils veulent punir sévèrement un élève, qu'est-ce qu'ils font ?

Ils l'envoient à la bibliothèque.

Une journée de retenue à la bibliothèque. Ç'aurait pu être bien pire. Elle devait aller voir le professeur au début de chaque cours pour qu'il lui donne un devoir à rapporter à la fin de l'heure. Elle mangerait toute seule, comme une lépreuse. Et elle n'avait pas le droit d'adresser la parole à qui que ce soit de toute la journée.

Juste avant la reprise des cours de l'après-midi, Lottie pénétra innocemment dans la bibliothèque et laissa tomber un papier plié sur le bureau d'Hannah. Celle-ci déchiffra l'écriture soignée de son amie :

« Rendez-vous à l'entrée du court de tennis après les cours. J'ai un scoop ! »

– C'est quoi ? Allez, dis-moi ! souffla-t-elle.

Mais bien sûr, c'est le moment que choisit Mme Trimble pour lever le nez de son livre.

– Hannah Roberts, j'espère que vous n'êtes pas en train de parler à quelqu'un… Quant à vous, ajouta-t-elle à l'intention de Lottie, vous n'oseriez quand même pas communiquer avec une camarade alors qu'elle est punie ? Filez en cours !

En partant, Lottie adressa un clin d'œil à son amie. Hannah appuya son front sur sa main. Quel supplice de devoir patienter jusqu'à la fin de la journée !

Hannah se fraya un chemin entre les sacs bringuebalants et les coudes saillants pour rejoindre Lottie, appuyée contre le grillage du court de tennis.

– Alors ? Qu'est-ce qui se passe ?

– Bonjour à toi aussi, répliqua Lottie.

– Allez, dis-moi !

Lottie se dirigea vers la sortie.

– Devine quoi ? Danny a été exclu.

Hannah s'arrêta net.

– Exclu ? Pour quoi ? Pour le vandalisme ?

Son amie lui prit le coude.

– Continue à marcher. Tout le monde en parle, seulement personne ne sait rien. Mais, pendant le cours de géo, en regardant par la fenêtre, Priya a vu Dan et son père quitter le collège. À la récréation, la rumeur s'est répandue qu'il avait été exclu.

Tant de questions se bousculaient dans la tête d'Hannah qu'elle ne savait par où commencer.

– Mais pourquoi ? Qui a lancé cette rumeur ? Et Jack ? Qui a parlé au principal ?

– Quoi ?

– Un élève aurait dit à M. Collins que ce n'était pas Jack qui avait saccagé notre théâtre, mais quelqu'un d'autre…

– C'est bizarre, commenta Lottie. Qui d'autre pourrait être au courant de cette histoire ? À moins que ce ne soit Jack lui-même qui soit allé voir le principal. Je parie qu'il a balancé Danny pour ne pas être puni.

Hannah lui prit le bras.

– Oh, non !

– Quoi ? Qu'est-ce qui ne va pas ?

– Ma grand-mère. Regarde, c'est Mamie. Oh, non !

– Mais pourquoi tu paniques ?

Les tempes battantes, Hannah était incapable de répondre.

Parce que sa grand-mère, toute frêle au milieu de cette foule d'adolescents, l'attendait à la sortie du collège, appuyée sur sa canne.

Or elle n'était jamais venue la chercher à la sortie.

Que s'était-il passé ? C'était son père ? ou Sam ? Martha ? Jo ? Ils n'avaient quand même pas été expropriés de la ferme, pas déjà ? Ce n'était pas possible. Son père venait de vendre les vaches. Il allait pouvoir payer le loyer.

Oh, non ! Pourvu qu'il n'ait pas fait de bêtise !

« Pitié, pitié, pitié ! Faites que ce ne soit pas papa, priait-elle dans sa tête. Tout, mais pas ça. »

– Misère ! Hannah, tu es pâle comme un linge ! s'étonna sa grand-mère en la voyant. Ça va ?

– Qu'est-ce qui s'est passé ? Qui est à l'hôpital ?

La vieille dame la prit par l'épaule.

– Mais non, ma chérie, ne t'en fais pas. Il n'est arrivé de mal à personne, je voulais juste discuter un peu avec toi. Désolée, Lottie, je te l'emprunte.

– Pas de problème. Je t'appelle plus tard, Hannah.

Mamie prit la direction de son petit pavillon.

– Viens, on va prendre un bon thé.

– Dis-moi ce qui se passe, supplia sa petite-fille. Dis-le-moi maintenant.

Elle secoua la tête.

– Non, il y a trop de monde. Tu sais, les rumeurs vont bon train dans ce village.

Hannah bouillait d'impatience.

– Personne ne nous écoute ! Dis-moi, je t'en prie !

– Bon, d'accord, consentit sa grand-mère, mais on passe par les petites rues, alors.

Elles s'engagèrent donc sur le chemin de la Laiterie, une allée bordée d'arbres et de pelouses. Le brouhaha du collège s'assourdissait dans le lointain. Un merle lança un trille. Le cœur d'Hannah tambourinait dans sa poitrine.

– Ton père est passé ce matin, commença sa grand-mère.

Il n'y avait là rien d'inhabituel. Son père passait la voir tous les mardis matin, sous prétexte de surveiller sa belle-mère. Et elle affirmait que ça lui permettait de surveiller son gendre.

– Et ? fit Hannah.

– Il ne voulait pas me le dire mais je lui ai tiré les vers du nez.

– À quel sujet ?

– Eh bien… tu sais qu'il a vendu les vaches hier.

– Oui.

– Seulement il en a obtenu bien moins qu'il ne l'espérait.

Hannah avait la gorge si serrée qu'elle peinait à articuler le moindre mot.

– Il… il a quand même assez pour payer le loyer ?

– Tout juste. Et pour ce trimestre. Le souci, c'est…

– La prochaine fois. Maintenant qu'on n'a plus de vaches, il n'aura même plus l'argent du lait et on n'a plus rien à vendre, alors comment fera-t-il pour payer le loyer suivant ? Surtout que le propriétaire l'a doublé.

– Comment se fait-il que tu sois au courant de tout ça ?

Hannah haussa les épaules.

– J'ai surpris des conversations…

Elle omit d'ajouter : « Et depuis je ne pense plus qu'à ça. »

– Et s'il n'y avait que le loyer, mais il y a d'autres choses à payer, ajouta sa grand-mère.

– Comme quoi ?

Elles étaient arrivées devant le pavillon. La vieille dame ouvrit la porte.

– Viens, ma puce. On va se faire une tasse de thé.

– Alors, il y a quoi d'autre à payer ? insista Hannah tandis qu'elle remplissait la bouilloire.

– Eh bien… il a perdu sa grange et tout ce qu'elle contenait dans l'incendie, n'est-ce pas ?

« Et c'est de ma faute », pensa Hannah.

Sa grand-mère ouvrit un paquet de biscuits et en versa quelques-uns dans une assiette.

– Le problème, c'est que rien n'était assuré.

Après avoir posé les tasses sur la table, elle versa l'eau dans la théière.

– Oh, ma bichette, tu es toute pâle. Viens donc t'asseoir.

Tandis qu'elle emportait le plateau dans le petit salon, Hannah se laissa tomber lourdement sur le canapé.

– Je me demande si je fais bien d'en discuter avec toi. Tu es un peu jeune pour te tracasser avec tout ça.

– Non, dis-moi ! Je veux savoir. Je ne supporte pas ces cachotteries. Papa ne me parle jamais de rien. Personne ne m'a rien dit quand maman est morte. Ce n'était que secrets et chuchotements. C'est affreux. Ça n'arrange pas les choses. Ça n'empêche pas les drames de se produire.

Elle tira un fil qui dépassait d'un coussin brodé.

– Si on avait remporté ce stupide concours, on n'en serait pas là.

Sa grand-mère lui passa un bras autour des épaules.

– Ça n'aurait pas suffi, de toute façon, j'en ai bien peur.

– Il faudrait combien au juste ?

– Tu veux vraiment savoir ?

Comme dans le bureau du principal, Hannah se sentait étrangement calme, détachée. Tout était fini, elle n'avait plus rien à perdre.

– Dis-moi tout, supplia-t-elle.

Comme mamie lui tendait l'assiette de biscuits, elle secoua la tête.

– Pour commencer, le loyer s'élève à vingt-huit mille livres par an.

– Vingt-huit mille livres !

– Oui, sept mille livres, quatre fois par an.

Hannah n'en revenait pas.

– Mais qui peut payer une telle somme ?

– Eh bien, c'est très difficile. Avant que le loyer soit doublé, ton père se débrouillait toujours en vendant sa récolte, le lait, le bétail et en travaillant parfois à la journée pour d'autres fermiers. Mais maintenant…

Elle soupira.

Hannah gardait les yeux rivés sur le coussin.

– Il a travaillé si dur, reprit sa grand-mère. Et il s'est accroché, il a tout fait pour que ça marche, jusqu'à maintenant. Alors que les autres rasaient leurs haies, empoisonnaient leurs champs avec des pesticides, se tournaient vers l'agriculture intensive, il est resté fidèle à ses principes, il a continué à respecter la terre. C'était beaucoup de boulot pour peu, très peu de bénéfices, mais il arrivait à faire tourner son affaire.

Sa voix se brisa. Hannah quitta un instant son coussin des yeux pour la dévisager. Elle eut l'estomac retourné en constatant que la vieille dame retenait ses larmes. Elle baissa à nouveau les yeux vers le coussin, tirant frénétiquement sur les fils avec ses ongles.

– Mais… mais quand on en est réduit à brader son capital pour payer le loyer…

Elle n'acheva pas sa phrase, Hannah la compléta dans sa tête : « Alors c'est la fin. »

Elle enfouit son visage dans le coussin.

Sa grand-mère lui caressa les cheveux.

– Je suis désolée, mon poussin. Affreusement désolée. C'est terrible de devoir te dire tout ça. Mais j'ai pensé… enfin, j'ai bien peur que ne vous deviez vraiment quitter la ferme et je sais que ton père aurait eu trop de mal à te l'annoncer. Je ne voulais surtout pas que tu l'apprennes par des rumeurs.

Hannah frissonna.

– Et les autres ? Tu vas les prévenir aussi ?

Mamie se releva à grand-peine pour allumer le radiateur électrique. La résistance rougit aussitôt. Dehors une portière claqua, quelqu'un toussa.

– Pas tout de suite, je pense.

Elle se redressa lentement.

– Je tenais à ce que tu sois la première informée. En partie parce que, quand les autres sauront, il faudra qu'ils puissent compter sur toi.

– Mais je ne veux pas ! protesta Hannah. Pourquoi c'est toujours moi qui dois être la plus forte, celle sur qui on peut compter ?

Elle cacha à nouveau son visage dans le coussin, elle aurait voulu dormir pendant cent ans !

Elle entendait sa grand-mère farfouiller dans un placard. Au bout d'un moment, celle-ci en referma la porte.

– Regarde, Hannah.

Elle leva la tête en se frottant les yeux. Mamie lui tendait un album bleu, à la couverture défraîchie, un peu cornée.

Quand Hannah se redressa, elle le lui posa sur les genoux.

– Lorsque je t'ai vue jouer dans ta pièce, tu m'as tellement rappelé ta mère ! Je suis sûre qu'elle aurait voulu que je te donne ça.

Le cœur battant, Hannah ouvrit l'album.

Sur la première page, elle découvrit le programme d'une pièce et une coupure de presse. « *Nouvelles du soir de Linford*, 18 novembre 1981 », avait noté sa grand-mère au-dessus. À la une, on lisait : « Charmante comédie d'une troupe de théâtre locale ».

Hannah regarda sa grand-mère.

– J'ai découpé tous les articles qui parlaient des pièces où a joué ta mère.

Elle parcourut les quelques lignes imprimées. Elle eut un coup au cœur lorsque ses yeux tombèrent sur le nom de sa mère.

Le charme du spectacle tient en grande partie à la merveilleuse prestation de Rachel Southwood, 16 ans. Nous espérons revoir bientôt sur les planches cette jeune actrice prometteuse.

Hannah tourna la page, scannant le texte à la recherche du nom de sa mère.

Le jeu vif et juste de Rachel Southwood est un véritable enchantement.

Hannah continua à feuilleter l'album. Il y avait une quantité de programmes et de critiques, toujours élogieuses. Sa mère avait joué dans deux ou trois pièces par an.

La dernière était datée du 5 mai 1991 :

Le talent de Rachel Southwood se confirme.

Les pages suivantes étaient vierges.

– À toi de le compléter, fit sa grand-mère.

– Bah… je ne crois pas en avoir l'occasion, maintenant.

La vieille dame lui lança un regard furieux.

– Ah, non ! Ne laisse pas tomber ! On n'abandonne jamais ses passions !

– Maman a pourtant arrêté quand elle s'est mariée.

– Parce qu'elle avait trouvé sa véritable passion.

Hannah la dévisagea sans comprendre.

– Mais… ce n'était pas le théâtre ?

Sa grand-mère sourit.

– Être mère et femme de fermier la comblait. C'est ce qu'elle avait toujours voulu. Tu me sembles bien plus passionnée que ta mère par le théâtre. Et plus douée, aussi. C'est un privilège d'avoir trouvé ce qui te rend vraiment heureuse, ce qui t'illumine de l'intérieur. Certaines personnes passent leur vie à chercher en vain. Ne laisse pas passer cette chance.

– Mais… et si… ?

Sa grand-mère lui posa une main sur l'épaule.

– Tu trouveras un moyen. Quoi qu'il arrive, tu trouveras un moyen.

36

Révélations à la récréation

Le jeudi matin, un grand soleil brillait. À la récréation, Lottie et Hannah se ruèrent hors du labo de sciences pour profiter du beau temps sur leur banc préféré, dans un coin de la cour.

– J'ai presque terminé ma nouvelle pièce, annonça Hannah.

– Ah bon, mais…

– Tu veux venir chez moi après les cours pour la lire ? On pourrait commencer à imaginer les décors. Les autres vont dîner chez mamie.

Hannah était invitée, bien entendu, mais elle avait prétexté avoir trop de devoirs. En réalité, elle n'avait aucune envie de dîner en famille en faisant semblant que tout allait bien. Elle avait envie de se changer un peu les idées.

– On n'aura qu'à emprunter un livre sur les costumes à la biblio à l'heure du déjeuner, proposa-t-elle.

Lottie lui donna un grand coup de coude dans les côtes.

– Ouille ! Qu'est-ce qui te prend ?

– Regarde, souffla son amie. Non, ne relève pas la tête. Par ici.

Hannah jeta un regard dans la direction qu'elle lui indiquait. Il était facile à repérer, car c'était le seul qui ne portait pas l'uniforme bleu et gris du collège. Il scrutait les environs comme s'il cherchait quelqu'un.

– Danny ? Mais qu'est-ce qu'il fait là ? Je croyais qu'il avait été exclu…

Le garçon croisa alors son regard.

– Oh, oh, je crois bien qu'il a trouvé ce qu'il cherchait, commenta Lottie.

Il fonça droit sur elles, tête baissée, les poings serrés. Il se planta devant Hannah, l'air menaçant. La rage déformait son visage.

– Te voilà, sale petite balance ! Tu es allée tout répéter au principal, hein ? Tu lui as raconté que j'avais abîmé ta cabane, c'est ça ? Espèce de sale rapporteuse !

Hannah avait l'impression d'être clouée au banc. Il était tellement hors de lui qu'il semblait prêt à la frapper.

– Alors c'est toi qui as saccagé notre théâtre ! constata-t-elle.

– Je t'avais bien dit que tu me le paierais ! Ma petite surprise t'a plu ?

Enhardie par la présence de son amie à ses côtés, Hannah se leva pour lui faire face.

– Tu n'es qu'un lâche, Danny Carr. Sache que je n'ai pas mentionné ton nom devant M. Collins.

Un petit groupe d'élèves s'était rassemblé autour du banc. Danny se pencha vers elle, écarlate, les yeux étincelants.

– Tu mens, sale balance !

Hannah soutint son regard.

– Non, je ne mens pas, ce n'est pas moi qui t'ai dénoncé.

– Ah ouais, alors c'est qui ?

– En fait, fit une voix dans leur dos, c'est moi.

Danny releva la tête. Hannah et Lottie se retournèrent.

Emily Sanders se tenait derrière leur banc.

Emily ? Emily avait dénoncé Danny ? Mais quand ? comment ? pourquoi ?

Danny la fixa sans comprendre, puis laissa échapper un petit rire.

– Toi ? Arrête de me faire marcher !

Emily le toisa, en s'agrippant au banc.

– J'ai trouvé ça tellement nul ce que tu as fait. T'es qu'un gros lâche, tu aurais tout laissé retomber sur Jack. Alors j'ai dit au principal que c'était toi.

– Espèce de sale balance ! hurla Danny.

– Je ne vois pas pourquoi tu t'en prends à moi, répliqua Emily. Ce n'est pas moi qui ai incendié une grange et saccagé un théâtre. Tu n'as que ce que tu mérites.

Danny serra le poing, mais alors qu'il allait frapper Emily en plein visage, Jack Adamson fendit la foule et s'interposa.

La voix de M. Matthews, le professeur d'éducation physique, résonna à l'autre bout de la cour :

– Danny Carr ! Viens ici tout de suite.

Danny repoussa Jack, tourna les talons et fila vers la sortie. Mais M. Matthews lui bloqua le passage.

– Pas si vite. Qu'est-ce que tu viens faire dans l'enceinte du collège, jeune homme ?

Tandis qu'il l'escortait vers le bureau du principal, Hannah se tourna vers Emily pour la questionner.

– Pas ici, chuchota cette dernière, dans les vestiaires.

Les trois filles s'installèrent sur les bancs en bois.

– Vas-y, raconte-nous tout, Emily, l'encouragea Lottie.

– Eh bien, quand Hannah s'en est prise à Jack, au self, après, on lui a demandé…

– Qui ça « on » ?

– Miranda et moi. On a demandé à Jack s'il avait vraiment saccagé votre théâtre. Il n'a pas voulu répondre mais on savait que ce n'était pas lui.

– Ah bon ? Et pourquoi ? s'étonna Lottie.

– Miranda et moi, on les a croisés pendant les vacances, après l'incendie de la grange. Danny disait à Jack : « On n'a qu'à détruire leur théâtre, ça lui apprendra à prévenir la police. » Jack a refusé. Il s'en voulait tellement d'avoir mis le feu…

– Ben, y a de quoi, affirma Lottie. Et pourtant il ne s'est même pas excusé ni rien…

– Je crois qu'il a trop honte, supposa Emily.

– Le lâche, murmura Hannah.

– Enfin bref, Danny a décrété qu'il le ferait tout seul. On ne pensait pas qu'il passerait à l'acte. Mais lundi, au self, après le départ d'Hannah, Danny s'est vanté d'avoir tout cassé. Et là je me suis dit qu'il était vraiment odieux. Et dire qu'avant je le trouvais mignon et drôle !

« Comme moi avec Jack », pensa Hannah. Sauf qu'il n'avait pas saccagé leur théâtre finalement.

– Jack l'a toisé d'un air dégoûté. Il n'en revenait pas. Alors, ils se sont disputés et Danny l'a mis au défi d'aller voir Collins pour le dénoncer. Jack a répondu : « Je ne ferais jamais ça, je ne suis pas une balance. » Une fois Danny parti, Miranda et moi, on a dit à Jack d'aller voir le principal, sinon tout allait lui retomber dessus, alors que Danny s'en tirerait. Mais il ne voulait pas.

– Alors tu t'es dévouée, compléta Lottie.

– Oui.

Un silence gêné s'installa. Finalement, Emily balbutia :

– Bon, ben… je ferais mieux d'y aller, ça va sonner.

Elle hissa son sac sur son épaule.

Hannah releva la tête.

– Merci beaucoup, Emily. C'est vraiment gentil de ta part.

– C'est normal. Il l'avait mérité. Et puis… je suis désolée pour ta ferme. Je comprends ce que tu ressens. Enfin, un peu…

Ses yeux se remplirent de larmes.

– Mes parents vont vendre mon cheval. Les Écuries du Manoir vont fermer, et on n'a trouvé nulle part où le mettre en pension. C'est soit complet, soit hors de prix, soit trop loin. Alors… ce n'est pas pareil, mais…

Elle haussa les épaules en s'essuyant les yeux.

– Je sais. C'est affreux de perdre ce qu'on a de plus cher, affirma Hannah.

La sonnerie retentit.

– Bon, j'y vais, fit Emily. Miranda doit se demander où je suis passée…

37
L'enquête

L'après-midi, Lottie et Hannah prirent le chemin de la ferme entre les haies chargées de fleurs blanches, sous un ciel radieux, parsemé de nuages cotonneux.

Hannah pressa le bras de son amie.

– Tu entends ? Dans le bois, le premier coucou ! Il faudra le dire à ton père.

– Allons chercher du papier et des crayons. Puis on emportera le livre sur les costumes au théâtre, comme ça, on pourra commencer à dessiner.

En passant devant la salle à manger, Hannah consulta le répondeur. Il n'y avait qu'un seul nouveau message.

Elle entendit une voix masculine très snob annoncer :

« Bonjour, madame Roberts. Je me présente, Sebastian Milsom de Sotheby's… »

Sotheby's ? Hannah paniqua. Oh non ! Il allait lui

reprocher de lui avoir fait perdre un temps précieux avec ses chandeliers en toc !

La honte !

À moins que…

Ou bien… était-ce possible que…

Malgré ce que leur avait dit l'antiquaire de Massingham, Hannah gardait un tout petit espoir. Après tout, ce n'était qu'un minuscule magasin dans une petite ville de campagne… pas une salle des ventes de Londres. Peut-être que Sotheby's avait un avis différent.

« Je viens de prendre connaissance de votre demande d'estimation, poursuivait la voix. Je crains malheureusement que vos chandeliers ne soient que des reproductions récentes, que nous ne pourrons vendre pour vous. »

Bon. Dommage.

La faible lueur d'espoir s'était définitivement éteinte.

Elle n'avait plus aucun recours, désormais.

Hannah avait l'impression qu'une énorme pierre lui était tombée au creux de l'estomac. Elle avait tout essayé pour sauver la ferme et rien n'avait marché. Toutes les portes s'étaient refermées.

Elle ne pouvait pas se concentrer sur sa nouvelle pièce maintenant. Elle n'avait qu'une seule envie : s'affaler sur son lit pour pleurer.

Seulement le message n'était pas terminé.

« Je suis cependant extrêmement intrigué par la peinture à l'huile qui apparaît derrière les chandeliers sur votre photographie. J'ai l'impression qu'il s'agit d'un tableau de maître. Sur l'une des images, j'ai pu déchiffrer la signature de l'artiste. Si c'est un original, vous avez entre les mains un Ben Gunn. J'aimerais venir l'examiner de plus près, si vous voulez bien. Pourriez-vous être assez aimable pour me rappeler afin que nous convenions d'un rendez-vous ? Vous pouvez me joindre au… »

Sous le choc, Hannah resta plantée là, le combiné à la main.

– Une mauvaise nouvelle ? s'inquiéta Lottie. Hannah, qu'est-ce qui se passe ?

Hannah mit un certain temps à retrouver l'usage de la parole. Et quand elle réussit à s'exprimer, ce fut d'une voix toute tremblante :

– C'était Sotheby's. Selon eux, le tableau pourrait valoir quelque chose.

– Le tableau ? Quel tableau ?

– Celui du cheval et du chien. Le monsieur dit que les chandeliers sont en toc, mais qu'il aimerait venir voir la peinture qui est dans le fond.

Lottie écarquilla les yeux.

– Waouh ! C'est dingue ! Il veut venir le voir ? Il ne perd pas de temps, on a envoyé la photo la semaine dernière. C'est qu'il doit vraiment lui plaire ! Il vient quand ? Dis donc, quelle histoire !

Hannah se sentait tout de même vidée, complètement creuse. Elle n'arrivait pas à partager l'excitation de Lottie. Elle n'osait pas. Elle s'était déjà beaucoup trop enthousiasmée pour les chandeliers, pour le concours de théâtre. Elle ne se sentait pas la force d'encaisser une troisième déception.

– Si ça se trouve, il ne vaut pas un clou. Il a précisé « si c'est un original ». C'est sûrement un faux. De toute façon, il n'a jamais dit qu'il valait une fortune.

Lottie avait les yeux brillants.

– Il ne viendrait pas jusqu'ici pour une croûte.

– Il vient voir si c'est une copie.

– Quelle incroyable nouvelle ! Ça pourrait sauver la ferme ! C'est fou… il était juste dans le fond… et si ça se trouve c'est un chef-d'œuvre. Il t'a dit qui était le peintre ? Il vient quand ?

– Il faut que je le rappelle. Au fait, où tu l'as mis, le tableau ?

– Comment ça ?

– Tu sais, quand tu l'as rangé, l'autre soir, la veille de la pièce. Tu l'as remis dans le salon ?

Lottie la fixa sans comprendre.

– Qu'est-ce que tu racontes ?

Hannah fut prise de panique.

Non, non, ce n'était pas possible !

– Mais tu sais bien ! cria-t-elle. Tu as dit que tu allais ranger le tableau et les chandeliers. Pour ne pas que papa les voie. Alors, où les as-tu mis ?

– Arrête de me hurler dessus, je ne les ai pas déplacés. Je croyais que tu t'en étais occupée…

– Mais non, je n'y ai pas touché !

Elles se regardèrent. Hannah avait la tête qui tournait. Elle fut obligée de prendre appui sur la chaise.

– Donc… tu n'y as pas touché, je n'y ai pas touché non plus, mais après le saccage du théâtre, ils avaient disparu.

Livide, Lottie murmura :

– Tu ne crois quand même pas que… que Danny les aurait cassés ?

Le pouls d'Hannah s'emballa.

– Non… non, ils n'étaient pas avec tout le reste, au milieu des débris…

– Alors il les a pris. Il a dû penser qu'ils valaient cher.

– Il a peut-être piqué les chandeliers, mais il n'a pas pu rentrer chez lui avec cet immense tableau sous le bras.

– Mais alors où il l'a mis ?

Hannah prit une profonde inspiration. « Du calme. Réfléchis. »

– Il a dû le cacher quelque part dans la ferme pour nous embêter.

– Bien… on va chercher alors, décréta Lottie.

Elles fouillèrent de fond en comble le grenier, l'enclos des bœufs, les box vides, la salle de traite déserte et les anciennes stalles des vaches où on enfermait les poules la nuit.

Puis Hannah alla voir dans la porcherie, pendant que Lottie se chargeait de la remise où était entassée la paille.

Au bout de quelques minutes, elle cria :

– Hannah, viens voir !

En se ruant hors de la porcherie, elle se cogna la tête contre le cadre de porte.

– Ouille, grogna-t-elle en se massant le front sans cesser de courir.

Elle prit soin de se baisser pour pénétrer dans la remise.

– Où il est ?

– Regarde ça, c'est trop drôle.

Des dessins au crayon étaient scotchés un peu partout au mur.

– Tu n'as pas trouvé le tableau ?

– Oh, désolée, fit Lottie. Tu croyais…

– Bien sûr que oui.

– Oh, mince. Non, mais il faut que tu voies ça.

En approchant, Hannah comprit qu'il s'agissait de bandes dessinées. La première mettait en scène des créatures vertes, tout en longueur, en jogging, qui sautillaient le front en sueur. La légende indiquait : *Les Zaricots sauteurs*.

La deuxième vignette montrait un tas de haricots mourants. En dessous, Sam avait écrit : *La Fin des zaricots*.

Elle appela Lottie pour lui montrer le suivant. De petits haricots rouges faisaient la course sur un haricot vert filiforme.

– *Courir sur le zaricot*, lut son amie. C'est drôle, hein ?

Hannah contemplait un autre dessin de Sam. Cette fois les haricots portaient une tenue laineuse, comme une grosse boule de poil.

– Regarde, Lottie.

– *Zaricots de mouton*, s'esclaffa-t-elle. Je crois que nous venons de découvrir le QG de la Société secrète des zaricots.

– Mais pas le tableau, hélas.

– Non.

Elles retraversèrent la cour, jusqu'aux anciennes écuries. C'était le dernier espoir d'Hannah.

« Pourvu qu'il soit là, pitié », supplia-t-elle.

C'est alors qu'une hirondelle s'engouffra à l'intérieur, rapide comme l'éclair. Hannah retint son souffle.

– Elles sont de retour !

Elle s'approcha sur la pointe des pieds, désignant le mur du fond, près du toit.

– Elles reviennent chaque année au printemps, après avoir passé l'hiver en Afrique. L'an dernier, nous avions quatorze couples.

Soudain une pensée la glaça : et si, en revenant l'an prochain, après avoir parcouru la moitié de la planète, elles trouvaient leurs nids détruits ?

– Viens, l'encouragea Lottie. Il doit être ici, forcément.

Hannah se pencha par-dessus le battant de bois pour tirer le loquet de la demi-porte. À l'intérieur des écuries, le sol était jonché de paille crasseuse, de vieux seaux et de sacs vides. Le rayon de soleil qui passait par la porte éclairait les milliers de grains de poussière en suspension dans l'air.

Hannah n'osait pas soulever les sacs de toile, par crainte de voir s'échapper les créatures qui se trouvaient en dessous. Mais elle ne voulait pas non plus effrayer les hirondelles en faisant du bruit.

Lottie résolut le problème en se saisissant d'une vieille pelle à avoine cabossée pour taper sur un seau métallique en hurlant :

– Sortez ! Sortez, les petites souris !

Les hirondelles filèrent à l'extérieur, poussant des cris affolés, mais aucun signe de rongeur ou d'autre animal.

Les filles retournèrent le bazar qui gisait là… et découvrirent beaucoup de crottes de poule séchées, mais pas grand-chose d'autre.

« Il doit pourtant être là, se répétait Hannah. C'est obligé. »

Jasper poussa le battant du bas avec sa tête pour les rejoindre.

– Tu te demandes où est passée Jo, pas vrai ? murmura Hannah en ébouriffant sa laine épaisse. Elle va bientôt rentrer.

Il y avait une vieille porte posée contre le mur dans le dernier box.

« Voilà ! Il est là ! »

Elles écartèrent la porte. Une poule s'enfuit, caquetant et voletant. Trois œufs bien lisses reposaient dans la paille.

Et rien de plus.

Paniquée, Hannah s'appuya sur son amie. Lottie serra sa main dans la sienne.

– T'en fais pas. On va le retrouver. Il doit bien être quelque part.

– On a pourtant fouillé toute la ferme !

Lottie regarda l'heure à sa montre.

– Il faut que j'y aille. Ma mère rentre tôt ce soir. Écoute, de toute façon, où qu'il soit, un jour de plus n'y changera rien. On va demander aux Zaricots de nous aider demain. Et si on ne le trouve vraiment pas ici, on ira chez Danny. Et on le menacera d'avertir la police s'il ne nous le rend pas.

Hannah se calma un peu. Au moins, elles avaient un plan.

– Qu'est-ce que Jasper est en train de grignoter ? s'inquiéta Lottie.

Il s'était hissé, les deux sabots avant sur une cage à volaille, pour mâchonner un truc pendu au mur.

– Lâche ça, Jasper, ordonna Hannah en le lui arrachant. Un étrier en cuir ! Ce mouton mange vraiment n'importe quoi.

Lottie fixait le crochet.

– Il y a une bride complète. À ton avis, elle moisit là depuis quand ?

– Depuis qu'on n'a plus de chevaux de trait. C'est-à-dire quand mon grand-père a acheté son tracteur.

– Ça plairait à Emily, non ?

– Mm, murmura Hannah en fixant son amie d'un air rêveur.

Puis elle jeta un regard circulaire autour d'elle, aux quatre box avec leur mangeoire et leur crochet de selle fixé au mur.

Il suffirait de pas grand-chose. Ôter le bazar, tout nettoyer et passer un coup de chaux.

Lottie fronça les sourcils.

– Hannah, qu'est-ce que tu mijotes encore ?

38
Jack

À minuit, Hannah se tournait et se retournait dans son lit. Elle tapota son oreiller pour le remettre en forme.

Et si Danny avait détruit le tableau ?

Ce serait encore de sa faute, elle aurait dû le ranger.

Et s'il n'y avait pas encore touché mais qu'en les voyant débarquer chez lui il l'abîmait, de rage ou de peur ?

Elle rumina toute la nuit et, lorsqu'elle rejoignit Lottie sur leur banc avant de rentrer en cours, elle n'avait pas fermé l'œil.

Son amie, elle, était surexcitée.

– J'ai regardé les sites des pensions pour chevaux sur Internet. Puis j'ai téléphoné pour discuter un peu avec les propriétaires et demander le tarif en prétendant que j'avais un cheval.

– Alors ?

– Ça dépend. Il y a des endroits très chics, avec manège, parcours d'obstacles et tout, mais d'autres proposent juste un box et un pré. Si on nettoyait tes écuries, tu pourrais gagner environ vingt-cinq livres par semaine

– Par cheval ? s'étonna Hannah. Alors, si on en a quatre en pension, ça ferait cent livres par semaine.

– Ouaip. Cinq mille deux cents livres par an. Pas mal, hein ?

Lottie fit la moue, surprise.

– Ben, qu'est-ce qu'il y a ? Je pensais que tu serais contente.

– C'est génial. Merci d'avoir fait tout ça mais… ça ne suffira pas à sauver la ferme. Alors que si on gagnait de l'argent avec ce tableau… Oh ! Je suis tellement inquiète ! Tu imagines si Danny a… enfin, tu sais…

La sonnerie annonça le début des cours.

– Ne t'en fais, dit Lottie en ramassant son sac. On récupérera ce tableau même si je dois étrangler Danny Carr de mes propres mains. Et encore, ce sera un vrai plaisir.

Hannah se mordit les lèvres. Jack venait d'arriver avec sa guitare sur le dos.

Il ne lui avait même pas jeté un regard depuis qu'elle s'était jetée sur lui dans la queue du self. Elle attendait depuis le début de la semaine l'occasion de lui parler seule à seul.

Elle faillit se dégonfler. Mais elle savait qu'elle ne serait pas tranquille tant qu'elle ne l'aurait pas fait.

– Vas-y, Lottie. Je dois voir Jack une minute.

– Jack ! Mais pourquoi ?

– T'occupe. On se retrouve en classe, d'accord ?

Lottie haussa les épaules.

– Comme tu voudras.

Elle s'éloigna, son sac sur le dos.

Le cœur battant, Hannah se dirigea vers Jack. Il leva la tête en voyant quelqu'un approcher, mais, en constatant qu'il s'agissait d'elle, il la baissa aussitôt et enfonça ses poings plus profond dans ses poches.

Une soudaine décharge d'adrénaline parcourut Hannah. Elle s'imagina un instant qu'elle faisait vingt centimètres de plus. Jack Adamson n'avait qu'à bien se tenir.

Elle se planta devant lui et débita d'un trait :

– Je voulais te dire… je suis désolée, je n'aurais pas dû t'accuser d'avoir saccagé notre théâtre. Pas sans preuve. J'étais tellement en colère que je m'en suis prise à toi, mais je regrette. Je sais maintenant que tu n'y es pour rien. Alors je te demande pardon.

Il raclait le sol avec la pointe de sa basket. Elle attendit une minute, puis, comme il ne répondait rien, elle commença à s'éloigner.

– Attends…

Elle se retourna.

– Quoi ?

Lorsque leurs regards se croisèrent, elle eut un coup au cœur.

« Non, se dit-elle fermement, ne craque pas ! »

– Tu n'as pas à t'excuser…

Il fixait le sol, jouant distraitement à passer un caillou d'un pied à l'autre.

– C'est moi qui aurais dû te demander pardon. Pour l'incendie. On a vraiment été bêtes d'allumer un feu là-bas…

– Ça, tu peux le dire.

– On croyait l'avoir éteint en partant, mais…

Il laissa sa phrase en suspens.

Hannah continuait à le fixer, attendant la suite.

Finalement, il releva la tête et soutint son regard en demandant :

– Qu'est-ce qu'il y a ?

– Tu ne t'es toujours pas excusé.

Elle patienta tandis qu'il se balançait d'un pied sur l'autre, mal à l'aise.

– Pardon, dit-il.

– Merci, j'accepte tes excuses, Jack. Au revoir.

La tête haute, Hannah tourna les talons et se dirigea vers le collège.

Il la rattrapa dans le préau.

– Hé, Roberts…

Elle sentit à nouveau son cœur palpiter en croisant son regard. Il était tellement craquant. Quel dommage que ce soit un parfait crétin ! Pas question de laisser paraître qu'elle avait un petit faible pour lui.

– Quoi ? demanda-t-elle sèchement.

– Est-ce qu'il manquait des trucs dans votre théâtre après le passage de Danny ?

Le pouls d'Hannah s'accéléra.

– Comment ça ?

– Il s'est vanté qu'il avait quelque chose à toi dans

sa chambre et qu'il allait le revendre sur e-bay. Encore un de ses délires, à mon avis !

Hannah s'efforça de rire d'un air dégagé.

– Ouais, sûrement. Qu'est-ce que ferait un objet de valeur dans notre théâtre, hein ?

Puis, le sang battant aux tempes, elle s'éloigna dans le couloir et attendit d'avoir tourné hors de sa vue pour se mettre à courir.

39

Mission de sauvetage

– Pas question ! brailla Martha. Vous pouvez toujours courir !

Elle était sur son lit, en train de se vernir les ongles de pied en violet. Hannah et Lottie avaient été autorisées à entrouvrir la porte, mais elles n'avaient pas le droit de franchir le seuil sous peine de mort.

– Martha, il faut que tu nous aides, insista sa sœur. Tu ne voudrais quand même pas qu'on rase la ferme ? qu'on soit obligés d'aller vivre dans une tour à Linford ?

Martha leva les yeux.

– Eh bien si, justement. C'est exactement ce que je veux. Un bel appartement bien douillet en ville, où il se passe plein de trucs, au lieu d'être coincée dans cette décharge publique loin de tout. Au moins, je pourrais mettre un pied dehors sans avoir de la crotte de poule plein mes chaussures !

Hannah fit une grimace discrète à l'intention de Lottie, et reprit malgré tout :

– Bon, d'accord, tu détestes cette ferme. Mais tu as

pensé à papa ? À ton avis, comment il va le prendre ? Et Jo ? Et Sam ? Notre pauvre petit Sam ?

Martha haussa les épaules.

– C'est pas mon problème.

Et elle entama l'autre pied.

Hannah poussa un soupir excédé.

Quand Lottie voulut faire un pas en avant, Martha lui lança un regard assassin. Les bras écartés en signe de reddition, Lottie recula.

– Bien, si tu le prends comme ça, tant mieux… Si ça ne te dérange pas de partager ta chambre avec Hannah et Jo, alors ne nous aide pas.

Martha plongea son pinceau dans le flacon en fronçant les sourcils.

– Qu'est-ce que tu racontes ?

Lottie haussa les épaules.

– Rien… mais il faut que tu saches qu'un appartement, ce n'est pas très grand. Vous serez sûrement obligées d'être à deux, ou même à trois, dans la même chambre.

Martha enfonça le pinceau et ferma le flacon d'un air résolu, comme si elle lui tordait le cou. Puis elle se leva d'un bond.

– OK, cracha-t-elle, mais vous me devrez une faveur. Et si ce tableau minable ne vaut rien, comme je le pense, et qu'on doit emménager à Linford, alors mes soi-disant sœurs devront coucher dans le couloir. Il n'est pas question que je partage ma chambre avec l'une ou l'autre.

Hannah et Lottie étaient accroupies derrière un buisson dans le jardin de Danny. La nuit tombait, les étoiles s'allumaient une à une dans le ciel.

– Elles en mettent un temps, murmura Lottie.

– Ben, c'est une mission délicate. Elles doivent d'abord le faire sortir de sa chambre, puis lui piquer son…

Lottie lui prit le bras.

Hannah releva la tête. Une torche s'allumait et s'éteignait très vite à la fenêtre de Jade.

Signe que la voie était libre.

Elles se relevèrent et se faufilèrent jusqu'à la porte de derrière. Hannah actionna la poignée. Elle retint son souffle, guettant le grincement qui ne manquerait pas d'alerter les parents de Danny. Mais, contrairement à celles de la ferme, la porte s'ouvrit sans un bruit.

Comme une voleuse, Hannah s'introduisit dans la maison. Lottie était juste derrière, elle sentait son souffle dans son cou.

Elles découvrirent une petite pièce qui abritait un congélateur, un lave-linge, un tas de chaussures et de bottes, et un portemanteau croulant sous les écharpes et les vestes. Hannah consulta le plan qu'elles avaient dessiné en suivant les indications de Martha.

Elles devaient accéder à la cuisine par cette porte, puis prendre le couloir, monter l'escalier, et, sur le palier, la deuxième chambre sur la droite serait celle de Danny. Et, si Martha et Jade avaient bien fait leur boulot, elle serait vide.

Enfin, Danny n'y serait pas, mais elles espéraient y trouver deux chandeliers plaqués argent et une grande toile.

La porte qui donnait de la cuisine dans le couloir était ouverte. Le générique d'*EastEnders*[1] s'échappait d'une pièce qui, selon le plan, devait être le salon. Était-ce la fin de l'épisode ou le début ? Elle consulta sa montre : sept heures et demie. Ça commençait tout juste. Elles avaient donc une demi-heure devant elles, ça devrait suffire.

Elles s'engagèrent à pas de loup dans le couloir.

Oh, non !

La porte du salon était grande ouverte. Et elles devaient passer devant pour accéder à l'escalier.

Comment était orientée la télévision ?

Elle aurait dû demander à Martha !

« Pourvu qu'elle soit face à la porte, comme ça, les parents nous tourneront le dos », supplia Hannah.

Croisant les doigts, elle avança d'un pas.

Que ferait-elle si elle se retrouvait nez à nez avec le père ou la mère de Danny ?

Le cœur battant, elle pencha légèrement la tête pour glisser un œil dans la pièce.

La mère de Danny était assise sur le canapé, dos à la porte.

1. Ce célèbre feuilleton racontant la vie des habitants d'un quartier populaire de Londres est diffusé depuis 1985 en Grande-Bretagne ! (*NdT*)

« Merci, merci, merci. »

Hannah passa bien vite, Lottie sur les talons.

Maintenant l'escalier. Couvert d'une épaisse moquette, il ne fit aucun bruit sous leurs pieds. En deux secondes, elles se retrouvèrent sur le palier.

Il y avait quatre portes, toutes laquées de blanc et toutes fermées.

De la musique et des éclats de voix résonnaient derrière la première sur la droite – celle de Jade, selon le plan.

« Reste à espérer qu'elles ont bien caché son ordinateur portable », pensa Hannah.

La chambre de Danny était la suivante. Après avoir lancé un regard à son amie, elle l'ouvrit. Puis elles se glissèrent à l'intérieur et refermèrent doucement la porte.

Elle était exactement comme Martha la leur avait décrite. Hannah fut cependant surprise qu'elle soit aussi bien rangée. Bizarrement, elle s'attendait plutôt à un bazar sans nom.

Après avoir interrogé Martha, elles avaient supposé que le tableau ne pouvait se trouver qu'à deux endroits.

À moins qu'il ne s'en soit déjà débarrassé.

Ou qu'il l'ait détruit.

Non, ça, elle ne voulait même pas l'envisager !

Le placard était dans le coin opposé à la porte. Lottie l'ouvrit.

En voyant les vêtements empilés sur les étagères,

Hannah fit la grimace, dégoûtée de pénétrer dans l'intimité de Danny Carr.

Une porte claqua sur le palier.

– Si vous touchez encore à mes affaires, je vous tue, sales petites pestes !

C'était la voix de Danny.

Hannah s'arrêta de respirer. Elle n'avait pas le temps de réfléchir. Elles s'engouffrèrent dans le placard, tirèrent sur les vis des poignées pour claquer les portes et se retrouvèrent dans l'obscurité.

La porte de la chambre s'ouvrit à la volée. Elles entendirent les ressorts du lit grincer. Puis le petit bip d'un ordinateur qu'on allumait.

Oh, non !

Martha et Jade n'avaient pas assez bien caché le portable de Danny. Maintenant, il allait passer toute la soirée dans sa chambre à jouer à des jeux vidéo.

Elles allaient étouffer dans son placard.

Quelle mort atroce !

Hannah commençait à avoir des fourmis dans les jambes. Et le pied de Lottie lui rentrait dans la hanche. Elle n'allait pas pouvoir rester bien longtemps dans cette position.

PAN !

Hannah sursauta si violemment qu'elle donna un coup de coude dans la cloison du placard d'un côté, dans la mâchoire de Lottie de l'autre.

Un coup de feu ?

Dans la maison ?

Mais qui ? comment ? pourquoi ?

Danny s'était déjà rué hors de la chambre, traitant sa sœur de tous les noms. Sa mère accourut en hurlant :

– Danny, je t'ai déjà dit de ne pas tirer avec cet engin le soir !

– C'est pas moi ! protesta-t-il. C'est la copine de Jade, elle est dingue !

Alors c'était donc ça.

Hannah sourit. « Bien joué, Martha. »

– Vite, siffla Lottie.

Avec une présence d'esprit admirable, elle s'était précipitée pour fermer la porte.

Hannah se mit à plat ventre pour regarder sous le lit. Il n'y avait pas beaucoup de place. Elle glissa le bras en dessous à tâtons.

Ses doigts frôlèrent quelque chose de biscornu... qui faisait presque la moitié du lit... avec quatre coins...

Le cadre du tableau !

– Il est là ! annonça-t-elle. Prends l'autre côté.

Lottie s'allongea, bras tendus.

– Je l'ai ! Tire !

Lorsqu'elles sortirent le tableau de sous le lit, Hannah n'osait pas regarder : qu'avait-il bien pu lui faire ?

Elle sentit la main de son amie sur son bras.

– C'est bon, Hannah. Il est intact.

Elle rouvrit les yeux et contempla le magnifique cheval bai et le springer. Elle avait envie de les embrasser !

Lottie fourragea à nouveau sous le lit.

– Ha-ha !

Elle en tira un chandelier, puis l'autre, et les rangea dans un sac en plastique qu'elle sortit de sa poche. Enfin, elle empoigna un côté du cadre et décréta :

– Allons-y !

Hannah prit l'autre côté.

– On fait quoi ? On dévale l'escalier ?

– Oui, vas-y !

En traversant le palier, elles entendirent les échos d'une dispute dans la chambre de Jade.

– Elle est folle ! criait Danny. Il faut la faire enfermer.

– Non mais, qu'est-ce que tu crois ? Que tu peux laisser un fusil chargé traîner dans la maison ? répliqua sa mère. J'en ai plus qu'assez, Danny Carr. Tu es privé de sorties pour un mois.

Elle sortit en furie de la chambre et s'engouffra dans l'escalier.

Lottie était presque arrivée en bas, mais trois marches plus haut, Hannah se figea. Son amie tira sur le tableau en soufflant :

– Allez, viens !

Mme Carr en resta bouche bée. Un pied en l'air, dans ses pantoufles roses, elle s'immobilisa sur la première marche, fixant les deux filles et l'immense peinture.

Danny apparut derrière elle sur le palier, son fusil à la main. Lorsqu'il vit Hannah et Lottie, il devint blême.

Hannah eut le même sursaut d'énergie que lorsqu'elle avait tenu tête à Jack à l'entrée du collège.

– Oh, voilà Danny, fit-elle. Il va tout vous expliquer, madame Carr. Au revoir !

Tandis qu'elles sortaient de la maison avec le tableau sous le bras, elles l'entendirent murmurer :

– Quelqu'un voudrait bien me dire ce qui se passe sous mon propre toit ce soir ?

40
Un visiteur

Le lundi après-midi, la pluie tombait à verse d'un ciel de plomb. Sur le chemin de la ferme, les gouttes d'eau rebondissaient dans les flaques de boue, trempant le pantalon d'Hannah. Mais si elle se dépêchait de rentrer, ce n'était pas seulement à cause du mauvais temps. Elle devait appeler le monsieur de chez Sotheby's pour convenir du moment où il viendrait voir le tableau.

Alors qu'elle traversait la cour, son père sortit de la porcherie avec un seau dans chaque main.

– Oh, Joanne… euh, Martha… euh, Hannah. Oui, Hannah. Il faut donner le biberon à un agneau dans la cuisinière. La mère a eu des triplés, elle n'arrive pas à tous les nourrir. Il a tété il y a deux heures, mais il ne prend pas beaucoup à chaque fois. Tu trouveras du colostrum dans le cellier.

Hannah fila vers la maison. La pluie jaillissait en cascade des gouttières percées. Peu importe. C'était le premier agneau de l'année auquel il fallait donner le biberon, et elle avait l'honneur de s'en charger !

Son père avait laissé la porte du four entrouverte. Hannah en sortit une boîte en carton tapissée de paille où était lové le minuscule agneau. Elle sentait ses côtes et son cœur qui battait la chamade sous sa laine encore irrégulière. Comme il la regardait en poussant un faible bêlement, elle lui caressa la tête entre ses grandes oreilles toutes douces. Soudain, avec un boucan d'enfer, la porte de derrière s'ouvrit et ses frère et sœurs firent irruption dans le cellier. On entendait les bottes voler, les cartables cogner dans le congélateur. Hannah déposa un baiser sur le front de l'agneau.

– Tu es à moi, murmura-t-elle tandis que les autres montaient vite au premier sans même jeter un coup d'œil dans la cuisine.

Hannah versa deux doses de colostrum dans un biberon, serra la tétine et s'installa sur un tabouret avec l'agneau sur les genoux. Il était tout moelleux et tout chaud, comme une bouillotte. Mais il était tellement faible qu'il avait du mal à téter, et lorsqu'on sonna à la porte, dix minutes plus tard, elle s'efforçait de lui faire avaler un peu plus de lait.

Hannah posa le biberon sur la table, prit l'agneau dans le creux de son bras gauche et alla ouvrir.

Sur le seuil, abrité de la pluie battante par un immense parapluie noir, se tenait l'homme le plus chic qu'elle ait jamais vu. Il avait les cheveux châtains, qui auraient sans doute ondulé s'ils n'avaient pas été aussi courts et bien coupés. Il portait un costume rayé bleu marine avec une cravate rouge parfaitement nouée.

Il dégageait un parfum raffiné et avait à la main une mallette en cuir noir. Bizarrement, ses chaussures impeccablement cirées n'avaient pas la moindre trace de boue. Était-il arrivé jusque-là en volant avec son parapluie, comme Mary Poppins ?

Il lui sourit.

– Bonjour !

Il prit sa mallette et son parapluie dans la même main pour pouvoir lui tendre l'autre. Tout intimidée, Hannah fit de même. C'était la première fois qu'on lui serrait la main.

– Je me présente : Sebastian Milsom ; je travaille pour la salle des ventes Sotheby's. J'ai rendez-vous avec Mme Roberts. Désolé, je suis un peu en retard, car je ne trouvais pas l'entrée de la ferme.

– Hannah ! cria Jo du premier étage. Tu as vu les ciseaux ?

Hannah dévisagea l'homme sans comprendre. Il dut sentir sa perplexité, car il ajouta :

– Excusez-moi… c'est peut-être votre sœur que j'ai eue au téléphone ?

Jo dévalait justement l'escalier.

– Oh, le mignon petit agneau ! s'extasia-t-elle.

Puis elle se figea net en voyant leur élégant visiteur.

– Jo, voici M. Milsom de chez Sotheby's.

Sa sœur plaqua la main sur sa bouche.

– Oups ! J'ai oublié de te le dire…

Hannah lui lança un regard noir. Jo prit les ciseaux à leur place sur l'étagère et remonta vite au premier.

En se retournant vers M. Milsom, Hannah étouffa un cri horrifié. Jasper; qui avait réussi à se faufiler par le portail entrouvert, se tenait juste derrière lui et mordillait sa mallette.

– Jasper ! Pschh ! Laisse ça ! ordonna-t-elle en le repoussant de toutes ses forces avec son bras libre.

M. Milsom éclata de rire.

– Il est énorme, ce mouton ! Toutes vos bêtes sont apprivoisées comme ça ?

– Non, répondit Hannah, tout essoufflée, il était orphelin, alors ma sœur Jo lui a donné le biberon. Va-t'en, Jasper.

L'homme regarda l'agneau qu'elle avait dans les bras puis la grosse boule laineuse.

– Bon sang ! Qu'est-ce qu'elle lui a donné à manger ?

Hannah décida de faire bouger M. Milsom, plutôt que Jasper; ce serait plus simple. Elle lui adressa un grand sourire.

– Entrez. Mme Roberts n'est pas là, mais je peux vous montrer le tableau.

– Oui, ce serait formidable. Merci beaucoup.

Toute honteuse, Hannah lui fit traverser la cuisine, avec sa montagne de paperasse sur l'appui de fenêtre, les outils graisseux entassés à côté du panier débordant de linge sale, le service en porcelaine de sa mère duveteux de poussière sur le buffet. Mais lorsqu'ils passèrent dans le grand vestibule carrelé, M. Milsom s'exclama :

– C'est vraiment une belle ferme à l'ancienne que vous avez !

Elle eut envie de lui sauter au cou.

Sam et Jo apparurent alors en haut de l'escalier, leurs carnets d'espionnage de la Société secrète des zaricots à la main. Lorsqu'ils virent leur sœur en compagnie de M. Milsom, ils se mirent à glousser. Elle leur souffla :

– Allez-vous-en !

Mais ils s'assirent sur la plus haute marche pour griffonner sur leurs blocs-notes. Hannah conduisit M. Milsom dans le salon et ferma la porte.

– Le voilà ! annonça-t-elle, le cœur battant.

Il ouvrit de grands yeux… Était-ce bon signe ?

Il s'approcha tout près du tableau avec un murmure approbateur. Hannah ne savait pas trop quoi faire.

– Voulez-vous une tasse de thé ? proposa-t-elle.

Il lui adressa un sourire chaleureux.

– Avec plaisir, merci.

Quand elle revint avec le thé, après avoir reposé l'agneau dans sa boîte, Jo, Sam et Martha s'étaient attroupés devant la porte du salon, pour essayer de regarder par le trou de la serrure.

– Ouste ! souffla Hannah en les chassant. Allez-vous-en ! Pschh !

– Hé ! Arrête ! protesta Martha. On n'est pas des poules !

– J'ai faim. Qu'est-ce qu'on mange pour le dîner ? demanda Sam.

– Je m'en occupe dans une minute. Allez, s'il vous plaît, filez, maintenant.

Quand elle rentra dans le salon, M. Milsom prenait des notes dans un petit calepin noir. Elle posa le thé sur la table.

Son cœur battait à tout rompre, mais il fallait qu'elle pose la question.

– Alors… c'est un original ? C'est bien un tableau de Ben Gunn ?

Il la regarda gentiment en répondant :

– Il faut vraiment que je parle à ton père ou à ta mère.

Hannah n'avait pas prévu ça. Elle tenta de changer de sujet.

– Alors, quand a lieu la prochaine vente ?

Il referma son carnet pour prendre la tasse.

– Pour votre genre de tableau, ce serait dans quatre semaines, mais on ne peut plus l'ajouter, hélas. Le catalogue vient de partir en impression.

– Et celle d'après alors ?

– En novembre.

– Mais ce sera trop tard ! s'exclama Hannah.

Il fronça les sourcils.

– Trop tard pour quoi ?

– Parce que…

Que dire ? Pour répondre à sa question, il fallait tout lui expliquer.

– Qu'est-ce qu'il y a ? insista-t-il.

Il avait l'air vraiment à l'écoute.

Alors, elle lui raconta tout.

L'histoire entière.

Enfin, presque.

Assis sur le canapé élimé, il sirotait son thé en écoutant.

– Le prochain loyer sera pour le 21 juin, conclut-elle. Et si papa ne peut pas payer, ils nous expulseront de la ferme. Voilà pourquoi novembre, ce sera trop tard.

En entendant la porte de derrière s'ouvrir, Hannah se raidit.

– Hannah ! cria son père.

M. Milsom se leva.

– Ah ! Parfait ; c'est votre père qui rentre ?

– Oui… mais non ! Il n'est pas au courant.

L'homme écarquilla les yeux.

– Ne lui dites rien ou il ne me laissera pas le vendre, chuchota-t-elle.

M. Milsom prit une profonde inspiration avant de rétorquer :

– Mademoiselle Roberts, vous ne pouvez pas vendre ce tableau sans l'autorisation de votre père, ce serait illégal. Si vous voulez le mettre en vente chez nous, il faut que je lui en parle.

– Mais il va me tuer !

Il lui posa la main sur l'épaule.

– Mademoiselle Roberts, si tout ce que vous venez de me raconter est vrai, il est peu probable qu'il vous en veuille, croyez-moi !

41

La vente

Qui l'eût cru ?

Par chance, M. Milsom plut tout de suite au père d'Hannah. Ce dernier était du genre à juger les gens au premier regard. Quand quelqu'un ne lui plaisait pas, tout ce qu'il disait était idiot, tout ce qu'il faisait était ridicule. Mais quand M. Roberts appréciait quelqu'un… alors tout était permis. Il n'aurait rien trouvé à redire à ce qu'on se balade tout nu dans l'enclos à cochons pour rendre hommage à la déesse Diane.

Aussi, quand M. Milsom lui annonça qu'il avait un magnifique tableau de Ben Gunn accroché dans son salon et qu'il serait sans doute judicieux de le vendre et que, peut-être, exceptionnellement pour faire une faveur à Hannah, il pourrait accélérer les choses afin que la peinture figure au catalogue de la prochaine vente dans quatre semaines… eh bien, M. Roberts l'écouta.

Et le jeudi 6 mai, Hannah se retrouva à franchir la porte de Sotheby's sur New Bond Street, à Londres, comme dans un rêve.

Ce qui la frappa en entrant, c'est le silence presque surnaturel qui y régnait. Pas du tout ce qu'elle avait imaginé. On se serait cru dans une église ! Malgré le monde qui allait et venait, il n'y avait pas un bruit : les gens parlaient à voix basse et semblaient glisser sans bruit sur l'épaisse moquette.

L'endroit était somptueux, les murs blanc et crème immaculés, les meubles rutilants ornés de bouquets de roses blanches dans des vases en cristal. Sur la mezzanine surplombant l'entrée, des clients en costume buvaient un café mousseux dans des tasses en porcelaine blanche tout en murmurant dans leur portable. Les hommes ressemblaient tous à Sebastian Milsom. Les femmes étaient toutes impeccablement coiffées et manucurées.

Heureusement que le père d'Hannah avait fait un effort. Après s'être rasé et peigné, il avait mis son costume de mariage avec une chemise blanche toute propre.

Ils montèrent un escalier couvert d'un épais tapis beige jusqu'à la salle des ventes. Elle était plus petite et plus sobre qu'Hannah ne se l'était figuré. Il y avait beaucoup de places libres, mais son père s'installa tout au fond.

– On ne peut pas se rapprocher un peu ? demanda-t-elle.

– Non, c'est très bien comme ça.

Un homme en costume élégant et une femme aux longs cheveux châtains et brillants traversèrent la salle jusqu'au premier rang. L'homme s'assit et croisa les jambes. La femme rejeta sa crinière en arrière…

Une minute.

Non, c'était impossible.

– Tu veux y jeter un coup d'œil, Hannah ?

M. Roberts tirait un magnifique catalogue de son porte-documents en cuir râpé.

Ah, elle allait peut-être avoir enfin quelques informations. Son père avait été aussi vague que d'habitude lorsqu'elle lui avait demandé à combien le tableau risquait de se vendre.

Hannah feuilleta les pages de papier glacé. Il y avait des scènes de chasse, des scènes de course, des scènes de tir…

Ah, voilà. Presque à la fin, sous l'étiquette « lot 37 ». Hannah parcourut le texte, les dates, le paragraphe « Provenance » et descendit au bas de la page, où figuraient les chiffres. 30 000-40 000 £. Elle les fixa, sous le choc.

– Papa ?

– Quoi ?

– Ça veut dire que notre tableau vaut de trente à quarante mille livres ? chuchota-t-elle.

Son père toussota.

– Hum… oui, d'après M. Milsom. On verra. Ça dépend si quelqu'un est intéressé.

– De trente à quarante mille livres !

– Et tout ça grâce à toi, dit-il.

Hannah le dévisagea, stupéfaite.

Il était en train de la féliciter, non ?

Il poursuivit, en évitant de croiser son regard :

– Tu as affronté les difficultés sans paniquer. Tu as pris le problème à bras-le-corps et tu as essayé de trouver une solution.

Il s'interrompit avant d'ajouter, un ton plus bas :

– Comme l'aurait fait ta mère.

Hannah avait du mal à recevoir un compliment de sa part. Elle secoua la tête.

– Non, j'ai failli tout détruire. Le théâtre et la ferme. Si le tableau ne se vend pas, on perdra tout, et ce sera de ma faute.

– Qu'est-ce que tu racontes ?

Hannah se tordit les mains.

– J'ai invité Jack à notre répétition en costumes, alors que c'était un secret. Comme ils s'ennuyaient, avec son copain, ils sont partis dans la grange jouer avec des allumettes. Voilà comment Danny a su où se trouvait le théâtre et comment il a pu revenir le saccager.

Elle soupira.

– Et alors ? fit son père.

Hannah le regarda sans comprendre.

– Et alors quoi ?

– Tu as invité des gens à venir voir ta pièce, tu ne leur as pas proposé de venir incendier la grange ou de mettre à sac ton théâtre. Si ?

– Non.

– Alors ce n'est pas de ta faute, enfin. Tu dis n'importe quoi, ma fille !

Il secoua la tête, lui prit le catalogue des mains et se plongea dans sa lecture.

C'était exactement ce qu'avait dit Vanessa, en termes un peu différents. Sauf qu'Hannah ne l'avait pas vraiment crue. Mais elle croyait son père.

Elle eut soudain l'impression qu'on venait de lui retirer un poids énorme des épaules. Un fardeau qu'elle portait depuis si longtemps que, jusque-là, elle ne s'était pas rendu compte qu'il était lourd à ce point.

La dame aux longs cheveux se retourna pour scruter la salle. Seulement, il ne s'agissait pas d'une femme.

C'était Miranda Hathaway.

Incroyable !

Miranda assistait à cette vente aussi !

Lorsqu'elle aperçut Hannah, sa mâchoire manqua de se décrocher. Elle cligna plusieurs fois des yeux comme si elle essayait de chasser un mirage.

Hannah se retint de pouffer et se contenta de lui sourire.

– S'ils n'avaient pas doublé le loyer, on n'aurait pas eu tous ces problèmes, soupira son père.

Hannah se tourna vers lui, affolée. Il ne semblait s'adresser à personne en particulier, les yeux fixés dans le vide, droit devant lui.

Était-il en train de se confier à elle ?

– Si on avait vendu la batteuse, ç'aurait couvert le loyer pour quelques mois… mais on aurait dû se séparer des vaches la fois suivante.

Du coin de l'œil, Hannah observait Miranda. Celle-ci croisa son regard et articula sans bruit :

– Qu'est-ce que tu fais là ?

Hannah fut tentée de répliquer : « J'attends qu'ils passent une musique sympa pour danser », mais Miranda n'aurait pas compris la blague, aussi se contenta-t-elle de murmurer :

– Je viens vendre un tableau.

Sa camarade de classe la toisa, l'air de dire : « Toi ! Enfin, ne sois pas ridicule. Quelqu'un d'aussi mal fagoté ne peut pas avoir un tableau en vente. » Puis elle fronça les sourcils et se retourna pour emprunter le catalogue à son père.

Hannah reprit la conversation avec le sien.

– Alors, qu'est-ce que tu vas faire ? Même si on vend le tableau, ça ne paiera pas le loyer éternellement. Si ?

– Non… Avec un peu de chance, ça nous permettra cependant de gagner du temps. Mais il va falloir faire de gros changements à la ferme.

Elle le dévisagea, intriguée. Cette perspective avait l'air de lui plaire. Elle n'avait pas décelé une telle note d'enthousiasme dans sa voix depuis bien longtemps.

Miranda se retourna vers elle pour murmurer :

– Quel lot ?

Hannah se fit un plaisir de lui répondre :

– Trente-sept.

Pendant qu'elle feuilletait le catalogue, Hannah se renfonça dans son fauteuil, guettant sa réaction

Un homme à lunettes, grand et mince, pénétra dans la pièce et grimpa sur l'estrade. Sans doute le commissaire-priseur.

Puis Sebastian Milsom le rejoignit. Il posa un ordinateur portable sur une petite table. Lorsqu'il reconnut Hannah en scrutant la salle, il lui adressa un grand sourire. Elle le lui rendit. Elle commençait à trouver cela plutôt amusant. Elle observait tous ces gens en costume, tailleur et gros bijoux autour d'elle. Elle avait envie de leur dire : « Regardez le numéro trente-sept ! C'est celui qu'on vend. Il est à nous ! »

Quand Miranda se retourna une nouvelle fois, elle paraissait abasourdie. Elle brandit le catalogue ouvert à la page du lot trente-sept en articulant :

– Celui-là ?

Hannah acquiesça, le visage impassible, alors qu'à l'intérieur elle exultait. Miranda regarda tour à tour le catalogue puis Hannah.

– Mais comment ça se fait ?

Hannah se contenta de hausser nonchalamment les épaules, comme si sa famille possédait des dizaines de toiles de maître accrochées aux murs de sa ferme.

Avec un mouvement de cheveux agacé, Miranda fit face à l'estrade.

Deux assistants en gants blancs, tirés à quatre épingles, installèrent le premier tableau sur un chevalet. Et la vente put commencer.

Les enchères étaient très discrètes. L'acheteur était censé lever un petit panneau nommé « plaquette »

portant son numéro pour enchérir. Mais la plupart du temps, Hannah ne les voyait même pas bouger. On aurait dit qu'ils utilisaient des signaux secrets. Elle restait les mains sur les genoux, les yeux baissés, pour ne pas risquer d'acheter accidentellement une œuvre d'art.

Beaucoup d'enchères étaient placées par téléphone. Grâce à une dizaine d'appareils alignés sur une console, à droite de l'estrade, des employés de Sotheby's, perchés sur des tabourets, étaient en ligne avec les acheteurs à distance.

Les lots se succédaient rapidement. Bientôt, le marteau conclut la vente du lot trente-six. Les deux assistants apportèrent le Ben Gunn de la famille Roberts et le posèrent sur le chevalet.

Hannah en avait la chair de poule.

– Voici maintenant une toile de Ben Gunn, annonça le commissaire-priseur.

Sebastian Milsom leva un instant le nez de son ordinateur pour sourire à Hannah. Elle lui sourit également.

Miranda, qui avait surpris leur échange, les dévisagea tour à tour, interloquée.

Le père d'Hannah se tenait très droit, les mains jointes, les yeux rivés sur le commissaire-priseur.

– J'ai ici quelqu'un pour vingt-huit mille livres, fit ce dernier. Merci, madame.

La première enchérisseuse était une femme en robe rose pastel.

– Vous, monsieur, pour trente mille livres ?

Un petit homme en costume bleu marine, chemise rayée et cravate à pois leva sa plaquette de quelques centimètres en acquiesçant.

– Trente-deux mille ?

Cette fois, c'était une enchère par téléphone.

– Trente-quatre ?

À nouveau, l'homme à la cravate à pois.

– Trente-six ?

Le commissaire-priseur attendit qu'une assistante ait fini de chuchoter dans le combiné. Relevant la tête, elle lui adressa un signe de tête.

– Trente-huit ?

La dame en robe rose leva sa plaquette.

– Quarante ?

Cravate à Pois.

– Quarante-deux mille ?

Il n'y avait plus qu'eux deux dans la course.

– Quarante-quatre mille ?

Le temps semblait s'écouler au ralenti.

– Quarante-six mille ?

Il y eut une pause avant que Robe Rose lève lentement sa plaquette.

– Quarante-huit mille ?

Cravate à Pois leva sa plaquette. Hannah en avait le vertige.

– Cinquante mille ?

Robe Rose secoua la tête en reposant sa plaquette sur ses genoux.

– Ai-je cinquante mille quelque part ?

La salle demeura muette et immobile comme une galerie de statues.

Le commissaire-priseur abattit son marteau.

– Adjugé, vendu pour quarante-huit mille livres. Lot trente-huit…

La vente se poursuivit. Leur tableau fut emporté par les assistants gantés de blanc, qui en mirent un autre à sa place, et les enchères reprirent. Mais pour Hannah, le temps s'était arrêté. Complètement hébétée, elle se tourna vers son père en murmurant :

– Voilà, on a de quoi payer le loyer, désormais.

Il planta ses yeux bleus dans ses prunelles vertes, un large sourire aux lèvres.

– Oui, pendant pratiquement deux ans.

– Et après ?

– On va faire de gros changements.

Hannah prit une profonde inspiration avant d'annoncer :

– Au fait, je crois que j'ai une idée…

À la fin de la vente, Miranda et son père traversèrent la salle alors qu'Hannah et le sien rassemblaient leurs affaires. Miranda fixa sa camarade, l'air perplexe. La fille à qui elle avait collé l'étiquette « bouseuse » venait de remettre en cause tout son classement. Du coup, elle ne savait plus comment se comporter avec elle.

Hannah lui sourit en pensant : « Bonne chance pour comprendre tout ça, Miranda. Il y a tellement de choses qui t'échappent dans la vie, ma pauvre ! »

42

Un nouveau départ

– Dis à cet animal d'ôter ses sales pattes de mes chaussures neuves ! hurlait Martha.

Jo prit le bébé cocker dans ses bras.

– Arrête, méchante ! Elle sent meilleur que toi ! Pousse-toi, Sam.

– Oui, allez, on y va ! décréta leur père en ouvrant la portière du côté conducteur.

Hannah ôta la petite moissonneuse-batteuse John Deere des mains de son frère juste le temps de lui attacher sa ceinture, puis monta devant du côté passager. Elle prit sur le siège un gros sac de nourriture pour cochon qu'elle jeta dans un coin de la cour.

– Salut, Hannah ! lança Emily.

Elle poussait un tonneau plein de crottin de cheval vers le tas de fumier. Elle avait les cheveux en bataille et les joues toutes rouges, mais jamais Hannah ne l'avait vue aussi heureuse.

– Mon amie Rosie, qui avait son cheval en pension dans la même écurie que moi avant, va peut-être te louer un box. Elle pourrait venir visiter les lieux demain après-midi ?

– D'accord, je serai là ! répondit Hannah. À demain !

Elle ôta d'un revers de main les brins de paille du siège avant de s'installer.

– Où on va alors ? demanda Martha.

– On a quelques petites choses à faire, répondit mystérieusement leur père en démarrant.

Ils remontèrent le chemin en cahotant, fenêtres ouvertes pour profiter de l'odeur de l'herbe fraîchement coupée. Adam avait tondu le pré nord la veille pour faire du foin. Les hirondelles filaient, alternant pirouettes et piqués au-dessus des moutons qui paissaient dans le pré sud. Ils passèrent devant le vieux chêne qui se dressait tout seul au milieu des pâturages. Un concert de chants d'oiseaux s'échappait de ses branches. La voûte du ciel couvait la ferme, pâle de chaque côté de la vallée, puis d'un bleu progressivement plus soutenu pour devenir azur au milieu.

M. Roberts s'arrêta à la boîte aux lettres qui était juste en face de chez Lottie. Il tendit une petite enveloppe à Hannah.

– Mets-moi ça au courrier, veux-tu.

Elle regarda l'adresse.

– C'est le chèque du loyer.

– Ouaip, confirma-t-il avec un grand sourire. Une semaine en avance. Ce vieux Duschmoll va avoir un choc en le voyant sur son bureau.

– Tu as payé pour toute l'année ?

– Ça ne va pas ! gronda son père. Il ne faut pas exagérer non plus. Et en plus on a des achats à faire ! De nouveaux rideaux pour le salon, par exemple.

Hannah se raidit. Alors il avait remarqué ? Mais il ne lui avait rien dit… Il pouffa.

– Ne t'en fais pas. Ta mère aurait été ravie de voir ses rideaux autour d'une scène de théâtre.

Bon.

Qu'avait-il encore remarqué sans lui en parler ?

Elle sauta de la voiture pour poster le chèque.

– Hé ! Hannah !

Lottie la héla de la fenêtre de sa chambre.

– Tu rentres quand ? Je peux passer dans l'après-midi ? On pourrait commencer à construire les décors.

– Papa a dit qu'on en avait pour une heure, mais mieux vaut compter deux. On se retrouve directement au théâtre, j'apporterai le texte. J'ai terminé !

– Super, à tout à l'heure ! Amusez-vous bien.

Le père d'Hannah sortit du village pour s'engager sur une route qu'elle ne connaissait pas, serpentant dans l'ombre des hêtres et des marronniers. De chaque côté de la chaussée, le cerfeuil sauvage fleurissait en dentelle blanche.

Arrivé à un grand portail, il tourna et se gara dans une cour de ferme bien tenue.

– Qu'est-ce qu'on fait là, papa ? voulut savoir Sam.

Son père sortit pour lui ouvrir la portière et lui ébouriffa les cheveux.

– On va se refaire une vraie ferme, fiston.

Hannah regarda son père se pencher par-dessus les barrières pour caresser les magnifiques veaux marron chocolat. Il avait les yeux brillants et paraissait soudain dix ans de moins.

– Vous laissez tomber les vaches laitières, alors ? demanda Mme Thompson, la propriétaire des lieux.

– Oui, le prix du lait est trop bas. Avec un petit troupeau, ce n'est pas rentable. Je veux me lancer dans la production de viande avec des veaux du Sussex.

Elle hocha la tête.

– Bonne idée. De nos jours, les gens apprécient la viande de ces races rares.

– J'en ai parlé avec mon boucher, il prendra toute notre production. Les agneaux et les porcs aussi.

Mme Thompson se mit à rire.

– Ce ne serait pas votre étudiant qui vous mettrait tous ces nouveaux projets en tête, par hasard ? J'ai appris que vous alliez l'embaucher à plein temps. Ce ne sera pas du luxe d'avoir un peu d'aide à la ferme, non ?

M. Roberts sourit.

– C'est un bon gars, notre Adam. Il veut nous inscrire au programme de subventions pour la restauration du paysage naturel. On laisse les champs redevenir des prés de pâture pour se concentrer sur l'élevage.

Il se pencha vers un veau qui lui léchait la main.

– Oui, mon beau !

Puis il se redressa.

– Il a de drôles d'idées… Il veut qu'on s'équipe d'un ordinateur, bon sang !

– Seigneur ! s'écria la fermière. Bienvenue au vingt et unième siècle !

– Il était temps ! soupira-t-il. J'ai trop laissé les choses en plan.

À peine rentrés à la maison, les autres filèrent dans leurs chambres, pendant qu'Hannah écumait les placards à la recherche d'une conserve pour le dîner. Alors qu'elle ressortait la tête, brandissant fièrement deux boîtes de haricots à la sauce tomate, elle vit son père sur le pas de la porte avec un carton plat dans les bras.

Il le lui tendit.

– Il est arrivé aujourd'hui.

– C'est pour moi ?

Il acquiesça.

Hannah posa les haricots. Elle tira le Scotch pour ouvrir le paquet, puis elle ôta vite la couche de papier bulle… et étouffa un cri.

– Oh ! Oh ! Magnifique !

Il s'agissait d'une plaque en métal avec une silhouette de poule dans le coin en bas à gauche et une bordure figurant des branches de mûrier. Au milieu, on lisait, en élégantes lettres cursives :

Le Théâtre secret du Poulailler

Hannah passa la main sur la surface lisse et glacée. Elle imaginait déjà la plaque sur la porte de son théâtre.

– Elle est superbe ! Vraiment très chic !

Puis elle s'interrompit soudain pour regarder son père.

– Mais comment tu as su le nom du théâtre ? et notre logo : les branches d'églantine et la poule ?

Il tira un morceau de papier froissé de sa poche et le déplia. C'était le programme de *Sur ordre de Sa Majesté*. Donc il était bien venu voir leur pièce, ce n'était pas un mirage. Il avait conservé le programme… et il lui avait fait faire une plaque, rien que pour elle.

– Merci, papa. Merci beaucoup.

– Et il y a autre chose. Dans ta chambre. Je pense que ça te revient.

Hannah courut au premier, sa plaque sous le bras. Elle poussa la porte de sa chambre.

Un frisson la parcourut. Sous la fenêtre était installée la bibliothèque de sa mère avec tous ses livres à l'intérieur.

Elle poussa un cri de joie et s'agenouilla devant. Elle serra le petit meuble dans ses bras, caressa du bout des doigts le dos des ouvrages – les pièces que sa mère avait jouées, annotées de sa main dans la marge, ses guides techniques sur le théâtre, des biographies de comédiens et de comédiennes ainsi que le gros volume relié en cuir vert qu'elle avait gagné au conservatoire de théâtre, les *Œuvres complètes de William Shakespeare*.

Hannah posa sa plaque sur l'appui de fenêtre, au-dessus de la bibliothèque, et elle les contempla, avec la ferme en toile de fond, les tuiles couvertes de lichen sous les rayons dorés du soleil. Elle était tellement heureuse qu'elle avait l'impression de rayonner, elle aussi.

Puis elle tira l'album de sa mère de sous son lit. Elle tourna les pages jusqu'à la critique de la dernière pièce. Et, sur la page suivante, elle écrivit : « Le Théâtre secret du Poulailler. Notre première pièce ». Elle colla le programme de *Sur ordre de Sa Majesté* et, en dessous, un article sur le festival artistique de Linford soulignant que « le théâtre à la ferme a obtenu les félicitations du jury ».

Elle referma l'album et embrassa la couverture avant de le ranger sur l'étagère du bas de la bibliothèque. Puis elle prit sous son bras sa belle plaque et le cahier où elle avait écrit sa nouvelle pièce et, avec un soupir de contentement, elle referma la porte de sa chambre, dévala l'escalier et fila retrouver Lottie.

Remerciements

Cette histoire m'a été inspirée par mes souvenirs d'enfance en tant que cofondatrice du Théâtre du Fer à Cheval. Merci à tous les membres de la troupe et en particulier à Elizabeth Pratt, qui a écrit *Sur ordre de Sa Majesté* avec moi lorsque nous avions treize ans et qui m'a gentiment autorisée à en utiliser quelques extraits dans ce roman.

J'ai eu la chance de grandir entourée de trois fantastiques frère et sœurs. Un immense merci à Hazel, Mary et Mark, compagnons fidèles et toujours pleins d'humour. Merci aussi à Mark de m'avoir éclairée de ses lumières sur tout ce qui concerne l'agriculture.

À mes merveilleux parents, Robert et Ruth Peters, qui m'ont transmis le goût de la lecture et grâce à qui j'ai eu la chance de passer mon enfance à la ferme, merci pour votre soutien inconditionnel.

Je suis très reconnaissante à Gabrielle Blond, Jo, Brian et Fiona Courage, lecteurs des premières versions de ce roman, qui m'ont encouragée et guidée en me faisant part de leurs impressions.

Ce texte n'aurait pas trouvé d'éditeur sans les conseils et l'aide que j'ai reçus de la SCBWI[1]. Mes plus chaleureux

1. *Society of Children's Book Writers and Illustrators* : « Société des auteurs et illustrateurs pour la jeunesse». (*NdT*)

remerciements à la fabuleuse équipe de bénévoles et surtout à Sue Hyams, leur extraordinaire coordinatrice, une femme formidable.

Mille mercis aux auteurs qui m'ont aiguillée par leurs précieux commentaires sur mon travail tout au long du processus de relecture : Joe Friedman, Candy Gourlay, Miriam Halahmy, Paolo Romeo et Christina Vinall. Et en particulier à Nino Cirone, qui a généreusement relu les versions successives du manuscrit en me donnant toujours le bon conseil pile au bon moment.

Merci infiniment à Kate, Kirsty, Adrian et toute l'équipe des éditions Nosy Crow pour avoir réalisé mon rêve.

Toute mon affection et ma gratitude à mes enfants, Freddie et Dorothea, dont l'enthousiasme et l'entrain ont égayé cette aventure.

Enfin, et surtout, un immense merci à mon mari, Oliver, qui m'a suggéré d'écrire ce livre. Sans son soutien infaillible, sa foi inébranlable et ses encouragements constants, rien de tout cela n'aurait été possible. Merci pour tout.

Table des matières

Helen Peters

L'auteur

Helen Peters grandit dans une vieille ferme du Sussex, entourée de sa famille, d'animaux et de boue ! Elle passe son enfance à lire et à monter des pièces dans un abri délabré qu'elle et ses amis ont transformé en théâtre. Après l'université, elle entend trouver un travail qui combine ces deux activités et devient professeur d'anglais et de théâtre. Des années plus tard, mère au foyer, avec deux enfants, elle décide d'écrire les livres qu'elle aurait aimé lire étant plus jeune. Elle vit aujourd'hui à Londres avec son mari et ses enfants.

Elle est également l'auteur, aux Éditions Gallimard Jeunesse, d'une série à destination des plus jeunes : « Jasmine, l'apprentie vétérinaire ».

Lisez la suite

dans la collection

FOLIO JUNIOR

LE COLLÈGE À LA RESCOUSSE

n° 1790

Hannah, son frère et ses sœurs ont l'impression que leur père a un secret… Depuis quelque temps, son comportement est si étrange ! Mais la vérité est plus terrible que tout ce qu'ils ont pu imaginer : un puissant industriel envisage d'inonder leur ferme pour en faire un lac-réservoir. Les villageois sont partagés sur le projet, mais Hannah a un plan. Saura-t-elle éveiller les consciences avant qu'il ne soit trop tard ?

Le papier de cet ouvrage est composé de fibres naturelles, renouvelables, recyclables et fabriquées à partir de bois provenant de forêts gérées durablement.

Mise en pages : Maryline Gatepaille

Loi n° 49-956 du 16 juillet 1949
sur les publications destinées à la jeunesse
ISBN : 978-2-07-065018-7
Numéro d'édition : 556371
Premier dépôt légal : mai 2013
Dépôt légal : septembre 2022

Imprimé en Espagne par Novoprint (Barcelone)